Hans Ernst

Der Lehrer von Tschamm

Es ist ein strahlender Morgen im späten Frühling. Die Sonne steht über dem Mauergebirge und schüttet ihr Licht über den Wald und die Wiesenhügel nieder. Die Fichtennadeln glitzern im Sonnenlicht und die Blätter der Buchen bewegen sich leise im zarten Lufthauch, der vom Gebirge herüberkommt.

Über dem ausgetrockneten Kiesbett der Latschurn aber zittert die Luft vor Hitze. Die Lathschurn – zu gegebener Zeit ein reißender Wildbach – führt fast kein Wasser. Es hat seit vielen Wochen nicht mehr geregnet. Auf einzelnen Wiesen ist schon das erste Gras gemäht und haucht seinen Duft über das sonnenglitzernde Tal hinaus bis zu dem Kreisstädtchen Url.

Aber kein Leben rührt sich in dem ruhigen Bergdorf Tschamm, das so nahe an der Grenze liegt, dass man sie mit einem Steinwurf erreichen kann. Aus den Kaminen der alten Häuser steigt kerzengerade der Rauch in den Himmel. Es ist so still zwischen den Häusern, als sei alles Leben erstorben. Nur einmal bellt der Hund des Schollerbauern endlos lange, so wie Dorfhunde bellen, wenn sie keinen besonderen Grund dazu haben. Bis dann die Glocke auf dem Zwiebelturm der Kirche von Tschamm läutet. Sie läutet das erste Mal für den Gottesdienst, der um neun Uhr für den erschossenen Grenzjäger Gabriel Schuhmacher gehalten werden soll.

Um drei viertel neun läutet sie wieder. Diesmal etwas länger. Und als der letzte Schlag verklungen ist, scheint auch das Dorf aus seinem Schlaf zu erwachen.

Der Lehrer – er ist schon ein alter Mann mit schneeweißem Haar – kommt aus dem grauen Gebäude, das sie hier

Schulhaus nennen. Er geht mit kleinen trippelnden Schritten, einen Aktendeckel mit Noten unter dem Arm, über die Straße, öffnet das eiserne Gitter des Friedhofs und verschwindet in der Kirche. Gleich darauf hört man brausende Orgelklänge aus dem weit geöffneten Turmfenster dicht unterhalb der Uhr. Aber es sind keine Töne, die die Liebe Gottes preisen, sondern es ist eher eine flotte Mazurka. Vielleicht weiß der Lehrer Schellbach gar nicht, was er spielt, sicher hat er seinen Rausch vom Vorabend noch nicht ganz ausgeschlafen. Er hört erst auf zu improvisieren, als er durchs kleine Fenster den Zug Grenzsoldaten heraufmarschieren sieht, vorneweg den jungen, schlanken Leutnant Hoflechner.

Auf einmal ist das Leben in Tschamm erwacht. Die Türen der Häuser öffnen sich. Schwarz gekleidete Menschen treten heraus, Männer, Frauen und Kinder. Von Epps herauf sieht man soeben auch den Ordenspriester Pater Laurentius mit zwei Ministranten herankommen. Der Feuerschuppen wird geöffnet, vier Grenzjäger nehmen den Sarg ihres toten Kameraden auf und tragen ihn zum Friedhof an das offene Grab.

Totenstille herrscht plötzlich ringsum. Nur eine Amsel schluchzt im Hollerstrauch, der wild hinter der Kirchhofmauer wächst. Es ist, als ob nur sie allein weinen möchte um den jungen Menschen, der sonst keine Angehörigen hat und deshalb auf dem einsamen Bergfriedhof bestattet wird.

Die Amsel ist jetzt still und da erhebt Pater Laurentius seine Stimme. Er spricht von der Liebe Gottes, der diesen jungen Grenzsoldaten zu sich aufnehmen wird, und von der ausgleichenden Gerechtigkeit, die auch den Mörder einmal vor den Richterstuhl des Allmächtigen bringen wird als Sühnenden.

Die Männer von Tschamm stehen mit unbewegten Gesichtern. Ein paar Frauen schluchzen laut und dann ist auch der Gesang der Amsel wieder da.

Der Sarg wird ins Grab gelassen und hinter der Menge kommandiert der junge Leutnant: »Zur Salve fertig! Hoch, legt an ...! Feuer!«

Siebenundzwanzig Finger nehmen Druckpunkt und ziehen dann durch. Und doch ist es jeweils nur wie ein einziger Schuss. Dreimal hintereinander. Das Echo fällt von den Wänden des Mauergebirges zurück und geht dann wie ein dumpfes Sausen über die sieben Hügel hinunter ins Tal.

Jetzt erst tritt Leutnant Hoflechner an das Grab.

»Wieder einmal stehen wir an dem Grab eines unserer Kameraden, den seine Pflichterfüllung das junge Leben gekostet hat. Gabriel Schuhmacher. Noch wissen wir nicht, wer dein Mörder ist. Aber wir versprechen dir, dass wir nicht aufhören werden nach ihm zu fahnden. Du bist nun schon das dritte Opfer dieser Grenze. Der Herr spricht zwar, dass die Rache sein sei, wir aber werden nicht ruhen und rasten, bis wir deinen Mörder der Justiz zugeführt haben. Nun ruhe sanft, lieber Kamerad. Möge die Erde dir leicht sein. Wir werden dich nie vergessen.«

Die Gesichter der Männer von Tschamm sind unbewegt. Es sind beeindruckende Gestalten darunter, neben kleinen, mit körperlichen Gebrechen behafteten. Ganz vorn steht Markus Karotter, der Bürgermeister, eine große, Ehrfurcht gebietende Gestalt mit einem wuchtigen Schädel voll eisengrauen Haares. Sein Kinn ist glatt rasiert. Der kurz gestutzte Bart auf seiner Oberlippe schließt genau mit den Mundwinkeln ab und ist sorgfältig gebürstet. Neben ihm steht der Lehrer Schellbach, klein und mager, mit rötlich geränderten Augen. Wie Licht und Schatten stehen diese beiden Menschen nebeneinander.

Nach dem Gottesdienst kehren die Männer im einzigen Gasthaus des Dorfes, beim »Sternwirt«, ein. Sie füllen die niedrige Stube bis auf den letzten Platz. Darum müssen die Grenzjäger im Nebenzimmer Platz nehmen. Zu ihnen gesellt sich auch Pater Laurentius mit den Ministranten, die im dicht gefüllten Gastzimmer nicht mehr unterkommen können. Und da keine Angehörigen da sind, die den Leichenschmaus bezahlt hätten, greift halt Pater Laurentius in seine Geldbörse um für sich und die Buben die kleine Rechnung zu begleichen.

Aber der Leutnant Hoflechner bittet dies übernehmen zu dürfen. Er fügt hinzu: »Im Übrigen wird es so sein, dass die Grenzpolizei auch die Bestattungskosten übernimmt.«

Pater Laurentius hebt den Kopf. »Sonst ist es üblich dass dies die Gemeinde selber trägt, wenn keine Angehörigen da sind.«

»Ja, ich weiß. Aber ich möchte nicht, dass die Grenzpolizei gerade dieser Gemeinde etwas schuldig bleibt.«

»Was meinen Sie damit, Herr Leutnant?«

»Oh, nichts Besonderes. Aber ich will einen Besen fressen, wenn in diesem Nest nicht jeder Fünfte schmuggelt.«

»Haben Sie dafür bestimmte Anhaltspunkte?«

»Leider nicht. Aber diese Menschen hier oben sind undurchschaubar. Die sind imstande nachts den Finger krumm zu machen, am Tage aber schauen sie einen mit Duldergesichtern an, dass man meint, man hätte Heilige vor sich.«

»Ihr Vergleich, Herr Leutnant, ist zwar ein bisschen drastisch, aber immerhin, Sie sehen die Dinge mit anderen Augen als ich. Sie müssen sie ja mit anderen Augen sehen. Ich weiß nur eines. Es sind fleißige Menschen, die Tschammer. Dass sie zu keinem Reichtum kommen, liegt nicht an ihnen, sondern am Boden.«

»Dann wäre es eigentlich nahe liegend, dass sie mit Schmuggel ihre leeren Kassen ein wenig auffüllen?«

»Das habe ich nicht gesagt und ich glaube es auch nicht.«

»Nun ja, ich kann mich auch täuschen. Nichts für ungut, Hochwürden.«

Leutnant Hoflechner begleitet den Pfarrer hinaus. Im Flur begegnet ihnen zufällig der Bürgermeister Karotter.

Die Virginia aus dem Munde nehmend fragt er den Geistlichen: »Schon wieder heimwärts?«

»Ja, aber unterwegs will ich noch zur alten Stüberin hineinschauen. Sie macht es nicht mehr lang, mein ich.«

»Muss ja schon bald fünfundachtzig sein.«

»Neunzig würde sie im Herbst.«

Der Karotter macht wieder ein paar Züge an seiner Virginia. Dann schaut er den Leutnant prüfend an.

»Ja, ja, ist eine gesunde Rasse bei uns am Berg.«

»Übrigens«, erinnert sich Pater Laurentius wieder, »der Herr Leutnant sagte mir, dass die Grenzpolizei die Bestattungskosten zu übernehmen gedenke.«

Kaum merklich zieht der Karotter die Brauen hoch. »So? Hab nichts dagegen. Die Gemeinde ist sowieso verschuldet. Es wird Ihnen aber bekannt sein, dass es in unserem Friefhof nur schmiedeeiserne Grabkreuze geben darf«, wendet er sich an den Leutnant.

»Und wer macht die?«

»Unser Schmied. Wir Tschammer wollen nicht, dass sich im Tod einer als mehr darstellt, als er im Leben gewesen ist. Im Tod sind wir alle gleich.«

Pater Laurentius verabschiedet sich jetzt. Die anderen beiden stehen in der Tür des Wirtshauses, von hellem Sonnenlicht umflimmert. Langsam hebt der Leutnant die Hand, nimmt dem Karotter die Virginia aus dem Mund und betrachtet sie.

»Die ist auch von drüben, was?«

Der Karotter ist im Augenblick so sprachlos wie selten in seinem Leben. Bis jetzt hat es noch nie jemand gewagt ihm die Virginia aus dem Mund zu nehmen. Mit einem raschen Griff nimmt er sie wieder an sich, zerquetscht sie und wirft sie zu Boden.

»Mach das nicht wieder, sonst ...«

Er spricht die Drohung nicht aus, sondern wendet sich jäh um und geht in die Gaststube zurück.

Etwa eine halbe Stunde später brechen die Grenzjäger

auf. Sie formieren sich draußen, nehmen die Karabiner auf und marschieren im Gleichschritt an den Stubenfenstern vorüber. Als der Leutnant einen flüchtigen Blick hinüberwirft, sieht er das Gesicht des Bürgermeisters am Fenster. Sein Mund lächelt, zwischen seinen Augen aber steht eine messerscharfe Falte.

Es dämmert inzwischen. Der Klang der Abendglocke tönt friedlich über die Häuser hin, und als sie schweigt, hört man die Latschurn wieder plätschern und die lärmenden Stimmen aus dem Wirtshaus. Ja, dort sitzen sie immer noch beisammen seit dem frühen Morgen. Nicht alle zwar, aber doch noch eine ganz schöne Anzahl. Der Lehrer ist auch bis vor kurzem dabei gewesen, aber dann haben sie ihn weggeschickt, dass er den Abendgruß läute, weil der Mesner bereits so schwer geladen hat, dass er für dieses Amt heute nicht mehr zu gebrauchen ist. Es ist ja auch egal. In Tschamm ist der Lehrer das Mädchen für alles. Der Lehrer hat sich nach den Leuten hier zu richten und nicht die Tschammer nach ihm. Mit dem Schellbach ist das auch recht gut gegangen, schon bald dreißig Jahre. Aber jetzt wollen sie ihn pensionieren, obwohl er es eigentlich gar nicht will, denn er ist erst sechzig und hätte noch fünf Jahre Zeit. Aber man scheint höheren Ortes doch schon dahinter gekommen zu sein, dass der Bildungsstand der Tschammer Schulkinder recht niedrig ist. Und es ist auch bekannt, dass die Tschammer Bauern ihren Lehrer in dreißig Jahren mit ihrem selbst gebrannten Schnaps zu einem willenlosen Werkzeug für ihre Zwecke gemacht haben.

Braucht einmal einer seine Kinder daheim zur Arbeit, schickt er sie einfach ein paar Tage nicht in die Schule. Dafür schicken sie ihm eine Flasche Schnaps und der Lehrer hat die Abwesenheit zu akzeptieren und darüber zu schweigen.

Auch jetzt nicht mehr ganz nüchtern tritt er aus der Kirchentür, nachdem er den Abendsegen geläutet hat. Er zieht die Tür hinter sich zu. Dann trippelt er durch die Grabreihen, vorbei an dem frischen Grab des erschossenen Grenzjägers, und wirft scheppernd das eiserne Gittertürchen hinter sich zu. Denn verharrt er eine Weile auf den Steinstufen und schaut in das flammende Abendrot, das über dem Mauergebirge leuchtet, bis ihm die Augen tränen. Von den hoch gelegenen Viehweiden hört man, vom Windhauch hergetragen, melodisches Läuten. Auf der Fohlenweide des Raguser preschen ein paar Jährlinge über die grünen Hügelwellen und bleiben dann schnaubend am Gatter stehen. Der Hund des Rotneiger bellt, bis sein Bellen in ein Jaulen übergeht, das sich nicht viel besser anhört als der grölende Gesang aus dem Wirtshaus.

Schellbach beginnt die Knöpfe seiner Weste abzuzählen: »Soll ich – soll ich nicht …«

Es geht so auf, dass er nicht soll, und er nickt schwermütig vor sich hin.

»Dann geh ich halt heim.«

Im Wirtshaus sitzen sie noch, bis die Nacht mit glitzernden Sternen über dem Bergdorf Tschamm liegt. Der Karotter ist schließlich der Erste, der sich auf den Heimweg macht. Er hat den ganzen Tag über viel getrunken, aber dieser schwere Mann wankt nicht einen Augenblick. Nur sein Atem geht etwas lauter, und wenn er an seiner unvermeidlichen Virginia zieht, sieht es aus, als tanze ein Leuchtkäferchen vor seinem Gesicht herum. Dröhnend geht sein Schritt über die Bohlen der Brücke, die über die Latschurn führt. Unbeweglich steht der Brückenheilige auf seinem Sockel. Aber plötzlich löst sich ein Schatten von ihm. Verdutzt bleibt der Karotter stehen.

»Du bist es, Lattner? Was möchtest du denn?«

Der Lattner, ein Kleinhäusler von Tschamm, lässt seinen scheuen Blick umhergleiten. »Es lässt mich nicht mehr los, Bürgermeister. Immer hab ich sein Gesicht vor mir. Es verfolgt mich bei Tag und Nacht.«

»Ach, Schmarrn. So ist es immer noch besser, als wenn

es dich erwischt hätte. Er war ledig, du hast Frau und Kinder. Hättest du vielleicht warten sollen, bis er dir eine draufbrennt?«

»Fast wär's mir lieber, dann hätt ich Ruhe.«

»Du gehst mir ja grad noch ab mit deiner Gefühlsduselei. Komm mit. Hier können wir nicht stehen bleiben.«

Schweigend legen sie den Weg zur Höhe zurück, auf der wie eine Trutzburg der Hof des Bürgermeisters Karotter steht. Dieser Hof ist einer der wenigen im Dorf, die aus Mauerwerk aufgeführt sind. Nur das obere Stockwerk ist aus Holz. Der Hund bellt, als sie ankommen, ist aber auf einen Ruf seines Herrn sofort still. Der Karotter schließt die Fensterläden, dann erst treten sie ein.

Die Stube ist groß und mit Lärchenholzmöbeln ausgestattet.

»Setz dich hin«, sagt der Karotter, öffnet ein Wandschränkchen, nimmt eine Schnapsflasche heraus und schenkt zwei Gläser voll. Hager und sorgenvoll, das bärtige Gesicht voller Blässe, sitzt der Lattner da wie ein Häufchen Elend. Der Bürgermeister zieht sich einen Stuhl heran und setzt sich nahe zu dem anderen.

»Jetzt pass auf, was ich dir sag. Solang Tschamm steht, hat es immer wieder einmal so kleine Plänkeleien gegeben an der Grenze. Hast du vielleicht schon vergessen, dass sechs von den unseren einmal abgestürzt sind, weil die Grenzer sie wie Hasen gejagt haben? Hast du vergessen, dass dein eigener Vater dabei war? Das war noch ein Kerl, dein Vater. Da könntest du dir ein Beispiel nehmen.«

Der Lattner verkrampft die Hände ineinander und schaut starr auf den blank gescheuerten Boden. »Das weiß ich alles, aber es ändert nichts daran, dass die anderen im Recht sind und wir im Unrecht.«

»Was heißt Unrecht? Das Recht auf ein gutes Leben besteht für jeden. Und es ist dir nicht schlecht gegangen in der ganzen Zeit, oder?«

»Das nicht, aber ...«

»Hör auf mit deinem Aber. Ich seh schon, dich hat die Geschichte ein wenig durcheinander gebracht. Darum mach ich dir jetzt einen Vorschlag. In Rechling draußen ist meine Schwester verheiratet. Beim Schroffenbauern ist das. Die brauchen dringend jemanden für den Sommer. Da gehst du hin, bis Gras über die Geschichte gewachsen ist. Du wirst sehn, du bringst dein Bündel leichter los, als du meinst. Bloß Abstand musst du gewinnen. Um die Deinen brauchst du dich nicht zu sorgen. Die paar Schubkarren voll Heu, die deine Geißen brauchen, die bringen wir schon rein.«

Der Lattner hebt die Augen, in seinem bleichen Gesicht zuckt keine Miene, er nickt nur vor sich hin, ein paar Mal, bis er sagen kann: »Ja, das wird wohl das Beste sein.«

»Freilich. Und wirst sehen, wenn du im Herbst wiederkommst, denkst du gar nicht mehr an die Sache und hast ein Gewissen, so rein wie dein Schutzengel.«

»Hoffen wir's halt«, sagt der Lattner kleinlaut und steht auf. »Und wie ist's mit meinen Kindern? Kümmerst du dich ein wenig um sie?«

»Du brauchst dir keine Gedanken zu machen. Jetzt gehst du heim und schläfst über alles. Morgen früh kommst du noch mal zu mir und sagst mir Bescheid.«

Als der Lattner fort ist, steht der Karotter noch eine Weile in der Stube und schaut vor sich hin. Dann fasst er mit der rechten Hand nach seinem Ohrläppchen und reibt es zwischen den Fingern, wie immer, wenn ihn etwas stark beschäftigt, und bewegt in Unbehagen die Schultern.

»Jetzt so was. Packt den Kerl das Gewissen. Aber ich werde ihm schon zureden wie einem kranken Ross, dass er auf ein halbes Jahr verschwindet. Das fehlte gerade noch, dass der plötzlich die Nerven verliert.«

Er räumt die Flasche weg, dann steht er eine kurze Weile vor dem schönen Sonnenblumengemälde an der Wand und den Hirschgeweihen; es sind mächtige Zwölfender, die sein Vater noch geschossen hat. Umständlich nestelt er unter seinem Hemd einen kleinen Schlüssel hervor, den er an einem schmalen Silberkettchen an seinem Hals trägt. Dann nimmt er das Ölgemälde weg und stellt es auf die Bank. Dahinter ist ein Wandschränkchen in die Vertäfelung eingelassen. Bevor er aufsperrt, geht er noch zurück und schiebt den Riegel an der Stubentür vor.

Im Wandschränkchen sind hinter ein paar Aktendeckeln etwa zwei Dutzend kleine Säckchen verborgen. Mit dem Zeigefinger zählt er sie nach, nickt dann zufrieden und sperrt wieder ab. Als er das Bild wieder darüberhängt, räuspert sich die hohe Standuhr in der Ecke und schlägt Mitternacht. Nach dem letzten Schlag setzt ein Spielwerk ein und ganz verträumt klingt es durch den Raum:

»Üb immer Treu und Redlichkeit
bis an dein kühles Grab.
Und weiche keinen Fingerbreit
von Gottes Wegen ab.«

Vor sich hin lächelnd schließt der Karotter sein Hemd wieder über dem Schlüsselkettchen. Zweimal am Tag spielt das Lied. Mittags um zwölf Uhr und nachts um zwölf Uhr. Aber es mahnt ihn an nichts. Nein, er weicht von Gottes Wegen nicht ab. Dass er zuweilen vom Weg der Grenze abweicht, steht auf einem anderen Blatt. Steht in der Bibel vielleicht geschrieben: »Du sollst nicht schmuggeln!?« Mit solchem Selbstbetrug schläfert er sein Gewissen ein.

Von der Turmuhr der St.-Lorenz-Kirche in Arnstadt schlägt es fünf Uhr am Nachmittag. Aus der gegenüberliegenden Schule stürzen die Buben und Mädel ins Freie. Die Lehrer folgen gemessenen Schrittes und verlieren sich in verschiedenen Richtungen. Als einer der Letzten verlässt Reinhold Tischner das graue Gebäude. Aber als er den Schulhof überqueren will, öffnet sich im ersten Stock ein Fenster und Rektor Silbernagel ruft nach dem jungen Lehrer.

»Herr Tischner, einen Augenblick noch, bitte.«

Reinhold Tischner ist sechsundzwanzig Jahre alt und leitet die fünfte Klasse. Er kehrt um, steigt die Treppe wieder hinauf und klopft an die Tür des Schulleiters.

Rektor Silbernagel steht immer noch am Fenster, spielt mit seiner Brille und schaut auf den Hof hinunter. Endlich dreht er sich um.

»Ah, da sind Sie ja schon.«

Rektor Silbernagel ist zweiundvierzig Jahre alt und Witwer. Von Gestalt ist er klein und untersetzt, er hat einen leichten Ansatz zum Bauch. Der rötlich schimmernde, sauber gestutzte Kinnbart lässt ihn etwas älter erscheinen.

»Tja«, sagt er jetzt und schlingt die schmalen Finger ineinander, dass die Knöchel knacken. »Ich habe Sie zurückgerufen, Herr Kollege Tischner«, er setzt die Brille auf und blättert in einer Akte, »weil ich mit Ihrer Unterrichtsmethode nicht ganz einverstanden bin.«

»Wieso?«, fragt Reinhold Tischner und schiebt wie im Trotz das Kinn vor. Es ist nicht das erste Mal, seit er hier ist, dass er gerügt wird.

»Es ist mir berichtet worden, dass zum Beispiel Ihr Geschichtsunterricht eine einseitige politische Färbung hat. Ich brauche Ihnen nicht zu sagen, welche politische Richtung damit gemeint ist.«

»Doch, gerade das möchte ich wissen.«

»Im Übrigen haben Sie den Geschichtsunterricht von einer Stunde eigenmächtig auf anderthalb Stunden ausgedehnt. Was haben Sie dazu zu sagen?«

»Gar nichts. Es ergab sich eben so. Durch Diskussionen. Ich habe es gerne, wenn meine Schüler fragen. Das zeigt, wie sehr sie mitgehen.«

»Ja, Sie haben das gerne. Aber die Schulleitung kann und darf nicht zulassen, was Sie gerne haben. Der Unterricht ist genau eingeteilt und ich darf als Rektor nicht zusehen, wie Sie eigenmächtig eine halbe Stunde zugeben zum Schaden anderer Fächer.«

»Welcher Fächer zum Beispiel?«

»Ach, reden wir nicht davon. Es ist richtig, dass zum Beispiel Ihre Klasse die beste im Turnen ist, in den anderen Fächern aber nachhinkt.«

»Das ist nicht wahr.« Zum ersten Mal verliert Reinhold seine eiserne Ruhe.

Silbernagel nimmt seine Brille ab und fixiert sein Gegenüber mit schmalen Augen. »Wollen Sie vielleicht behaupten, ich lüge?«

»Solange Sie mir nicht den Beweis dafür bringen, dass es tatsächlich so ist, heiße ich Sie einen Lügner.«

»Mann, was erlauben Sie sich! Sie vergessen, wen Sie vor sich haben.«

Reinhold Tischner macht eine wegwerfende Bewegung mit der Hand.

»Ich erlaube mir nur mich gegen Ungerechtigkeit zu wehren. Keineswegs vergesse ich, wen ich vor mir habe. Einen Mann, der mit zweierlei Maß misst, der bei anderen großzügig so manches übersieht und bei mir krampfhaft nach Fehlern sucht. Ich habe Ihre einseitige Bevormundung satt, dass sie es wissen, Herr Rektor Silbernagel. Wenn Ihnen mein Gesicht nicht gefällt, dann sagen Sie es doch offen und geifern Sie nicht so herum. Schließlich habe ich kein Brett vor dem Kopf und merke es schon seit Monaten, wie Sie mir aufsitzen.«

Sebastian Silbernagels roter Bart sieht jetzt aus wie eine züngelnde Flamme. In seinen Augen aber steht der blanke Hass. Mit einer wütenden Geste schlägt er den Aktendeckel zu.

»Sie tun sich ein bisschen zu viel Ehre an, junger Mann, wenn Sie meinen, dass ich es nötig hätte, Ihnen aufzusitzen. Aber wenn ich es nachrechne, so bestehen die Spannungen zwischen uns schon seit dem Faschingsdienstag.«

Blitzschnell reagiert Reinhold Tischner. Faschingsdienstag! Redoute im »Deutschen Haus«. Der Silbersaal in Blau dekoriert. Masken, Hunderte, Tausende: indische Maharadschas, Dominos, Pusztamädchen, Prinzen, Uniformen aus längst vergessenen Zeiten. Ein junger Gardeleutnant aber scheint alle zu überstrahlen. Unter dem blauen Käppi quillt herrliches kastanienbraunes Haar in üppigen Locken weit über den Nacken. Laura Steffens.

Silbernagel hat sich wieder abgewandt. Er steht am Fenster. Seine Absätze wippen auf und nieder.

»Was wollen Sie damit andeuten?«, fragt Reinhold Tischner in mühsam beherrschter Spannung.

Langsam dreht Silbernagel sich um. »Ich sage nur einen Namen: Laura Steffens.«

Tischner presst die Kiefer hart zusammen. Über seine Stirn fliegt eine dunkle Röte. »Herr Rektor, das sind Privatsachen, die Sie nichts angehen.«

Silbernagel hakt seine beiden Daumen in die Westentaschen ein, steht plötzlich aufreizend nahe vor dem jungen Lehrer und wippt wieder mit dem Absätzen.

»Sie haben Recht, junger Mann. Ihre Privatsachen interessieren mich nicht, solange es sich nicht um Laura Steffens handelt. Hier hört für mich der Spaß auf.« Und nun begeht er den großen Fehler, dass er Reinhold Tischner unsanft an den Rockaufschlägen fasst und ihn in wachsender Erregung zu schütteln beginnt. »Ich verbitte mir, dass Sie diese Dame weiterhin belästigen.«

Im ersten Augenblick ist Reinhold zumute, als müsse er laut loslachen. Aber dann packt ihn wahnsinniger Zorn und er verabreicht seinem Vorgesetzten eine schallende Ohrfeige.

Silbernagel ist blass bis in die Mundwinkel hinein. Nur auf seiner linken Wange zeichnen sich fünf rote Streifen ab. Tischner ist sich sofort über die Folgen seines Handelns klar, aber er bereut es nicht.

Silbernagel sagt jetzt mit gedämpfter Stimme: »Sie sind sich doch klar, dass Sie jetzt entschieden zu weit gegangen sind?«

Wie aus der Pistole geschossen antwortet Tischner: »Sie haben Recht, ich hätte Ihnen gleich am Anfang eine wischen sollen. Und jetzt will ich wissen, mit welchem Recht Sie behaupten, dass ich Laura Steffens belästigt hätte.«

»Darüber brauche ich Ihnen keine Rechenschaft zu geben. Aber damit Klarheit herrscht: Laura Steffens ist seit zwei Jahren meine Verlobte. Im Herbst heiraten wir.«

Reinhold Tischner starrt den anderen mit weit aufgerissenen Augen an. Er fühlt, dass Silbernagel jetzt die Wahrheit gesagt hat. Trotzdem ruft er verzweifelt: »Das ist nicht wahr!«

»Wollen Sie mich zum zweiten Mal einer Lüge bezichtigen?«

»Sie könnten ja ihr Vater sein.«

»Nicht ganz, nicht ganz«, lächelt Silbernagel wie ein Faun und streicht sich dabei über die gezüchtigte Wange. »Laura Steffens ist, wie Sie wissen werden, achtundzwanzig. Ich bin zweiundvierzig. Was sind schon vierzehn Jahre Unterschied, wenn auf geistiger Ebene ein wunderbarer Gleichklang da ist. Auf den Gleichklang kommt es an. Alle anderen Dinge sind mehr oder weniger Nebensächlichkeiten, die mit der Zeit abklingen. Das Geistige aber bleibt.«

»Ich kann es einfach nicht glauben«, sagt Reinhold mit gepresster Stimme.

»Immer noch nicht? Ach, Sie Narr. Ja, ja, ich weiß schon. Laura hat immer wieder mal Anwandlungen zu einem kleinen Flirt. Aber, wie gesagt, das ist nicht ernst zu nehmen. Wichtig für eine Frau ist nur, dass sie bei allem weiß, was sie wirklich will. Das eigentliche Ziel nämlich. Ich sehe, Sie verstehen mich immer noch nicht oder wollen mir nicht glauben.«

Mit einer hastigen Bewegung reißt Silbernagel jetzt seine Schreibtischschublade auf und wirft ein paar Briefe auf den Tisch. »Hier – bitte, kennen Sie vielleicht diese Schrift? Soll ich Ihnen vielleicht einen Satz vorlesen?« Ohne die Antwort abzuwarten beginnt er zu lesen: » … und ich bitte dich dieser lächerlichen Sache doch keine Bedeutung beizumessen. So junge Kerle bilden sich oft mehr ein, als wirklich dahinter ist. Tischner braucht kein Stein des Anstoßes zwischen uns zu sein. Seine Schwärmerei hat mir geschmeichelt, aber sie nötigt mir doch bloß ein Lächeln ab!«

»Bitte, was sagen Sie jetzt?«, fragt Silbernagel mit Triumph in der Stimme.

Reinhold Tischner greift nach seinem Hut. »Ich habe nichts mehr zu sagen«, antwortet er. »Aber ich werde meine Versetzung beantragen.«

»Bemühen Sie sich nicht, das geht sowieso ganz automatisch über den Dienstweg.«

Als Reinhold Tischner zum zweiten Mal das Schulhaus verlässt, schlägt es halb sechs Uhr. Nur eine halbe Stunde hat alles gedauert. In dieser halben Stunde hat sich etwas ereignet, dessen Ausmaß der junge Lehrer noch nicht überblicken kann. Er weiß nur eins, dass er in der Lorenzschule die längste Zeit aus und ein gegangen ist.

Gedankenlos setzt er Fuß vor Fuß. Sein Herz hämmert in rasendem Rhythmus. Ein Irrtum ist ausgeschlossen. Er hat Lauras Handschrift genau erkannt und die italienische Briefmarke gesehen. Laura Steffens ist zur Zeit in Venedig. Hat sie zu dieser Reise etwa gar Silbernagels Wagen genommen? Er erinnert sich jetzt, dass seit vierzehn Tagen Silbernagels Mercedes nicht mehr im Schulhof steht. Silbernagel hat also nicht gelogen.

Plötzlich beschleunigt er seine Schritte und betritt wenig später seine kleine Wohnung. Dann hält er Lauras letzten Brief aus Venedig in der Hand. Er hat ihn noch nicht eingereiht in das Bündel der anderen. Eigentlich hätte er ihn gar nicht zu lesen brauchen, denn in seinem Herzen ist jeder Satz eingegraben. Aber jetzt überfliegt er nochmals die Stelle:

» … meine Gedanken sind sehr viel bei dir, Lieber. Bei dir und unseren unvergesslichen Stunden. Ich liebe dich mehr, als du ahnst, und freue mich auf den Moment, wo wir uns wieder sehen.«

Das sollte Silbernagel lesen, denkt er, vielleicht verginge ihm dann der Gedanke, dass dies nur ein kleiner Flirt gewesen sei.

Wie zerschlagen sitzt er an seinem Tisch, das Kinn auf die Fäuste gestützt, und schaut zum Fenster hinaus. Über den Dächern spannen sich Leitungsdrähte. Schwalben flitzen dazwischen hin und her. Einmal poltert ein schwerer Lastwagen vorüber. Dann ist wieder eine gefährliche, summende Stille um ihn, die so ganz verschieden ist von jener traumverlorenen Stille der zärtlichen Stunden, die er mit Laura Steffens erlebt hat.

Er war ihr verfallen mit Leib und Seele. Ihm war zumute, als hätte er niemals zuvor eine schönere Frau gesehen. Ihre Liebe hatte ihn wie ein Wunder angerührt und mit herrlichen Hoffnungen erfüllt. Es ist ihm, als würde ihm ein Dolch ins Herz gestoßen und langsam umgedreht, wenn er an ihre Leidenschaft denkt, während Silbernagel nur vom geistigen Gleichklang redet.

Was ist er bloß für ein Narr gewesen? Seine männliche Eitelkeit ist tief verletzt, wenn er bedenkt, dass nun Silbernagel über ihn lächeln kann. Freilich, eines hat Silbernagel ihm voraus. Er ist wohlhabend. Seine erste Frau hat ihm am Südrand der Stadt eine Villa mit einem großen Park hinterlassen. Außerdem ist bekannt, dass Silbernagel schon eine ganze Anzahl viel gelesener Lehrbücher herausgegeben hat, die ihm viel Honorar einbringen.

Sind es vielleicht nur das Geld und die Zukunft in gesicherten Verhältnissen, die Laura Steffens an den älteren Mann fesseln? Liebe kann es nicht sein oder trägt sie zwei Seelen in ihrer Brust?

Sei es nun, wie es will. Sein Weg wird ihn jetzt sowieso aus dieser Stadt wegführen und damit auch von Laura. Eine Zusammenarbeit mit Silbernagel ist unmöglich geworden. Fragt sich jetzt nur noch, was das Kollegium beschließen wird, vor das man ihn zerren wird. Aber er wird sich nicht verteidigen, obwohl es ihm ein Leichtes wäre, zu beweisen, dass Silbernagel ihn nur aus Eifersucht in den letzten Monaten schikaniert hat.

Aber es geht alles schweigend und anders als erwartet. Nach acht Tagen erhält er schriftlichen Bescheid von der zuständigen Aufsichtsbehörde, dass er bis auf weiteres beurlaubt sei. Das Gehalt laufe vorerst noch weiter. Andere Schritte behalte man sich vor. Im Übrigen habe er es nur der Anständigkeit des hoch geachteten Herrn Rektors Silbernagel zu verdanken, dass dieser von einer Anzeige wegen Körperverletzung absehe. Das Mindeste, was von ihm verlangt werden könne, sei, dass er sich in aller Form bei Herrn Rektor Silbernagel entschuldige.

Das tut er auch. Und er tut es sogar in aller Öffentlichkeit während der Zehnuhrpause, als die gesamten Lehrkräfte im Schulhof beisammenstehen.

Silbernagel kommt aus dem Schulhaus, wickelt seine Buttersemmel aus und beißt herzhaft hinein. Da sagt Reinhold, sodass es alle hören:

»Ach, dass ich nicht vergesse, Herr Rektor. Ich möchte mich höflichst entschuldigen für die Ohrfeige, die ich Ihnen gegeben habe. Es ist verlangt worden von höherer Stelle aus und ich bin diesem Verlangen nachgekommen.«

Niemand hätte sonst von dieser Ohrfeige erfahren. Die Kollegen und Kolleginnen stehen ein wenig betreten da. Silbernagel ist mehr als verwirrt.

»Schon gut, schon gut«, sagt er und schaut dann schnell auf seine Uhr, ob die Pause noch nicht bald um sei.

Es sind die letzten Worte, die Lehrer Tischner und sein Rektor noch miteinander reden, denn am anderen Tag beginnt bereits Reinholds Beurlaubung. Sie dauert zunächst bis zu den großen Ferien, aber erst Mitte August erhält er einen Einschreibebrief, worin ihm seine Versetzung nach Tschamm mitgeteilt wird.

Dienstantritt am dritten September.

Zuerst findet er dieses Bergnest an der Grenze nicht auf der Landkarte. Dann erfährt er von einem Kollegen, mit dem er immer noch in Verbindung steht, dass dieses Tschamm als ausgesprochener Strafposten bekannt sei.

Also gut, dann geht er halt in die Verbannung. Einesteils kommt ihm diese Regelung sehr gelegen, denn seit der Enttäuschung mit Laura sehnt er sich nur mehr nach Einsamkeit und Stille. In diesen Wochen des Müßigganges hat er erst erkannt, wie schwer er unter ihrer Zwiespältigkeit gelitten hat. In seiner Verbitterung hat er ihr zunächst einen geharnischten Brief senden wollen, aber dann tut er die Sache mit einem spöttischen Zweizeiler ab: »Spiele nicht mit Menschenherzen, silberne Nägel können schmerzen …«

Antwort hat er darauf nie bekommen.

Es ist einer der ersten, schwermütigen Septembertage, als Reinhold Tischner langsam den steilen Karrenweg hinaufgeht zum Bergdorf Tschamm. Man hat ihm zwar im Kreisstädtchen Url gesagt, dass über Epps eine breite Fahrstraße nach Tschamm führe, aber das wären fünf Kilometer Umweg. Eine gute Stunde Fußmarsch also, die er sich sparen kann. Warum soll er sich nicht beeilen in den Ort seiner Verbannung zu kommen?

Er sieht das mitleidige Lächeln des Kreisschulrates noch vor sich, bei dem er sich heute Vormittag gemeldet hat. Sonst ein recht gemütlicher, älterer Herr, der ihn sogar zum Mittagessen eingeladen hat.

»Tja«, hat er gesagt. »Nun sagen Sie mir bloß, wieso Sie dazu kommen, Ihrem Vorgesetzten eine Ohrfeige zu geben.«

»Ach so, das weiß man hier auch schon?«, hat Reinhold gefragt, obwohl er sich doch hätte denken können, dass ihm seine Personalakte vorausgeeilt ist. Aber er hat keine Lust ins Detail zu gehen oder zu klagen, dass diese Strafversetzung nicht ganz zu Recht bestünde. So sagt er nur: »Ach ja, es war halt mein Jähzorn.«

Darauf wurde ihm mitgeteilt, dass ein bisschen Zorn da oben am Berg vielleicht schon angebracht wäre. Aber er dürfe nicht meinen, dass er mit dem Kopf durch die Wand könne. Die Tschammer seien keine Waisenkinder und es werde für ihn wohl manche harte Nuss zu knacken geben. Die Kreisschulleitung setze viel Hoffnung auf ihn und er werde auch in weitgehendem Maße Unterstützung finden. Hauptsache sei, dass er sich nicht von dem Tschammer Obstschnaps benebeln lasse, dessen Sklave Lehrer Schellbach leider geworden sei.

Mit diesen guten Ratschlägen versorgt schreitet Reinhold nun zügig bergauf. Manchmal bleibt er stehen um das Bild der Landschaft in sich aufzunehmen. Die Laubbäume haben sich schon herbstlich verfärbt und blutrot leuchten die roten Vogelbeeren zwischen dem Laub. Ein Himmel wie Seide spannt sich über die steilen Wände des Mauergebirges und Marienfäden ziehen schimmernd durch die Luft. Fern und sanft ist das Rauschen der Latschurn, wie ein Lied von vielen fernen Stimmen.

Immer näher kommt er dem Dorf. Er sieht Leute auf den Wiesen arbeiten. Im Dorf selbst ist es ganz still um diese Nachmittagsstunde. Vergebens schaut er sich danach um, wo die Schule sein könnte, und ist dann froh, als er eine alte Frau vor einem Bauernhaus auf der Bank sitzen sieht. Der Hund kläfft wütend an seiner Kette, als Reinhold näher tritt um nach der Schule zu fragen.

Sie schaut ihn mit verständnislosen Augen an. Dann zuckt sie die Schultern. Sie versteht ihn nicht, weil sie taub ist. Beim »Sternwirt« kann er es endlich erfahren. Es sitzt nur ein einziger Gast in der dämmrigen Stube. Vor ihm steht ein halb geleertes Glas mit Bier, das dick und schwarz aussieht wie Sirup.

Reinhold tritt an den Tisch. »Können Sie mir sagen, wo hier das Schulhaus ist?«

»Schulhaus?« Der andere hebt die glanzlosen Augen. Ein fragendes Lächeln gleitet über seine Züge. »Sind Sie vielleicht der neue Lehrer?«

»Ja, allerdings«, antwortet Reinhold froh, weil er meint,

dass man ihn hier schon erwartet, obwohl er seinen Dienst erst übermorgen anzutreten hat.

Inzwischen hat sich der andere aufgerappelt, aber er hält sich nur mühsam auf den Beinen. »Freut mich, freut mich«, stammelt er. »Mein Name ist Schellbach. Lehrer Schellbach. Vielmehr – gewesener Lehrer.«

Betroffen tritt Reinhold einen Schritt zurück. Mein Gott, denkt er, was wird mir denn dieses menschliche Wrack für ein Erbe hinterlassen haben.

»Bitte Platz zu nehmen«, sagt jetzt Schellbach. »Darf ich den Herrn Kollegen zu einem Willkommenstrunk einladen?«

»Nein, danke, ich möchte einmal das Schulhaus ansehen.«

»Hat noch Zeit, mein Lieber. Hat noch viel Zeit. Zuerst einen Willkommensschnaps. Der wird dir wie Feuer ins Blut schießen, Büberl.«

Reinhold runzelt die Brauen. Es stört ihn, dass er geduzt wird von diesem Menschen, den er vor fünf Minuten noch gar nicht gekannt hat.

»Sie sind ja betrunken«, sagt er mit einem Ton von Ekel in der Stimme.

Schellbach fällt auf die Bank zurück, starrt den anderen eine Weile mit glasigen Augen an und schlägt dann plötzlich die Hände vors Gesicht. Seine Schultern zucken und ein trockenes Schluchzen bricht aus ihm. Reinhold spürt plötzlich Mitleid mit diesem Menschen. Aber er findet nicht die Worte, die ihn aufrichten könnten.

Da aber hat sich Schellbach wieder gefasst. Er wirft ein Geldstück auf den Tisch und steht auf.

»Kommen Sie. Ich will Ihnen nun das zeigen, was Sie Schulhaus nennen. Nur eines will ich Ihnen versichern. Ich bin nicht betrunken. Aber ich habe viel getrunken hier. Und einmal bin ich auch so dahergekommen, jung wie Sie und voller Hoffnungen. Das ist jetzt dreißig Jahre her.«

Sie müssen auf die Seite treten, weil ein Bauernfuhrwerk, hoch mit Grummet beladen, daherkommt. Der Fahrer, ein junger Bursche, würdigt Schellbach keines Blickes. Nur Reinhold sieht er kurz und prüfend an.

»Wie viele Schüler sind hier?«, fragt Reinhold.

»Zur Zeit sind es fünfundvierzig oder achtundvierzig. Genau weiß ich das gar nicht und es ist auch egal. Die Hälfte fehlt sowieso meistens.«

»Wie bitte?«

»Ja, ja, Sie haben schon recht gehört.«

»Ja – aber, das sind ja untragbare Zustände. Das geht doch gar nicht.«

»Hab ich auch gemeint. Aber nach einem Jahr bin ich eines anderen belehrt gewesen. Da hatten sie mir die Flügel schon gestutzt.«

Nachdenklich schweigt Reinhold. Erst nach einer Weile fragt er:

»Wie viele Lehrkräfte?«

»Nur eine Lehrkraft.«

»Eine Lehrkraft für acht Klassen?«

»Oh, das geht wunderbar. Ich habe auch gemeint am Anfang, das sei nicht möglich. Aber Sie werden sich wundern, was in diesem Nest alles möglich ist. Aber da sind wir jetzt schon. Hier, bitte, das Schulhaus von Tschamm.«

Sie stehen vor einem alten, hässlich aussehenden Bauernhaus mit Stall und Stadel. Die Fensterläden hingen schief in den Angeln, der Balkon ist schon halb verfault und das Blechschild, auf dem »Schulhaus« geschrieben steht, ist so verwaschen, dass man es fast nicht mehr lesen kann. Der Garten ist verwildert, die Hälfte des Zaunes mag vom letzten Winter her noch am Boden liegen.

Reinhold Tischner hat das Gefühl, als laufe ihm in diesem Augenblick eiskaltes Wasser über den Rücken. Es ist eine der traurigsten Stunden seines Lebens, gegen die ihm die Enttäuschung mit Laura nur wie ein Kinderspiel vorkommt. Am liebsten wäre er umgekehrt und hätte seinem Lehrerberuf für immer Ade gesagt. Aber da hat ihn Schellbach bereits am Ärmel gefasst und ins Innere des Hauses gezogen. Er öffnet die Tür linker Hand, die Tür zum Schulsaal.

Es ist nichts weiter als eine ehemalige Bauernstube, mit einer herausgebrochenen Zwischenwand. Sie ist niedrig und die kleinen Fenster sind so verstaubt, dass das Sonnenlicht kaum hereinkann.

»Das sind ja nette Zustände«, entringt es sich ihm.

»Aber man gewöhnt sich allmählich daran«, antwortet Schellbach und tritt an das kleine Harmonium neben dem wurmstichigen Katheder. Er schlägt ein paar Töne an und lächelt vor sich hin. »Das Harmonium ist in Ordnung. Seit zwei Jahren steht es hier, eine Stiftung des Klosters Epps.«

Reinhold ist mit der Hand über eine der Schulbänke gefahren. Fast fingerdick liegt der Staub darauf.

»Wer macht denn hier sauber?«

»Die Waxin kommt einmal in der Woche. Morgen wird sie noch sauber machen hier.«

»Und wo ist die Lehrerwohnung?«

Schellbach hört auf zu spielen und deutet mit dem Finger zur Decke. »In der ersten Etage oben. Ich habe sie bereits geräumt und wohne seit gestern im Dorf. Ihre Möbel sind wohl schon unten an der Bahnstation?«

»Möbel?«, fragt Reinhold erschrocken. »Man hat mir kein Wort davon gesagt. Ich habe gedacht ...«

»Ja, gedacht hab ich auch viel vor dreißig Jahren. Aber das gewöhnt man sich hier ab. Sie müssen sich eben einrichten, so gut es geht. Notfalls gibt es im Gasthaus auch ein paar Fremdenzimmer. Aber kommen Sie, ich zeige Ihnen die Räume oben.«

Es gibt ein kleines Stübchen mit einer Tür zum Balkon hinaus. Daneben eine Küche, die sogar ziemlich groß ist. In ihr steht nichts als ein alter Herd und eine Holzkiste für das Brennmaterial. Auf diese Kiste setzt sich jetzt Schellbach und faltet die Hände im Schoß.

»Ich sehe es Ihnen an, wie enttäuscht Sie sind. Mir war

damals nicht anders zumute. Ein Rebell, sagten sie, sei ich, weil ich den Kindern in der Schule sagte, dass auch der Kaiser zu Fuß ... Sie wissen schon. Majestätsbeleidigung haben sie es genannt und mich hierher in die Verbannung geschickt. Voller Trotz und Zorn habe ich hier begonnen, ja sogar mit dem eisernen Willen hier Ordnung zu schaffen. Aber nach einem Jahr war alles verraucht. Mir blieb die Überzeugung, dass das Leben hier am Berg nur zu ertragen ist, wenn man diesen scharfen Bauernschnaps zum Freund hat. Und Schnaps gaben sie mir immer, mehr als gut war. Das wird auch bei Ihnen nicht anders sein. Warten Sie ab.«

»Ich werde ihnen ihren Schnaps ins Gesicht schütten«, antwortet Reinhold in verbissenem Trotz. »Und nun sagen Sie mir, wo ich den Bürgermeister finden kann.«

Schellbach führt ihn zum Fenster und deutet mit der Hand den Hang hinauf.

»Dort oben, sehen Sie, der große, schöne Hof. Dort wohnt der Bürgermeister. Karotter heißt er. Aber es hat jetzt keinen Sinn, wenn Sie hinaufgehen. Er wird auf den Wiesen sein.«

»Dann warte ich halt bis zum Abend. Ist er wenigstens ein umgänglicher Mensch?«

»Der Karotter? O ja. Umgänglich und – wie soll ich denn gleich sagen – man kann reden mit ihm. Ja, reden kann man mit ihm.«

»Immerhin etwas«, lächelt jetzt Reinhold, der sich bereits in Gedanken damit befasst, wie er sich die Wohnung einrichten will. Dass er daran bisher überhaupt noch nicht gedacht hat, kann er gar nicht begreifen. Hat er sich denn eingebildet, dass man ihm in diesem Bergdorf eine komfortable Villa zur Verfügung stellen wird mit allem Drum und Dran? Er steht an dem kleinen Fenster und schaut wie gebannt auf die Schönheit der Landschaft. Über den Bergen wirkt der Himmel jetzt fast gelblich. Der Fichtenwald aber hebt sich in bläulicher Schwärze von der Helligkeit des Himmels ab.

»Und wie wollen Sie es mit dem Kirchendienst halten?«, fragt Schellbach hinter ihm.

»Wieso?«

»Ich dachte, ob Sie mir nicht wenigstens das Orgelspiel am Sonntag überlassen wollen. Es wäre ein kleiner Zuschuss zu meiner Pension. Hochzeiten und Beerdigungen extra.«

»Ja, ich weiß nicht, das wird nicht an mir liegen.«

»Wenigstens am Anfang noch«, bettelt Schellbach weiter. »Wissen Sie, so ganz plötzlich gar nichts mehr tun zu dürfen wird mir verdammt schwer fallen.«

»Also gut. Sagen wir erst mal bis Neujahr. Es wird mich nicht gleich jemand verpfeifen. Gibt es hier eigentlich auch Fremde?«

»Gelegentlich Touristen und im Winter ein paar Skiläufer.«

»Verstehe ich nicht ganz. Dieser Ort ist doch geradezu wie geschaffen für eine Sommerfrische. Da muss es meines Erachtens schon an der Initiative des Bürgermeisters fehlen.«

»Ich weiß nicht, woran es fehlt. Ich habe mir auch abgewöhnt darüber nachzudenken. Und ich möchte Ihnen den guten Rat geben, denken auch Sie nicht viel nach und fügen Sie sich in die Verhältnisse, wie sie hier eben sind.«

Reinhold antwortet nichts darauf, sondern fragt nur, wer ihm heute noch seine zwei großen Koffer in Url von der Bahn abholen könne.

»Ich will einmal sehn«, erklärt sich Schellbach bereit. »Vielleicht fährt der junge Übelacker mit seinem Gespann noch hinunter. Der ist noch einer von den Umgänglichsten hier in der Gegend.«

Vom Fenster aus sieht Reinhold ihm nach, wie er mit kleinen Schritten die Straße hinabtrippelt. Seine Schultern sind hoch gezogen und mit dem rechten Arm schlenkert er, als gehöre er nicht ganz zu ihm. Wie ein Landstreicher, durchzuckt es Reinhold. Er denkt daran, dass auch Schellbach einmal jung und voller Hoffnungen war, als er hier begann. Wird in fünfundzwanzig oder dreißig Jahren auch er einmal geschlagen und willenlos dahintorkeln?

Nein, kein Gesetz gibt es, das ihn so lange hier halten könnte. Fünf Jahre Bewährung sei wohl das Höchste, was man von ihm verlangen würde, hat der Schulrat in Url durchblicken lassen. Aber vielleicht wird er in zwei oder drei Jahren schon abgelöst. Vielleicht lässt sich bis dahin irgendwo in einer Schule ein anderer zu einer Disziplinlosigkeit hinreißen, sodass man ihn auf den Strafposten Tschamm versetzt.

Reinhold Tischner hat sich gewaschen und geht nun zum »Sternwirt«. Ja, ein Zimmer könne er wohl haben und zu essen gebe es auch. Er sagt, dass er der neue Lehrer sei, aber das scheint den noch verhältnismäßig jungen Wirt nicht mehr zu interessieren, als ob ein Handelsreisender ihm gesagt hätte, dass die Preise für Textilien in nächster Zeit steigen.

Das Essen ist gut und reichlich. Es ist gerade geschlachtet worden und Reinhold bekommt eine Schlachtschüssel hingestellt. Die Kellnerin ist genauso wortkarg wie ihr Chef. Wenn sie am Zapfhahn hantiert, wirft sie zuweilen einen fast mitleidigen Blick auf den jungen Menschen am Fenstertisch, der sie vorhin ein wenig erstaunt gefragt hat, ob es denn hier kein Tischtuch gebe. Er sei das so gewöhnt.

»Wegen dem werden wir Extrawürst braten«, hat der Wirt gesagt, als sie es draußen erzählt hat. Die Frau aber hat stillschweigend eine bunt gewürfelte Decke aus der Schublade genommen und sie dem Mädchen ausgehändigt.

»Deck den Tisch, wenn er es will«, hat sie gesagt. »Die Menschen sind halt verschieden.«

»Aber er ist doch bloß der neue Lehrer«, erwiderte der Wirt verdrossen.

»Immerhin – auch Lehrer sind Menschen. Merk dir das,

Nepomuk. Du darfst nicht immer das Maß am Ferdl nehmen.«

Ferdl, das ist der Lehrer Schellbach. Ferdinand heißt er, aber sie nennen ihn hier nur den Ferdl.

»Der Ferdl hat uns Lesen und Schreiben beigebracht. Vielleicht ein bissl Rechnen noch. Mehr braucht es bei uns nicht«, brummt der Wirt.

Immerhin hat der neue Lehrer den Tisch gedeckt bekommen und das ist Grund genug, dass die Kellnerin sich wundert.

Reinhold Tischner ist überrascht, zu welch niedrigem Preis er hier essen kann. Das hebt seine Stimmung ein wenig und von neuem Schwung beseelt macht er sich auf den Weg zum Bürgermeister.

Abendlicher Friede liegt jetzt über dem Dorf. Unter den breiten Vordächern der Tennen stehen hoch beladene Fuhrwerke mit Grummet. Da und dort sitzen Menschen auf der Hausbank. Reinhold grüßt freundlich und zuvorkommend. Schwerfällig und ernst nicken die Menschen. Sie wissen noch nicht, dass er der neue Lehrer ist.

Kurz vor dem Karotterhof bleibt Reinhold stehen und schaut mit Bewunderung auf dieses mächtige Bauwerk mit den umfangreichen Wirtschaftsgebäuden. Sauberkeit umgibt den ganzen Komplex. Der Hüge ist komplett mit Obstbäumen bepflanzt.

Zögernd geht er weiter und trifft am Brunnen vor dem Haus den Bürgermeister, der sich den Staub des Tages vom entblößten Oberkörper wäscht. Er nimmt gar keine Notiz von dem Angekommenen, taucht jetzt auch noch seinen eisengrauen Schädel unter den kalten Strahl und schüttelt die Tropfen von sich, bevor er nach dem Handtuch greift.

»Guten Abend«, sagt Reinhold jetzt. »Ich bin der neue Lehrer.«

Der Karotter lässt blitzschnell das Handtuch sinken. Seine dunklen Augen mustern Reinhold mit einem kurzen, scharfen Blick. Dann fährt er sich mit dem Handtuch über die Brust und greift nach dem schneeweißen Hemd, das über dem Eisenrohr des Brunnens hängt.

»Ich habe Sie erst morgen erwartet«, meint er, während er sich ankleidet. Dann erst streckt er dem neuen Lehrer die Hand hin.

»Willkommen in Tschamm.«

Es ist die erste Hand, die Reinhold hier jemand entgegenstreckt.

»Kommen Sie, leisten Sie mir Gesellschaft. Ich hab noch nicht gegessen.« Er geht Reinhold voran in den Flur und ruft rechts durch eine halb angelehnte Tür: »Magdalena, noch ein Gedeck für den neuen Lehrer.«

»Danke, ich habe schon gegessen«, sagt Reinhold.

Der Karotter gibt darauf keine Antwort, sondern öffnet eine Tür, die in eine kleine, behaglich eingerichtete Stube führt.

»Bitte, nehmen Sie Platz«, fordert der Karotter freundlich auf und deutet auf das breite Ledersofa, vor dem ein bunter Fleckerlteppich ausgebreitet liegt. Dann tritt er zum Spiegel und kämmt sich die nassen Haare. Ohne sich umzuwenden fragt er:

»Haben Sie Ihre neue Wirkungsstätte schon besichtigt?«

»Sie meinen das, was sich hier großspurig Schulhaus nennt.«

»Ja, ja, ich weiß«, antwortet der Bürgermeister und dreht sich um. »Es ist vielleicht nicht ganz das, was Sie sich erwartet haben, aber die Regierung hat sich halt bis jetzt noch nicht entschließen können Tschamm ein neues Schulhaus zu schenken.«

»Das ist nicht Sache der Regierung allein. Die Gemeinde müsste auch etwas dazu tun. Vielleicht ist auch von gemeindlicher Seite nicht mit dem nötigen Nachdruck gehandelt worden.«

Der Karotter runzelt die Stirn. Was fällt denn dem Kerl ein? Mag vielleicht drei oder vier Stunden da sein und will schon nörgeln. Er empfindet es jedenfalls als einen Seitenhieb, den er gleich zurückgeben will.

»Vielleicht aber ist die Regierung der Ansicht, dass strafversetzte Lehrer keinen besonderen Komfort brauchen.«

Über Reinholds Stirn fliegt eine dunkle Röte. Sieht man ihn denn hier als einen Verbrecher an? Schärfer, als er will, sagt er daher: »Ich habe nichts Unehrenhaftes getan, das bitte ich mir zu glauben. Es würde mich ja wundern, wenn Sie in meine Akten nicht schon Einsicht genommen hätten.«

»Nein, hab ich wirklich nicht«, antwortet der Karotter und Reinhold merkt, dass er die Wahrheit spricht. »Wissen Sie, das interessiert mich nicht. Im Grunde hat der Ferdl auch nichts Unehrenhaftes getan und hat doch nach Tschamm müssen.«

»Wer ist Ferdl?«

»Ihr Vorgänger, der Schellbach.«

»Ich heiße Tischner, Reinhold Tischner.«

In diesem Augenblick betritt die Frau des Bürgermeisters mit dem Essen die Stube. Hinter ihr folgen zwei Mädchen im Alter von etwa zehn und zwölf Jahren, die das Besteck und die Teller tragen.

Magdalena Karotter ist eine hoch gewachsene, immer noch schöne Frau um die fünfzig herum. In ihrem schmalen Gesicht sind noch kaum Falten zu sehen, nur um die Mundwinkel vielleicht ein feiner Zug von heimlichem Leid. Sie stellt das Essen nieder, dann schaut sie den neuen Lehrer mit offenem Blick an und reicht ihm die Hand.

»Willkommen in Tschamm.«

Auch die beiden Mädchen reichen Reinhold die Hand und er fragt sie nach ihren Namen. Andrea und Anna heißen sie.

»Nur die zwei?«, fragt Reinhold Tischner.

»Nein, noch einen Sohn mit sechzehn und eine Tochter mit bald zwanzig. Die ist aber nicht daheim zur Zeit«, erklärt ihm der Karotter.

»Greifen Sie zu«, fordert die Bäuerin ihn auf, und da Reinhold noch zögert, gibt sie ihm selber Kraut und Rauchfleisch auf den Teller.

»Danke«, sagt der Lehrer und senkt den Kopf zu einem kurzen Tischgebet.

»Haben Sie sich drüben schon eingerichtet?«, fragt sie dann.

»Leider nein. Ich muss mich erst nach Möbeln umschauen, das mache ich morgen. Vorerst bin ich im Gasthof untergebracht. Die Zimmer hätten zuvor überhaupt ein wenig in Ordnung gebracht werden müssen. Ich glaube, die haben schon zehn Jahre keinen Maler mehr gesehen.«

Da lacht der Karotter ganz herzhaft und sticht mit seiner Gabel eine Portion Kraut heraus.

»Ja, ja, der Herr Lehrer ist anspruchsvoller als sein Vorgänger. Einen Ferdl, glaub ich, hat es nur einmal gegeben bei uns in Tschamm.«

»Ja, ich glaube auch«, antwortet Reinhold. »Ferdl werde ich wahrscheinlich keiner werden. Ich bin bloß neugierig, was mir mein guter Kollege Schellbach sonst für ein Erbe hinterlassen hat.«

»So kommt, Kinder, ihr müsst nun auch essen«, sagt Frau Karotter und schiebt die Mädchen hinaus.

Während des Essens fällt es dem Karotter ein, dass er ja gar keinen Willkommenstrunk geboten habe, und er nimmt eine Schnapsflasche vom Sims.

»Danke, ich trinke keinen Schnaps«, sagt Reinhold.

»Das werden Sie hier noch lernen.«

»Ich glaube nicht, weil ich grundsätzlich keinen Schnaps trinke.«

»Schade. Der Tschammer Obstschnaps hat es nämlich in sich und ist weit und breit bekannt.«

»Ich möchte seine Bekanntschaft aber lieber nicht machen. Nur, dass wir darauf zurückkommen, Herr Bürgermeister. Wäre es nicht möglich, dass man morgen wenigstens die Lehrerwohnung noch tünchen könnte?«

»Also gut, vielleicht hat der Maurer Benno Zeit. Ich werde ihn heute noch verständigen. Wenn Sie Interesse haben, zeige ich Ihnen danach den Hof noch.«

»Das interessiert mich sogar sehr.«

Reinhold ist als Kind manchmal in den Ferien bei seinem Onkel im Unterland gewesen. Aber das war nur ein armseliges Höfchen gegen das, was er hier zu sehen bekommt. Schon die vielen Zimmer dieses Hauses mit den blitzblank gescheuerten Böden. Die Küche ist mit teuren Fliesen gekachelt und für die große Bauernstube in Lärche hätte man sich wohl zwei mittlere Wohnzimmer kaufen können. Der Karotter zeigt seinem Gast alles mit knappen Handbewegungen und wenig Worten, wie ein Mensch, für den es selbstverständlich ist, dass er in solch einem gediegenen Reichtum lebt und sich darin bewegt. Der Stall ist weit und hell. Er muss erst frisch gestrichen worden sein. Das Vieh, wohl an die vierzig Stück, ist sauber gestriegelt. Die vier Pferde haben glänzende Haferfelle. Der Karotter steckt ihnen ein Bund Heu in die Raufe und geht weiter. Der Hof ist sauber gekehrt, in den Remisen stehen ausgerichtet die Wagen und Maschinen. Nebenan steht ein schwerer Traktor und in der zweiten Garage ein graublauer Mercedes.

»So, das wär nun alles«, sagt der Karotter und zupft sein Ohrläppchen. Er prahlt sonst Fremden gegenüber eigentlich nicht mit seinem Reichtum, aber dem da muss man es schon unter die Nase reiben, dass man wer ist.

»Ein herrlicher Besitz«, lobt Reinhold. »So hätte ich es mir nicht vorgestellt.«

»Na ja, es geht schon«, antwortet der Karotter brummig und schließt das Garagentor. »Also, ich werde zusehen, dass der Benno morgen Ihre zwei Zimmer tüncht. Auf Kosten der Gemeinde natürlich.«

»Das sowieso«, entgegnet Reinhold. »Auf Kosten der Gemeinde müsste meines Erachtens auch ein neuer Küchenherd hinkommen.«

»Nur Zeit lassen. Nichts übereilen«, antwortet der Bürgermeister. »Wenn er noch funktioniert, geht es schon noch ein paar Jahre damit. Und ich habe nie gehört, dass der Schellbach gefroren hätte. Allerdings, er hat auch für die inwendige Wärme was getan. Sie aber verschmähen unseren guten Zwetschgenschnaps. Und nun – gute Nacht.«

Er streckt dem jungen Lehrer plötzlich die Hand hin, sodass Reinhold gar nicht dazu kommt, noch etwas zu sagen.

Inzwischen ist es schon dunkel geworden. Sterne funkeln am tiefblauen Himmel, nur hinter dem Mauergebirge liegt noch ein heller Schein. Freundlich blinken hinter den Stubenfenstern die Lichter. Sie werfen einen gelblichen Schimmer in die Gärten, hinter deren Zäunen in bunter Pracht die Astern blühen. Schweigsam und wie vergessen steht der Heilige auf der Brücke, als Reinhold über die Bohlen geht.

Im Wirtshaus ist noch Lärm. Reinhold geht durch den matt erleuchteten Flur die Stiege hinauf in sein Zimmer. Mitten im Zimmer stehen bereits seine Koffer und der Rucksack. Das Bett ist aufgedeckt und der Wasserkrug gefüllt. Er beginnt seine Wäsche auszupacken und die Anzüge in den Schrank zu hängen. Danach stellt er sich an das offene Fenster und atmet in tiefen Zügen die Nachtluft ein. Gedankenvoll zündet er sich eine Zigarette an. Dieses Tschamm, denkt er und schaut über die dunklen Giebel hin, es liegt noch vor mir wie ein Buch mit sieben Siegeln. Wie mag es auf der ersten Seite aussehen, wenn ich es aufschlage?

Unten wird es jetzt ruhiger. Soeben verlassen ein paar Bauern die Wirtschaft. Jemand kommt die Treppe herauf. Eine Tür wird geöffnet und geschlossen. Dann Stille.

Drei Tage später beginnt die Schule. Die Töchter des Bürgermeisters kennt Reinhold schon und er gibt ihnen die Hand. Auch ein paar Abc-Schützen, die heute ihren ersten Schultag haben, begrüßt er mit Handschlag. Aber auf einmal wird ihm klar, welch ungeheuere Arbeit hier auf ihn wartet. Bisher hat er immer nur eine Klasse geleitet. Hier sind sieben auf einmal beisammen. Wenn das nur gut geht. Ja, den Willen hat er. Er spürt, wie der Wille in ihm aufsteigt und zu wachsen beginnt, als er jetzt so vor der Klasse steht und die Gesichter betrachtet. Dann räuspert er sich.

»So, meine lieben Kinder. Ich bin euer neuer Lehrer. Ich hoffe, dass wir gut miteinander auskommen. Auch ohne diesen.« Er nimmt sein Taschenmesser heraus und schneidet den Tatzenstecken in der Mitte auseinander. »Ihr seid ja sicher gescheite und vernünftige Kinder, nicht wahr? Und ich glaube auch gar nicht, dass mein Herr Vorgänger diesen Tatzenstock recht oft gebraucht hat.«

»Täusch dich nicht«, schreit ein kleiner, untersetzter Bub aus der vierten Bankreihe heraus. »Der Ferdl hat oft zugedroschen wie ein Schmied.«

Reinhold runzelt die Brauen. Er schaut den kleinen Kerl mit den Sommersprossen eine Weile an, dann fragt er: »Wer ist der Ferdl?«

Die ganze Klasse kichert, weil der neue Lehrer nicht einmal weiß, wer der Ferdl ist.

»Ich will es euch sagen, wer der Ferdl ist. Mein Vorgänger, der Herr Lehrer Ferdinand Schellbach. Ich heiße Tischner und ich möchte es nicht, dass sich eins von euch erlaubt mich beim Vornamen zu nennen. Oder mich gar zu duzen, wie du vorhin. Also, merkt euch das ein für alle Mal. Und nun wollen wir mal sehen, ob alle da sind. Er nimmt die Liste in die Hand und beginnt zu lesen:

»Luckschneider-Martin, Pechhammer-Andreas, Bruckner-Maria, Gabler-Eduard ...«

So geht es der Reihe nach weiter. Alle sind anwesend und Reinhold freut sich.

»Dann wollen wir also anfangen. Und wir wollen mit Gott anfangen. Was habt ihr bisher gebetet?«

»Zu dir erwach ich ...«, lispelt die kleine Rose vom Bachhuber.

»Also, dann bleiben wir bei dem. Aufstehen!« Die Klasse betet.

Danach weiß Reinhold gar nicht, wohin die zwei Stunden gekommen sind. Vom Kirchturm schlägt es zehn Uhr und die Pause ist fällig. Wehe, wenn Schellbach einmal die zehn Schläge überhört hat. Da war dann schon irgendeiner, der ihn erinnerte, dass jetzt Pause zu sein habe: »Geh weiter, Ferdl, zehn Uhr ist's.«

Dabei hat Reinhold gar keinen Unterricht im eigentlichen Sinn gehalten. Warum auch in den ersten Stunden gleich? Er hat erzählt und gefragt, hat sich langsam, aber sicher an die Kinder herangetastet. Als er von der Stadt erzählte und von den wunderschönen Dingen, die es dort gebe, da hatten ihre Augen geleuchtet. Dann fragte er: »Ja, und was gibt es bei euch Schönes? Na, du –«, er deutet auf einen blondschopfigen Jungen hin, »wie heißt du gleich wieder?«

»Bernhuber-Florian.«

»Also Florian, was gibt es bei euch Schönes?«

»Eigentlich nichts. Außer Wald und Bergen eigentlich nichts.«

»Das ist nichts, meinst du? Florian, das ist sehr viel. Du hast auch noch manches vergessen. Die Wiesen sind da und die Felder. Ein blauer Himmel über den Bergen und die Latschurn. Ich höre sie manchmal plätschern in der Nacht. Es ist geradeso, als ob ein Lied durch das Dorf ginge, in alle Winkel hinein und in jede Kammer. Doch, doch, es ist schön hier und ihr müsst lernen eure Heimat recht lieb zu haben. Ach je – zehn Uhr ist es ja schon. Pause.«

Die Kinder rennen hinaus und Reinhold geht hinauf in seine Wohnung, die er sich am Vortag noch eingerichtet hat. Der vordere Raum ist nun halb Wohn-, halb Schlafzimmer. Die geräumige Küche ist mit hellen, einfachen Möbeln ausgestattet. Es ist eine ganz behagliche Wohnung geworden. Nur die Vorhänge fehlen noch. Er hat sie bereits gekauft und die Waxin will sie bis morgen fertig haben. Die Waxin hat überhaupt geschaut, als er sie gefragt hat, ob sie nicht jeden Tag kommen könnte um ihm die Wohnung sauber zu machen.

»Alle Tage gleich?«, fragte sie in komischem Entsetzen, als hätte er sie aufgefordert jeden Morgen einen Mord zu begehen. »Sonst hab ich halt in der Woche einmal das Schulzimmer geputzt. Die Lehrerwohnung überhaupt nicht, weil das der Ferdl immer selber getan hat.«

»Ja, aber ich möchte es eben anders haben. Sie werden dafür anständig bezahlt. Und die Milch? Bringen Sie mir die auch jeden Morgen?«

»Wenn es sein muss, ja. Der Ferdl hat bloß zweimal in der Woche einen Liter gebraucht.«

»Ich möchte aber jeden Tag einen Liter haben«, hat Reinhold geantwortet.

Reinhold tritt ans Fenster und schaut hinunter. Die Kinder tollen und rennen nicht umher, so wie er es gewöhnt ist von der Lorenzschule her. Sie stehen in Gruppen beisammen auf der Wiese und diskutieren heftig miteinander. Sein Blick geht über die Kinder hinweg zum Friedhof und da sieht er, wie drei Männer ein eisernes Grabkreuz setzen. In diesem Augenblick kommt auch der pensionierte Lehrer vom Friedhof über den schmalen Wiesenpfad auf das Schulhaus zu. Reinhold ist nun gespannt, wie die Kinder sich verhalten werden. Nur ein paar grüßen, die anderen sagen gar nichts. Einer aber ruft ganz laut:

»Ferdl, wie geht's im Ruhestand?«

Schellbach zuckt zwar zusammen, lächelt dann aber hilflos und trippelt weiter. Schon ist Reinhold unten, fasst den Alten am Arm und führt ihn zu den Kindern hin.

»Kinder, wer ist das?«

Endlich antwortet ein Mädchen. »Der Herr Lehrer Schellbach.«

»So, das wisst ihr also doch. Wer hat vorhin Ferdl gerufen?«

Niemand rührt sich.

»Also feig seid ihr auch noch. Patscheider, komm einmal

her. Du warst es doch, der vorhin Ferdl gerufen hat. Schäm dich, du bist nicht nur ein Flegel, sondern auch ein Feigling. Ich möchte dieses Wort nicht mehr hören, habt ihr mich verstanden. Für euch ist das der Herr Lehrer Schellbach.«

»Ach, lassen Sie nur«, wehrt Schellbach mit einem müden Lächeln ab.

»Nein, das lasse ich eben nicht, Herr Kollege. Würde ich das dulden, so würden sie mich eines Tages den Reinhold nennen. Nein, so weit darf es nicht kommen. So und nun hinein. Die Pause ist um.«

Ohne Widerspruch strömen die Kinder hinein. Schellbach fasst nach Reinholds Hand.

»Ich – danke Ihnen, Herr Kollege.«

»Nichts zu danken. Aber wenn Sie wieder so genannt werden, dann sagen Sie es mir bitte.«

»Ja, vielleicht sage ich es.« Schellbach dreht sich um und schaut zum Friedhof zurück. »Aber das da gibt böses Blut.«

»Ich weiß nicht, was Sie meinen.«

»Sie setzen das Grabkreuz für den erschossenen Grenzer. Aber es ist sonst Brauch, dass das Bild des Toten vorn bei den Personalien angebracht wird. Die aber haben es auf der Rückseite befestigt, sodass jeder, der in die Kirche geht, es sofort sieht.«

»Warum das?«

»Sie wollen wahrscheinlich, dass der Täter nie ein ruhiges Gewissen kriegt. Er soll das Bild des Getöteten immer wieder ansehen müssen.«

»Nimmt man denn an, dass der Täter hier in Tschamm sitzt?«

»Ich weiß nicht. Ich weiß überhaupt von gar nichts«, antwortet Schellbach und geht eilig davon.

Aber er hat Recht. Das Bild auf der Rückseite des Kreuzes wird Ärgernis erregen.

Nachdenklich geht Reinhold ins Klassenzimmer zurück, und weil die Kinderaugen so erwartungsvoll auf ihn gerichtet sind, setzt er ihnen in einfachen Worten auseinander, weshalb es unangebracht sei, wenn manche meinten, der alte Lehrer Schellbach sei keine Autorität mehr, weil er nun nicht mehr hier hinterm Pult sitze und sie lesen und schreiben lehre.

»Ich verlange von euch, dass ihr ihn anständig grüßt. Ich möchte euch überhaupt ans Herz legen, älteren Menschen Respekt entgegenzubringen. Oder habt ihr noch nichts von Höflichkeit gehört? Na also. Und wenn heute Nachmittag so schönes Wetter ist, dann gehen wir hinaus ins Freie und halten dort Unterricht. Einverstanden?«

»Ja«, brüllt die ganze Kinderschar.

Mit etwas gemischten Gefühlen sind sie heute früh aufgekreuzt. Aber nun entpuppt sich dieser neue Lehrer ganz anders, als es ihnen immer gesagt wurde und sie es erwartet hatten. Er redet so vernünftig mit ihnen und hat den Tatzenstecken abgeschafft. Mehr kann man vom ersten Tag wirklich nicht erwarten.

Da läutet schon die Mittagsglocke. Der Vormittagsunterricht ist zu Ende. Reinhold reißt die Fenster auf. Dann geht er zum Wirt zum Mittagessen. Man hat dort nicht damit gerechnet, denn Schellbach hat immer selbst gekocht und man war der Meinung, dass dies auch der neue Lehrer so halten werde. Darum kommt die Wirtin selber aus der Küche und fragt ihn, ob er jeden Tag hier essen wolle.

»Ja, mittags auf alle Fälle. Abends werde ich mir selbst was machen.«

Die kleine, lebhafte Frau setzt sich ein wenig an seinen Tisch. »Unsere Traudl ist ganz begeistert von ihrem neuen Lehrer«, sagt sie.

»Wirklich? Wir haben ja heute erst angefangen. Aber wir werden uns schon aneinander gewöhnen. Ich weiß, dass auch ich etwas dazu tun muss; die Kinder müssen zu mir finden und ich zu den Kindern. Habe ich die Kinder gewonnen, ist mir um die Eltern nicht mehr bange.«

»Da wird aber noch manch harte Nuss zu knacken sein.«

»Glaube ich. Aber ich habe in meinem Leben schon

manche harte Nuss zu knacken gehabt. Na ja, wir werden ja sehen.«

Er sieht es am Nachmittag schon. Zehn der älteren Schüler fehlen.

Die Bruckner-Ursula stellt ganz offen eine Flasche Schnaps auf das Pult und sagt: »Das schickt der Vater, weil der Toni im Grummet arbeiten muss und nicht in die Schule kommen kann.«

Der Seppl vom Luckschneider legt ein großes Stück Rauchfleisch daneben und erklärt: »Einen schönen Gruß von der Mutter und das sollst essen, weil die Monika auf die kleinen Geschwister Acht geben muss.«

Zunächst steht Reinhold da wie vor den Kopf geschlagen. So einfach stellen die sich das vor. Meinen, sie brauchen ihm nur Schnaps und Rauchfleisch zu schicken, dann schluckt er schweigend die Schulversäumnisse. Aber er sagt zunächst gar nichts, sondern zieht mit den Kindern auf die Wiese hinaus und beginnt den Unterricht im Freien. Als es fünf Uhr schlägt und der Unterricht zu Ende ist, gibt er der Bruckner-Ursula den Schnaps und dem Luckschneider-Seppl das Rauchfleisch.

»Sagt zu Hause, dass dies bei mir nicht verfängt. Und sagt außerdem, dass ich dieses willkürliche Fernbleiben von der Schule unter gar keinen Umständen dulden werde.«

Als er das hinter sich hat, fühlt er sich richtig gut. Er setzt sich auf den Balkon hinaus und nimmt sich die Aufsatzhefte vor.

Der Abend ist von milder Schönheit. Fuhrwerke knarren durch das Dorf, Tennentore kreischen in den Angeln und mit einem dumpfen Poltern gehen die Grummetfuhren über die Scheuneneinfahrt.

Um sieben Uhr, als er gerade mit dem Korrigieren fertig ist und sich ein kleines Abendbrot bereiten will, sieht er drei Männer auf das Haus zukommen. Den Bürgermeister kennt er, die andern sind ihm noch unbekannt. Er räumt die Hefte weg und will ihnen entgegengehen. Da hört er sie schon über die Treppe heraufkommen. Ohne anzuklopfen stolpert der Erste herein.

»Du sag einmal, was sollen denn das für komische Tänz sein? Sollen wir uns jetzt auf einmal Vorschriften machen lassen, wenn wir unsere Kinder nicht in die Schule schicken?«

Reinholds Stirn verfinstert sich. Er weiß sofort: Wenn ich mich jetzt einschüchtern lasse, hab ich schon verloren. Er denkt auch gar nicht daran, sich einschüchtern zu lassen. Die Arme über der Brust verschränkend schaut er die drei gelassen an. Dann beginnt er: »Sie brauchen mich nicht zu duzen; wer sind Sie denn überhaupt?«

»Ich bin der Bruckner und hab meinen Buben heut zum Arbeiten gebracht.«

»Und ich bin der Luckschneider und hab ...«

»... die Monika daheim als Kinderaufsicht gebraucht«, unterbricht Reinhold den zweiten Sprecher. »Das ist alles recht gut und schön und ich bezweifle auch gar nicht, dass es so ist. Aber ich kann ja auch nicht einfach wegbleiben und sagen, heut ist keine Schule, weil ich etwas anderes zu tun habe.«

»Der Vergleich hinkt«, sagt jetzt der Karotter. »Sie sind ja dafür da und werden bezahlt.«

»Sie haben Recht, Herr Bürgermeister. Ich bin dafür da, den Kindern etwas beizubringen. Wie aber soll ich einen geregelten Unterricht halten, wenn Sie Ihre Kinder ganz einfach nicht zur Schule schicken?«

»Bisher ist es so schön gegangen«, sagt der Luckschneider, ein Mann mit einem verwilderten Bart.

»Bisher, ja, das glaube ich. Aber bei mir geht das eben nicht mehr. Mich können Sie nicht mit Ihrem Fusel kaufen. Ich habe nicht die Absicht hier zum Alkoholiker zu werden.«

Ein Schweigen entsteht jetzt. Reinhold deutet auf das Sofa und auf die Stühle. »Wollen die Herren nicht Platz nehmen?«

Sie wollen nicht, bleiben stocksteif stehen, die Hüte auf dem Kopf. Nur der Karotter hat ihn abgenommen und zupft sich jetzt am Ohrläppchen.

»Eine andere Frage. Was werden Sie tun, wenn einmal trotzdem der eine oder andere fehlt?«

»Was ich tun werde? Meine Pflicht. Ich werde es meiner vorgesetzten Dienststelle melden und die Kinder notfalls zwangsweise vorführen lassen.«

»Ach so. Jetzt kenne ich mich aus. So einer sind Sie. Drohen wollen Sie also?«

»Das ist keine Drohung, sondern meine Pflicht. Schließlich bin ich dafür verantwortlich, dass die Kinder bei mir in der Schule etwas lernen.«

»Deppen waren es bisher auch nicht, und was sie fürs Leben brauchen, hat ihnen der Ferdl schon beigebracht.«

Reinhold misst den Sprecher mit einem mitleidigen Blick.

»Das sollten gerade Sie nicht sagen, Bruckner.« Er greift in den Stoß der Aufsatzhefte und nimmt das des Bruckner-Anton heraus. »Da, schauen Sie sich das einmal an. Kraut und Rüben durcheinander. Wie mein Vorgänger dazu kommt, ihm eine Drei im Aufsatz zu geben, ist mir ein Rätsel. Nicht einmal eine Vier hat er verdient. Dabei hätte es der Bub im Kopf. Aber ich habe nachgesehen. Ihr Anton hat im Vorjahr genau sechsundsiebzigmal unentschuldigt gefehlt. Sind Sie der Meinung, meine Herren, dass das in Ordnung ist? Wenn ja, dann könnte es mir nur Leid tun, nicht um Sie, sondern um Ihre Kinder.«

Nun stehen sie doch ein wenig betreten da. Betreten und zugleich schockiert, dass dieser neue Lehrer absolut nicht einzuschüchtern ist.

Der Karotter zupft wieder an seinem Ohr und meint dann zu seinen Begleitern: »Ich hab es euch gleich gesagt, mit dem ist nicht gut Kirschen essen.«

»Sie irren sich, Herr Bürgermeister. Sie werden als Ortsvorsteher genauso Ihre Vorschriften haben, über die Sie sich nicht einfach hinwegsetzen können. Ich bin auch gar nicht stur, wie Sie vielleicht meinen. Ich sehe ohne weiteres ein, dass Sie die größeren Kinder zur Arbeit brauchen. Aber wir müssen eben einen anderen Weg finden.«

»Was denn für einen?«

»Dass die Klassen fünf bis sieben am Vormittag Schule haben, am Nachmittag frei haben und die Kleinen dann am Nachmittag von eins bis fünf. Es ist mir unbegreiflich, dass mein Kollege Schellbach das nicht schon früher angestrebt hat. Ich jedenfalls werde einen dementsprechenden Vorschlag an meine vorgesetzte Dienststelle einreichen. Und das sollten Sie befürworten, Herr Bürgermeister.«

Der Luckschneider zieht jetzt eine kleine Tabaksdose heraus und nimmt sich mit sichtbarem Genuss eine Prise. Die Hälfte des Schnupftabaks bleibt im Bartgestrüpp hängen.

»Der Vorschlag ist gar nicht einmal schlecht«, meint er dann.

»Sie sehen also, dass ich auch schon daran gedacht habe, für beide Seiten tragbare Verhältnisse zu schaffen. Und ich glaube, dass wir es überhaupt immer so halten sollten. Sprechen wir doch offen miteinander, wenn irgendetwas ist. Ich glaube, das ist viel vernünftiger, als wenn wir uns gegenseitig Prügel zwischen die Füße werfen.«

»Gut, ich glaube, Sie haben Recht«, lässt sich der Luckschneider herbei. »Aber deswegen hätten Sie mir mein Rauchfleisch auch nicht gleich zurückzuschicken brauchen. Das ist nämlich ein sehr gutes Rauchfleisch; sechs Wochen hab ich es in der Sur gehabt.«

»Bezweifle ich gar nicht, lieber Luckschneider. Und wenn ich ein Stück davon haben kann, nehme ich es herzlich gerne. Nur bezahlen will ich es, weiter gar nichts. Und weil wir nun doch schon beisammen sind, Herr Bürgermeister, der Balkon da draußen müsste unbedingt erneuert werden. Man muss ja Angst haben, dass man eines schönen Tages durchbricht und hinunterfällt.«

Der Karotter hebt ruckartig den Kopf. »Was meinen Sie, was das kostet?«

»Na, so schlimm kann es ja auch nicht sein. Und so arm wird ja auch die Gemeinde nicht sein.«

»Haben Sie eine Ahnung«, antwortet der Karotter und wendet sich zum Gehen.

Die anderen zwei folgen ihm. Reinhold öffnet ihnen die Tür und schaltet das Treppenlicht ein, weil es inzwischen schon ziemlich dunkel geworden ist. Er hört ihre Schritte noch eine Weile auf der Straße, dann verlieren sie sich.

Es ist auch ganz gut, dass Reinhold nicht hört, was über ihn gesprochen wird.

»Der hat Haare auf den Zähnen«, knurrt der Bruckner. »Gleich mit der Polizei drohen, ist doch allerhand.«

»Ja, jetzt pfeift ein anderer Wind«, antwortet der Karotter. »Aber Wind sind wir hier oben gewöhnt. Und es hat uns noch keiner umgeworfen. Das Gefährlichste, meine ich, ist das, dass er es versteht, die Kinder für sich zu gewinnen. Meine zwei haben heut richtig geschwärmt für ihn. Na ja, jeder neue Besen kehrt gut. Wer sich noch erinnern kann, der Schellbach hat am Anfang auch gemeint, er müsst mit dem Schädel durch die Wand. Bloß ein halbes Jahr hat es gedauert, dann hat er so getanzt, wie wir gepfiffen haben.«

»Der wird nie nach unserer Pfeife tanzen. Ich habe nicht viel Menschenkenntnis«, sagt der Luckschneider, »aber das weiß ich, ein Ferdl wird der nie. Heut hat er einen neuen Balkon verlangt. Im nächsten Jahr will er ein neues Schulhaus.«

»Das schon längst gebaut sein müsste«, ergänzt der Bürgermeister. »Was machen wir denn überhaupt mit dem Balkon?«

»Nicht richten lassen«, schlägt der Bruckner vor. »Vielleicht fällt er durch und bricht sich das Genick. Dann sind wir ihn wieder los.«

»Und wenn er sich das Genick nicht bricht, geht er her und zeigt uns an. Den hab ich schon durchschaut. Das ist ein schlauer Fuchs«, sagt der Karotter noch, dann zweigt er ab um nach Hause zu gehen.

Ganz langsam, Fuß vor Fuß setzend, geht er dahin, bleibt zuweilen stehen und sinnt in die Nacht hinein. Zorn und Unbehagen streiten in ihm. Und wenn er es recht bedenkt, ist er von dieser merkwürdigen Stimmung schon erfasst, seit er diesen neuen Lehrer zum ersten Mal zu Gesicht bekommen hat. Sofort hat er das Gefühl gehabt: Hier steht einer, der einen festen Willen hat und der dir die Stirn bietet.

Nun, heute hat er es ja deutlich genug gesagt. Und er hat es so gesagt, dass er sich als Bürgermeister dagegen nicht auflehnen kann, denn schließlich ist er ja als Bürgermeister in seiner Gemeinde zugleich auch Vollzugsorgan und Aufsichtsbehörde und hat für Ruhe und Ordnung zu sorgen. Und Ordnung ist es, was der junge Lehrer fordert und will.

Wenn er es ehrlich bedenkt, müsste ihm dieser junge Mensch eigentlich imponieren. Er hat seine eigenen Ansichten und lässt sich nichts ins Bockshorn jagen. Auch von ihm nicht. Wenn er dagegen bedenkt, wie die andern vor ihm katzbuckeln und wie leicht er sie unter seinen Willen zwingt. Er ist der unumschränkte Herrscher in diesem Bergdorf, ist es eigentlich immer schon gewesen, seit er erwachsen geworden ist – und das ist immerhin schon bald dreißig Jahre her.

Soll es jetzt plötzlich anders werden? Er lacht laut vor sich hin. Blödsinn! Wegen so einem dahergeschneiten Junglehrer solche Gedanken zu haben. Wer weiß, was der überhaupt auf dem Kerbholz hat, dass man ihn hierher versetzt hat. Er wird doch in den nächsten Tagen einmal nachfragen unten in Url am Landratsamt oder beim Kreisschulrat. So ganz unbescholten wird er nicht sein. Und wenn man seinen Fehler kennt, hat man ja zu gegebener Zeit eine Waffe in der Hand.

Etwa drei Wochen später – der Balkon am Schulhaus ist tatsächlich erneuert worden – erwacht Reinhold Tischner aus unruhigem Schlaf. Am Nachmittag ist ein schwerer, vom Sturm gepeitschter Regen niedergegangen und hat alles Laub von den Bäumen gerissen. Innerhalb von vier Stunden ist die Latschurn zu einem reißenden Strom geworden. Aber die Dämme sind fest gebaut, es besteht keine Hochwassergefahr.

Urgewaltig rauscht das Lied der Latschurn durch die Nacht, übertönt den leiser strömenden Regen und das Plätschern in den Dachrinnen.

Diese Geräusche sind es, die Reinhold beim Aufwachen sofort wahrnimmt, und es ist geradeso, als habe es keine Unterbrechung gegeben, weil er diese Geräusche schon vor Stunden mit in den Schlaf genommen hat. Aber dann hört er plötzlich noch ein anderes Geräusch. Einmal ist es, als töne ein Schrei durch die Nacht. Dann wieder Stille. Nur das Rauschen der Latschurn.

Es lässt ihm keine Ruhe mehr. Im Dunkeln greift er nach seinem Morgenmantel, der stets über der Stuhllehne neben dem Bett hängt, schaltet schnell das Licht an und schaut auf den Wecker auf dem Nachttisch. Es ist eine Stunde nach Mitternacht. Er knipst das Licht wieder aus und tritt auf den Balkon hinaus. Geschützt durch das vorspringende Dach erreicht ihn dort der strömende Regen nicht. Rabenschwarze Dunkelheit liegt über dem Dorf. Und doch scheint diese Dunkelheit nicht stumm und wesenlos zu sein. Es ist so, als hätte die Dunkelheit Stimmen und die Nacht sei irgendwie in Aufruhr.

Da – ist da oben bei den Salmenhöfen nicht soeben ein kurzer heller Lichtschein gewesen? Jetzt wieder. Diesmal länger. Und gleich darauf ein Schuss. Ganz dünn peitscht er in das Rauschen des Wassers. Dann noch mal, zwei, drei Schüsse kurz hintereinander.

Je länger Reinhold so in die Dunkelheit starrt, desto mehr verliert sie das Undurchdringliche. Seine Augen erkennen allmählich die Umrisse des Friedhofs und auf einmal sieht er ein paar Schatten über die Wiesen herunterkommen. Drei, vier Gestalten sind es, schwer bepackt. Keuchend huschen sie am Schulhaus vorbei und verschwinden um die Ecke. Dann ein Aufplatschen in dem Wasser der Latschurn, als wäre ein schwerer Gegenstand hineingeworfen worden.

Mit angehaltenem Atem steht Reinhold da. Er meint auch auf der anderen Seite Gestalten huschen zu sehen. Irgendwo ächzt dann ein Tennentor und auf einmal ist der ganze Spuk vorbei. Kein einziges Licht ist aufgeflammt im Dorf. Auf dem Kirchturm schlägt es halb zwei Uhr. Die Klänge verhallen im Brausen der Latschurn.

Reinhold ist zumute, als habe er geträumt, alles, den Lichtschein, die Gestalten, die Schüsse, einfach alles. Aber es kann doch keine Täuschung der Sinne gewesen sein. Die Nacht ist erfüllt gewesen von Unruhe, von etwas Geheimnisvollem.

Er denkt noch lange darüber nach und nimmt diese Gedanken auch mit hinüber in den Rest des Schlafes, der tief ist und schwer und aus dem er erst durch das Rasseln des Weckens gerissen wird, der um sieben Uhr läutet.

Er ist gerade fertig mit dem Anziehen, als er durch das Fenster die Waxin mit der Milchkanne kommen sieht. Es muss in den frühen Morgenstunden aufgehört haben zu regnen. Aber der Regen ist in Schnee übergegangen. Alles ist weiß, die Wiesen, die Wege und die Dächer. Er wird zwar nicht lange liegen bleiben dieser erste Schnee, immerhin aber wird es gut sein, wenn die Waxin heute den Küchenherd anheizt und die Tür offen lässt, damit auch der andere Raum durchwärmt wird.

Die Waxin stellt die Milch auf den Herd und beginnt aufzuräumen. Reinhold meint zu bemerken, dass die Frau heute bedrückt wirkt. Und während er auf die Milch wartet, bis sie abgekocht ist, fragt er plötzlich:

»Sagen Sie, Waxin, haben Sie heute Nacht nichts gehört?«

Er sieht, dass die Frau ein wenig erschrickt und dass sie seinem Blick ausweicht.

»Was soll ich denn gehört haben? Ich schlafe wie ein Murmeltier.«

»Aber es sind doch Schüsse gefallen?«

»Das kann schon sein, aber ich hab nichts gehört. Und geschossen wird hier öfter.«

»So? Wer schießt denn da?«

»Wie soll ich das wissen?«

Reinhold schenkt sich Milch in die Tasse und brockt Brot hinein. »Frau Wax«, sagt er nach einer Weile. »Ich habe das Gefühl, dass Sie mir etwas verschweigen wollen.«

»Ich brauche nichts zu verschweigen, ich weiß von nichts. Vielleicht war an der Grenze wieder was.«

»Ach so. Schmuggelei meinen Sie?«

»Ich mein gar nichts, weil ich nichts weiß.«

»Na, ist gut. Ich sehe schon, Sie haben herzlich wenig Vertrauen zu mir.«

Da schaut ihn die Frau lange an. Auf einmal hat sie Tränen in den Augen und dreht sich rasch um.

Reinhold lässt das Thema auf sich beruhen und sagt nach einer Weile: »Ich meine, Frau Wax, dass Sie ein wenig einheizen. Es ist über Nacht doch recht frisch geworden.«

»Im Küchenherd, meinen Sie?«

»Ja, ich denke, dass dadurch auch dieser Raum warm wird. Auch das Schulzimmer müsste geheizt werden.«

»Das müsste ich aber zuerst dem Bürgermeister sagen.«

»Gut, sagen Sie es ihm.«

Reinhold nimmt die Hefte unter den Arm und geht hinunter ins Klassenzimmer. Die Kinder erheben sich in ihren Bänken. Auch das ist etwas Neues, das der Lehrer Tischner eingeführt hat.

»Guten Morgen, Kinder!«

»Guten Morgen, Herr Lehrer.«

Das tägliche Morgengebet wird gesprochen.

»So und nun wollen wir wieder beginnen.«

Der Unterricht macht ihm große Freude, weil er merkt, dass die Kinder jetzt viel aufgeweckter sind und viel besser mitgehen. Sein Gesuch um Teilung der Klassen ist genehmigt worden und soll nach den Weihnachtsferien in Kraft treten. Während er heute den Älteren einen Aufsatz zur Bearbeitung gibt, schreibt er für die Kleineren eine Rechnung an die Tafel.

Als er sich einmal umdreht, sieht er, dass der älteste Sohn des Patscheider, der vierzehnjährige Peter, die Arme auf der Bank verschränkt und den Kopf darin geborgen hat.

»Patscheider!«

Erschrocken fährt der Bub auf, er ist verlegen und hilflos.

»Schläfst du, Peter?«

»Auf einmal hat es mich übermannt«, stammelt Peter und wird glühend rot. Langsam geht Reinhold auf die Bank zu, setzt sich darauf und hebt mit seiner rechten Hand das übermüdete und bleiche Gesicht des Buben am Kinn.

»Meinst du nicht, Peter, dass dies hier ein recht ungeeigneter Platz ist den Schlaf nachzuholen, den du heute Nacht versäumt hast?«

Nun wird der Peter erst recht verlegen, aber er kann es nicht verhindern, dass er dann gähnen muss.

»Du siehst ja ganz übernächtig aus, Peter«, bohrt Reinhold weiter. »Wo warst du denn heute Nacht?«

»Im Bett, Herr Lehrer.«

»So? Und dieser Rußfleck da an deinem Ohr, wo kommt der denn her? Ich glaub gleich gar, du bist schmuggeln gewesen?«

Reinhold hat das mehr im Spaß gesagt. Aber als er sieht, wie der Bub zusammenfährt, erfasst ihn plötzlich ein furchtbarer Gedanke. Totenstill ist es plötzlich in der Klasse geworden. Er schaut in die Gesichter der Kinder. Unbeweglich sind sie, keine Miene rührt sich. Es scheint so, als habe seine letzte Frage die ganze Klasse mit einem Schweigebann belegt. Es fällt ihm auf, dass noch mehr so übernächtiger Gesichter da sind. Der Gmainer-Simon, der Lackner-Gregor, der Luckschneider-Anton und wie sie alle heißen.

Das wäre ja furchtbar, denkt Reinhold, wenn sie schon die Kinder in ihre dunklen Geschäfte einspannten.

»Nimm deine Schultasche und geh heim, Peter. Schlaf dich richtig aus. So hat es ja doch keinen Sinn.«

Während des ganzen Vormittags lässt ihm dieser Gedanke keine Ruhe mehr. Dabei ist ihm zumute, als stünde er vor einer undurchdringlichen Dunkelheit, in die er hineinleuchten müsste um klar erkennen zu können, was hier in Tschamm eigentlich los ist. Wenn man nur mit einem Menschen vernünftig reden könnte. Aber alle sind so verschlossen und die Waxin hat sich heute früh geradezu in sich selbst verkrochen, als er sie fragte, ob sie nichts gehört habe in der Nacht. Bis jetzt kommt ihm nur die Wirtin einigermaßen freundlich entgegen. Vielleicht sollte er die einmal fragen.

Bevor es aber noch dazu kommt, erhält er unerwartet von anderer Seite Aufklärung. Die Schule ist aus, und als er sich auf den Weg macht zum Sternwirt, sieht er die kleine Patscheider-Rosl am Ufer der Latschurn stehen. Sie blickt wie gebannt ins Wasser, als suche sie etwas. Als er neben sie tritt, lächelt sie ihn voll kindlichen Vertrauens von der Seite her an.

»Suchst du etwas, Roserl?«

Sie schüttelt das Köpfchen und erklärt ihm, dass sie so eine Welle sein möchte, weil sie dann weit, ganz weit hinausgetragen würde ins Land.

»Bis ans Meer«, antwortet Reinhold. »Möchtest du denn weit hinaus ins Land?«

»Ja, oft versuche ich mir vorzustellen, wie es da hinter den hohen Bergen ausschaut.«

»Da sind Städte dort, große Städte, kleine Städte und viele Menschen, große und kleine, wie du und ich.«

»Wenn ich einmal groß bin, möchte ich in so eine Stadt.«

»Ja, aber jetzt bist du noch ein kleines Mädchen.« Er legt

ihr die Hand auf den Scheitel. »Aber ein recht gescheites Mädchen bist du. Du kannst mir gewiss sagen, warum dein Bruder, der Peter, heute geschlafen hat und warum er so schwarz gewesen ist am Ohr.«

Sofort verfinstert sich ihr hübsches Gesichtchen und sie weicht seinem Blick aus. Dann stößt sie wie im Trotz hervor: »Sagen könnte ich es schon, aber ich darf es nicht.«

»So? Warum denn nicht?«

»Weil sie mich sonst erschlagen.«

»Geh, du Angsthäschen! Wer sollte dich denn erschlagen.«

»Der Vater und der Peter und alle Männer im Dorf.«

Wieder wartet er eine Weile. Er fühlt, dass er seinem Ziel ganz nahe ist, er darf das Kind jetzt bloß nicht drängen.

»Roserl, zu mir kannst du doch Vertrauen haben. Schau, ich sag doch niemandem etwas.«

Misstrauisch betrachtet sie ihn eine Weile. Aber dann lächelt sie wieder. »Ist das auch gewiss wahr?«

»Ja, Roserl, ich verspreche es dir. Gelt, sie haben geschmuggelt heute Nacht?«

»Ach, die schmuggeln ja immer. Bloß im Winter nicht, wenn Schnee liegt.«

»Aha! Auch die Buben?«

»Nein, die Buben nicht. Die passen bloß auf.«

»So so, die passen auf.«

»Ja, die müssen mit ihren Taschenlampen Zeichen geben, wenn die Luft rein ist.«

»Ach, so ist das.« Nachdenklich schaut Reinhold jetzt in das grau dahinströmende Wasser. Es wird ihm jetzt so manches klar. Hier schmuggeln anscheinend alle. Sein Vorgänger muss es gewusst haben und hat geschwiegen, hat schweigen müssen, weil sie ihn mit ihrem Schnaps gefügig gemacht haben. Natürlich wird auch er schweigen, es geht ihn nichts an, er ist Lehrer und kein Grenzbeamter. Nur wird er sich dagegen wehren, dass man auch die Kinder dazu missbraucht, soweit sie noch zur Schule gehen.

»So, Roserl, jetzt gehst schön heim. Und was wir besprochen haben, bleibt unter uns.«

Nun weiß er genug und es wäre eigentlich gar nicht nötig gewesen, auch die Wirtin noch daraufhin anzusprechen. Sie kommt, wie jeden Mittag, an seinen Tisch um ein bisschen mit ihm zu plaudern.

Und da fragt er: »Gut geschlafen heute Nacht?«

»O ja, wenn man den ganzen Tag auf den Beinen sein muss so wie ich, fällt man am Abend todmüde ins Bett.«

»Also gar nichts gehört?«

»Was soll ich denn gehört haben?«

»Es ist doch geschossen worden heute Nacht an der Grenze oben.«

Sofort verschließt sich ihr sonst so freundliches Gesicht. »So? Davon weiß ich nichts.« Und schon verschwindet sie in der Küche.

Einige Stunden früher, so um neun Uhr am Vormittag, steht der Karotter vor dem Spiegel und rasiert sich, als er den Gemeindediener Schöberl über den verschneiten Hang heraufkommen sieht. Schöberl holt jeden Morgen die Post in Epps drunten ab, sagt manchmal Gespanndienste an, teilt im Winter die Leute zum Schneeräumen ein, heftet hin und wieder eine Verordnung ans schwarze Brett bei der Kichhofmauer und lädt im Jahr vielleicht zweimal zu einer Versammlung ein. Damit ist seine Tätigkeit als Gemeindediener von Tschamm erschöpft.

Der Karotter hat gerade die große Bauernstube betreten, als der Schöberl kurz und hart klopft, und ohne das »Herein« abzuwarten betritt er die Stube.

Der Karotter fragt mit ernstem Gesicht: »Was gibt es Neues, Schöberl? Post da?«

»Nicht viel, Bürgermeister.«

»Und sonst?«

»Gar nichts. Das heißt, beim Kreuther haben sie heut Nacht Zwillinge gekriegt und gegen Morgen ist die alte Eutermoserin von Epps gestorben. Der frühe Schnee, sagen sie, hat ihr das Herz abgedrückt.«

Der Karotter lacht: »Den Schnee hat unser Herrgott grad rechtzeitig geschickt. Alle Spuren der Nacht sind verwischt. Möchte nicht wissen, wie sie sich drüber ärgern, die Herrn Zöllner und Grenzer. Nimm dir einen Schnaps, weißt ja, wo er steht.«

Der Schöberl schenkt sich ein Gläschen Schnaps ein und meint dann: »Aber beinahe wäre es schief gegangen.«

»Solange es keinen Toten gibt, sagt man, dass es gut gegangen ist.«

»Und Pauli? Was ist mit ihm?«

»Ein leichter Streifschuss am Arm nur.« Der Karotter sieht eine Weile nachdenklich zum Fenster hinaus. Dann dreht er sich plötzlich um. »Du hast Recht, Schöberl. Es hätte dumm ausgehen können. Zwei Handbreit weiter links und er hätte die Kugel mitten im Herzen gehabt. Und er ist immerhin mein einziger Sohn. Ich werde in Zukunft wieder selber gehen. Auf den Patscheider ist kein Verlass. Der muss einen Fehler gemacht haben, sonst hätte das nicht passieren können. Oder die Buben haben nicht richtig aufgepasst.«

Der Schöberl hat das zweite Glas Schnaps eingeschenkt. »Als ich nach Epps gegangen bin, hab ich gesehen, dass der Patscheider-Peter von der Schule heimgegangen ist.«

Der Karotter fährt herum und starrt den anderen an. »Von der Schule heimgegangen? Was soll denn das jetzt wieder bedeuten?«

»Ich weiß es nicht, am besten ist es, du fragst den Patscheider selber. Ein wenig komisch kommt mir das schon vor.«

»Mir auch. Überhaupt, seit der neue Lehrer da ist, habe ich manchmal so ein merkwürdiges Gefühl. Oft denk ich, ob man es ihm nicht offen sagen sollte, was bei uns los ist. Einmal merkt er vielleicht doch was, und dann weiß man nicht, was so ein Kerl unternimmt.«

»So schätze ich ihn nicht ein, dass er uns verpfeift.«

»Ich auch nicht. Aber rechnen, wie mit dem Schellbach, dürfen wir mit ihm nicht. Auf keinen Fall darf er etwas von seinem Küchenherd erfahren. Ach ja …«, der Karotter beginnt plötzlich zu lachen. »Weißt du, was er kürzlich gesagt hat? Er täte einen neuen Küchenherd brauchen.«

Der Schöberl trinkt seinen Schnaps aus. Denn blinzelt er den Bürgermeister mit dem linken Auge vertraulich an. »Wie kommt er denn bloß auf so eine Schnapsidee?«

»Neue Möbel hat er sich gekauft und da meint er, dass der alte Küchenherd nicht mehr dazu passt. Aber wenn er sieht, wie gut er heizt, wird er schon wieder zufrieden sein. Ich werde mich jedenfalls hüten ihm auf Gemeindekosten einen neuen Herd hinzustellen. Was ist sonst noch los?«

»Weiß sonst nichts. Morgen um zehn Uhr werden der Tullinger-Ambros und die Ströbl-Therese getraut.«

»Ja, das hab ich vorgemerkt. Du kannst jetzt gehen. Arbeit ist sonst keine da.«

Als der Schöberl fort ist, geht Markus Karotter in das kleine Stübchen, das zugleich als Gemeindekanzlei dient, und sieht die Post durch. Es ist nichts Besonderes dabei und er will sich gerade anschicken in die Tenne hinüberzugehen, wo seine Leute Häcksel schneiden, als er die Waxin auf das Haus zukommen sieht. Es wäre ihm lieber gewesen, wenn ihr Mann gekommen wäre. Dem hätte er nämlich eine Kleinigkeit zu sagen.

»Komm nur rein«, schreit er, noch bevor sie anklopft. »Was gibt's?«

»Mein Geld möchte ich abholen fürs Schulhausputzen.«

»Ach so, ja, wir haben ja schon wieder den Ersten.« Der Bürgermeister öffnet den Stahltresor und nimmt das Geld heraus. Er schiebt es ihr hin und einen Block, auf dem sie den Empfang bestätigen soll.

Aber die Waxin rührt den Bleistift nicht an. »Da kommt noch was dazu«, sagt sie.

»Zum Beispiel?«

»Die Lehrerwohnung mach ich jeden Tag sauber. Der Lohn ist sowieso zu niedrig.« Die Waxin nennt den Betrag, der nun fällig geworden ist.

Dem Karotter schwillt der Kamm. »Und das soll die Gemeinde zahlen, meint er? So sieht der grad aus. Das soll er gefälligst selber zahlen. Zu faul sein zum Orgelspielen, aber die Gemeinde soll ihm eine Putzfrau stellen! Was der sich traut! Schenkt Geld vom Kirchendienst her und die Gemeinde möchte er schröpfen. Da bleibt ihm aber der Schnabel sauber.«

Eine andere hätte vielleicht klein begegeben vor diesem zornigen Ausbruch. Die Walburga Wax aber ist auch nicht aufs Maul gefallen. Die Arme in die Hüften stemmend beginnt sie sich zu wehren: »Erstens hat er das gar nicht verlangt, sondern ich war der Meinung, dass ihm das die Gemeinde schon ersetzen könnte.«

»Du? So, so! Du gibst unser Geld ja leicht aus.«

»Und zweitens«, redet die Waxin unbeirrt weiter, »müsst ihr euch schon daran gewöhnen, dass man mit dem nicht mehr so umspringen kann wie mit dem Schellbach. Und drittens möchte ich dir jetzt noch sagen, dass er mich heut gefragt hat, was das in der Nacht für ein Krach gewesen wär.«

Der Karotter wird für einen Augenblick bleich. »Und was hast du ihm geantwortet?«

»Dass ich nichts weiß.«

»Das war gut. Besser jedenfalls als der Schnitzer, den dein Alter sich geleistet hat. Wirft der Hornochs einen halben Zentner Kaffee einfach in die Latschurn! Da kann er das nächste Mal ruhig daheim bleiben.«

»Hoffentlich wird er einmal so gescheit. Dann bräucht ich wenigstens keine Angst mehr auszustehen.«

»Dann brauchst du auch nicht mehr das schöne Geld einzustecken. Merkwürdig, das Geld wollen sie alle haben, aber wenn es einmal brenzlich hergeht, verlieren sie die Nerven. Hast du noch etwas Erfreuliches auf Lager?«

»Der Herr Lehrer meint, dass man das Schulzimmer heizen solle.«

»So, das hat der Herr Lehrer gemeint. Wir haben noch nie vor dem fünfzehnten Oktober eingeheizt und dabei bleibt es auch. Heut aber haben wir erst den ersten. Sonst noch was?«

Nun bricht aus der Waxin der Zorn ungebremst heraus. »Und grad extra heize ich ein, dass du es weißt. Soll er vielleicht frieren?«

Der Karotter ist zunächst mehr verblüfft als zornig über das unerwartete Aufbegehren dieser sonst so ruhigen Frau. Aber dann packt ihn wieder seine Spottlust. »Soll er halt einen Schnaps saufen, dann wird ihm warm. Aber mir scheint, der hergelaufene Lehrer hat die gute Waxin schon ganz schön um den Finger gewickelt.«

»Jetzt will ich dir einmal was sagen, Bürgermeister. Ich bin lang genug in Tschamm und hab es erlebt, was ihr mit eurem Schnaps aus dem Schellbach gemacht habt. Meinst du vielleicht, dass das recht war? Bilde dir doch nicht ein, dass alles nach deinem Schädel gehen muss. Und merk dir das, Bürgermeister: Die Waxin kann man nicht so leicht um den Finger wickeln, wie du meinst. Der junge Mensch braucht jemanden, mit dem er reden kann und der ihm das Dasein ein bissl netter macht. Herzlichkeit darf man nicht mit bissiger Ablehnung beantworten. Und was tut er denn schon? Er gibt sich alle Mühe den Kindern was Rechtes beizubringen, und wenn du ehrlich wärst, dann müsstest du zugeben, dass unsere Kinder jetzt viel besser lernen und lieber in die Schule gehen. Stattdessen möchtet ihr im bloß Prügel zwischen die Füße schmeißen. Und jetzt geh ich. Jetzt ist mir wohler, weil ich es dir einmal gesagt habe.«

Noch bevor er eine Antwort finden kann, ist die Waxin draußen.

»So eine Frechheit«, schreit er dann und will mit der Faust auf den Tisch schlagen, besinnt sich aber auf halbem

Wege und zupft sich am Ohr. »Das ist ja ein recht netter Tag. Wenn das so weitergeht, hat mich bis zum Abend der Zorn aufgefressen.«

Er legt das Geld, das die Waxin vergessen hat, wieder in den Schrank zurück und steckt die Schlüssel ein. Dann nimmt er sich eine Zigarre aus dem Kistchen und beißt die Spitze ab. Weil er kein Zündholz findet, geht er in die Küche, nimmt einen Span und öffnet das Ofentürchen. Er tut so, als sähe er das sorgenvolle Gesicht seiner Frau gar nicht, macht ein paar Züge an seiner Zigarre und sagte dann:

»Der Tag geht schon recht nett an. Mach wenigstens du ein anderes Gesicht.«

Magdalena Karotter seufzt tief auf. »Wenn ich nur könnt. Aber meinst du, es ist für mich so einfach daran zu denken, dass unser Bub heut tot auf dem Schragen liegen könnte?«

»Na ja, freilich, ich weiß schon. Aber es ist ja gut gegangen.«

»Noch einmal gut gegangen, musst du sagen, Markus. Weißt du, ob es immer so gut geht?« Mit ein paar schweren, schleppenden Schritten tritt die Frau vor ihn hin. »Markus, ich bitte dich, lass den Buben aus der Sache heraus!«

Einen Augenblick schaut der Karotter seine Frau versonnen an. Sie ist immer noch schön, denkt er und es wird ihm in diesem Augenblick deutlich bewusst, wie weit er sich von ihr entfernt hat. Eigentlich nicht mit Absicht. Sein ganzes Treiben nimmt ihn eben so in Anspruch, die Bürgermeisterei, die sonstigen Geschäfte. Er ist mit den Gedanken immer unterwegs, und wenn er nach außen auch wie ein Fels in einem brandenden Strom erscheint, so ist er oft von grenzenloser Unruhe befallen. Etwas von der früheren Zuneigung will ihn auf einmal überkommen. Damals war er oft während der Feldarbeit heimgelaufen um seine Frau zu sehen. Wie lange ist das schon her?

Bedächtig streift er die Asche seiner Zigarre am Herd ab.

»Ich habe ihn nicht gezwungen, Magdalena. Es war sein eigener Wille.«

»Dann musst du ihm diesen Willen nehmen. Ich ertrage das nicht mehr, Markus. Immer diese marternden Gedanken, zuerst um dich und jetzt um den Buben. Nachts liege ich wach, wenn du unterwegs bist, und horche, ob nicht ein Schrei aufklingt oder ein Schuss fällt. Markus, gib es doch auf!«

»Ich kann nicht mehr umkehren, Magdalena, das weißt du ganz genau. An mir hängt zu viel und ich kann die andern nicht im Stich lassen.«

Er nimmt ein paar hastige, schnelle Züge an seiner Zigarre. Und auf einmal ist die weiche Stimmung fort, die finstere, entschlossene Falte zwischen seinen Brauen ist wieder da.

»Und überhaupt – ich versteh nicht, Magdalena – was tue ich denn Unrechtes? Hat das ganze Dorf es nicht mir allein zu verdanken, dass es jedem gut geht? Die Zeichen der Armut sind bei uns in Tschamm keine wirklichen Zeichen der Not, sondern nur Berechnung. Jeder könnte heute sein Haus renovieren lassen, aber das würde auffallen. Halte ich es nicht in der Hand, übernimmt es ein anderer. Geschmuggelt wird in einem Grenzdorf immer.«

»Ja, solange ihr noch mit Sensen über die Grenze gegangen seid oder mit Rasierklingen, da habe ich mir weniger gedacht. Aber was ihr heute alles rüberbringt – Markus, ich habe oft Angst. Es wird noch einmal dein Verhängnis werden, dein und unser aller Verhängnis.«

»Geh, du siehst heute einmal wieder schwarz. Wer will mir schon etwas beweisen?«

»Ich weiß, du bist geachtet im Ort, in Epps, in Url, überall. Man vertraut dir und darum ist es ein doppelt gefährliches Spiel.«

Nachdenklich betrachtet er eine Weile die Asche an seiner Zigarre. Dann wechselt er jäh das Thema, weil er weiß, dass sie sich doch nicht einig werden.

»Dass ich nicht vergesse. Die Barbara hat heute geschrieben. Der Brief liegt noch drüben in der Kanzlei. Sie schreibt, dass sie froh ist, wenn sie das letzte Jahr hinter sich hat.«

Barbara ist die älteste Tochter der Karotterleute. Seit zweieinhalb Jahren geht sie in eine Hauswirtschafts-Schule, damit sie dort das erlerne, was sie zwar zu Hause ebenso leicht hätte erlernen können. Denn man sagt der Karotterin weit über das Tal hinaus nach, dass sie eine ganz großartige Hausfrau, Köchin und Bäuerin sei. Aber der Karotter hatte es sich in den Kopf gesetzt, dass wenigstens seine älteste Tochter sich einmal fremde Luft um die Nase wehen lassen solle. Sie sollte ja einmal als eine der größten Bäuerinnen der Umgebung den Riedererhof bewirtschaften.

So hat es wenigstens der Karotter beschlossen. Barbara war damit nicht ganz einverstanden. Das weiß der Karotter, aber das macht ihm nichts aus. Wäre ja noch schöner, wenn sich eins seiner Kinder seinem Willen widersetzen würde, wo ihm das ganze Dorf gehorcht.

Die Zigarre ist ihm ausgegangen, er zündet sie auch nicht neu an, sondern schiebt sie in den linken Mundwinkel und geht dann in das obere Stockwerk. Er tritt in die Kammer, in der der sechzehnjährige Pauli im Bett liegt.

Der Karotter setzt sich auf den Bettrand und sucht in seinen Taschen vergebens nach einem Streichholz.

»Schläfst du?«, fragt er dann und schaut in das schmale, braun gebrannte Knabengesicht.

Pauli Karotter öffnet die Augen und lächelt. »Bloß ein bissl gedöst habe ich, Vater.«

»Hast du Schmerzen? Lass einmal sehen.«

Pauli krempelt den Hemdärmel auf. Der Karotter nimmt das leinene Tuch weg und dann die Huflattichblätter, die schon ganz trocken sind.

»Ein kleiner Streifschuss. Meinst du, dass wir den Doktor brauchen?«

»Ach, woher denn. Ich spüre fast nichts.«

»Wie ist denn das eigentlich passiert?«

Pauli setzt sich im Bett auf und streicht sich mit der Hand über die Stirn. »Wie es genau gegangen ist, weiß ich selber nicht. Über die Grenze sind wir mit unserer Ware ganz gut gekommen und die andern waren auch pünktlich zur Stelle. Wir haben ausgetauscht und uns wieder auf den Rückweg gemacht. Auf einmal war ein Lichtsignal zu sehen und wir haben uns auf den Boden geworfen. So sind wir vielleicht zehn Minuten liegen geblieben und der Patscheider hat dann den Vorschlag gemacht, dass wir uns zu den Salmenhöfen durchschleichen sollten. Das haben wir dann auch versucht. Aber als wir durch die Steinrinne vom Schrobenstein herunterkamen, sind wir plötzlich angerufen worden, gleich von drei, vier Seiten her. Dann ist ein Schuss gefallen.«

»Wer hat zuerst geschossen? Ihr oder die andern?«

»Das weiß ich nicht, Vater. Auf einmal hab ich einen Schlag an meinem Arm gespürt.«

Der Karotter steht auf und geht in der Kammer auf und ab. »Durchgekommen sind alle, das ist zunächst einmal die Hauptsache. Ob die Buben versagt haben mit ihren Lichtsignalen?«

»Nein, die haben uns rechtzeitig gewarnt.«

»Dann hättet ihr über die Grenze zurückgehen müssen. Ich versteh nicht, dass der Patscheider das Risiko eingegangen ist.«

»Vielleicht war es gut, Vater, dass jeder versucht hat auf eigene Faust durchzukommen. Später ist doch Schnee gefallen und sie hätten dann unseren Spuren bloß nachzugehen brauchen.«

»Der Schnee, ja, der Schnee, meine ich, war überhaupt unsere Rettung.« Der Karotter bindet den Arm des Sohnes wieder ein. »Wenn du aufstehn kannst, dann geh hinunter zum Mittagessen, damit die Dienstboten keinen Verdacht schöpfen.«

»Ja, Vater, ich komme.«

Etwas beruhigter geht der Karotter wieder hinunter.

Da sagt ihm seine Frau: »In der Stube drüben wartet der Patscheider.«

»Endlich«, brummt der Karotter. »Der hat sich ja ganz schön Zeit gelassen, der Herr Patscheider.«

Der Patscheider sitzt bereits auf dem lederüberzogenen Sofa und hat sich selbst einen Schnaps eingeschenkt.

»Ich hab mir gleich selber eingeschenkt«, sagt er, »weil du so lang nicht kommst.«

»Jetzt schlägt's aber dreizehn«, braust der Karotter auf. »Ich warte schon den ganzen Vormittag, aber wer nicht kommt, ist der Herr Patscheider.«

Über das Fuchsgesicht des andern zuckt es wie leichter Spott. »Ich hab mir gedacht, ich komm noch früh genug mit meiner guten Nachricht.«

»Gute Nachricht? Um ein Haar wäre es schief gegangen.«

»Es ist aber noch mal gut gegangen. Aber ich hab ganz was anderes auf Lager.«

»Rede nicht lange um den Brei rum. Was ist los? Der Lehrer hat deinen Peter von der Schule heimgeschickt?«

»Ach so, du weißt das schon? Weißt du, was er ihn gefragt hat? Ob er beim Schmuggeln gewesen sei.«

Einen Augenblick erstarrt das Gesicht des Karotters. Dann zerdrückt er wütend seine Zigarre im Aschenbecher. »Der Lehrer geht mir langsam wirklich auf die Nerven. Nichts wie Ärger hat man mit dem Kerl. Die Waxin hat er auch ausfragen wollen. Der soll sich um seine Schule kümmern, das andere geht ihn gar nichts an.«

»Was die Schule anbelangt, da kann man ihm gar nichts nachsagen.«

»Ja, leider. Aber ich finde schon etwas, damit wir ihn bald wieder loswerden. Aber dass ich es nicht vergesse! Du musst nachschauen, ob in seinem Küchenherd das Fach noch in Ordnung ist. Der gnädige Herr will eingeheizt haben. Ich hoff zwar nicht, dass etwas fehlt. Vorsichtshalber tust du aber die Ware raus und bringst sie in das Versteck in der Tenne. Oder noch besser zu mir. Ich werde misstrauisch. Es ist ganz gut, dass der Winter jetzt kommt. Bis wir wieder über das Gebirge können, wird es Ostern werden. Und grad beim letzten Mal für heuer wäre es beinahe schief gegangen. Wer hat denn zuerst geschossen?«

»Der Wax hat die Nerven verloren.«

»Ja, das scheint mir auch. Danach wirft er sein Paket in die Latschurn. Ich habe gute Lust ihm keinen Trägerlohn zu geben.«

»Das kannst du nicht machen. Das ist gegen die Regel, die du selbst aufgestellt hast. Jeder kann die Beute abwerfen, wenn er meint, dass er in Gefahr ist. Es ist besser, die Ware ist hin, als dass sie einen von uns geschnappt oder gar tödlich getroffen hätten. Wie weit fehlt's eigentlich bei deinem Pauli?«

»Noch mal Glück gehabt. Eine kleine Schramme. Wie hat er sich sonst gehalten?«

»Nicht schlecht. Der wird schon«, antwortet der Patscheider lachend. »Der tritt schon in die Fußstapfen seines erlauchten Vaters.«

»Lass deinen Spott, ich bin heut nicht aufgelegt dazu.«

»Nervös bist du«, behauptet der Patscheider mit aller Seelenruhe.

Verblüfft schaut der Karotter auf. Das hat ihm noch keiner gesagt. Und das Merkwürdige ist dabei, dass er es nicht einmal abstreiten kann. Diese Unruhe in ihm ist nur Nervosität. Das hat er doch bisher überhaupt nicht gekannt. Nicht einmal damals, als der Grenzer erschossen wurde, hat er eine Sekunde die Nerven verloren.

»Jetzt müssen wir halt einmal abwarten, was die Gegenseite unternimmt«, sagt er schließlich.

»Was kann sie schon unternehmen?«, fragt der Patscheider. »Der Schnee hat ihnen einen dicken Strich durch die Rechnung gemacht.«

»Der Schnee, gottlob, dass er gefallen ist.«

»Darauf müssen wir eins trinken«, lacht der Patscheider und schenkt auch gleich für den Karotter ein Gläschen voll.

Das Zollfahndungsamt in Url ist ein altmodischer Bau mit meterdicken Mauern und vielen gewölbten Gängen. Früher soll es einmal ein Kloster gewesen sein. In ihm sind außerdem das Finanzamt, das Landratsamt und das Amtsgericht untergebracht. Auf der Südseite schließt sich ein mächtiger Park an mit einem Forellenweiher in der Mitte, dessen Pflege Landrat Sperber seine ganze Freizeit widmet. Dahinter erhebt sich ein moderner, etwas nüchterner Neubau aus grauen Quadersteinen, die Kaserne der Grenzjäger.

In den frühen Morgenstunden ist unerwartet der Winter hereingebrochen. Am Nachmittag hat Oberregierungsrat Thoma vom Zollfahndungsamt zu einer Besprechung in sein geräumiges Arbeitszimmer eingeladen.

Auf dem Turm der gegenüberliegenden Kirche schlägt es gerade drei Uhr. Es klopft und herein treten der Major der Grenzpolizei Schuck und der Leutnant Hoflechner.

»Pünktlich, wie eben nur Militärs sein können«, sagt Oberregierungsrat Thoma und bietet den beiden Platz an. Wenig später kommen noch ein paar Herren aus seinem eigenen Amt, die Postenführer der Grenzposten I und II, dann der Landpolizeikreissekretär Schienagl mit einem Oberwachtmeister und ganz zuletzt Herr Landrat Sperber. Diese zehn Männer sitzen um den langen, schmucklosen Sitzungstisch herum.

Nachdem Herr Thoma bekannt gegeben hat, dass geraucht werden dürfe, verschränkt er die Finger und beginnt: »Ich habe Sie, meine Herren, zu mir gebeten um mit Ihnen unter strengster Geheimhaltung den Fall der vergangenen Nacht zu besprechen. Die meisten von Ihnen wissen ja, dass in der vergangenen Nacht wieder geschmuggelt worden ist, und zwar über das Mauergebirge zwischen den Grenzposten I und II. Und wieder ist es nicht gelungen, wenigstens einen von der Bande zu schnappen. So geht das nun seit Jahren. Im Frühsommer dieses Jahres wurde einer unserer Grenzsoldaten erschossen. Ich persönlich bin der festen Überzeugung, dass es sich hier nicht mehr um irgendeine zufällige Sache handelt, sondern um eine fest zusammengefügte Organisation, um eine ausgebaute Linie sozusagen, die bis Venedig hinunterreicht. Ich habe Beweise dafür. Einer der Schmuggler hat – was mir unerklärlich ist – seinen Rucksack in die Latschurn geworfen. Er wurde bei dem Rechen in der Angermühle in Epps herausgefischt. Wir müssen annehmen, dass da oben nicht nur Kaffee oder Tabakwaren über die Grenze gehen, sondern auch Rauschgifte. Und zwar Mengen, die ausreichen würden, eine ganze Stadt damit zu versorgen. Leider hat plötzlich einsetzender Schneefall alle Spuren verwischt. Aber ...«, der Sprecher erhebt seine Stimme leicht, » ... ich glaube, dass diese Spuren gar nicht weit geführt hätten, nicht weiter vielleicht als bis Tschamm. Ich weiß, meine Herren, dass die Tschammer über allem Verdacht stehen. Und trotzdem komme ich von dem Gedanken nicht los, dass gerade dort der Hebel anzusetzen wäre. Herr Major, wie denken Sie darüber?«

Major Schuck hat schon auf die Frage gewartet. Seine Meinung geht dahin, es sei vielleicht nicht von der Hand zu weisen, dass der eine oder andere aus Tschamm einmal ein paar Sensen oder Rasierklingen schmuggele. Groß angelegten Schmuggel traue er ihnen nicht zu.

Landrat Sperber beeilt sich noch hinzuzufügen: »Ganz meine Meinung. Die Leute von Tschamm sind ehrlich und harmlos.«

Hier lächelt der Leutnant Hoflechner.

Der Herr Oberregierungsrat Thoma sieht es und fragt sofort: »Wollen Sie etwas sagen, Herr Leutnant?«

»Ich möchte nur sagen, gar so harmlos sind die Tschammer gerade nicht. Ich erinnere nur an die Zerschlagung des Bildes auf dem Grabkreuz unseres erschossenen Kameraden Schuhmacher.«

»Die Anbringung des Bildes auf der Rückseite des

Kreuzes, sodass es jeder sehen musste, der in die Kirche ging, war auch eine Herausforderung«, sagt der Landrat.

»Zugegeben«, meint Thoma. »Aber was anderes, Herr Landrat. Was halten Sie eigentlich von dem Bürgermeister Karotter?«

Der Herr Landrat lächelt etwas hochmütig. »Für diesen Mann lege ich jederzeit meine Hand ins Feuer.« Und als er sieht, dass drei oder vier andere zu seiner Meinung nicken, fährt er mit großem Eifer fort: »Es ist nicht leicht, dass einer seine Gemeinde so in Ordnung hält wie er. Dabei ist zu bedenken, dass es sich bei Tschamm um eine recht arme Gemeinde handelt. Nur Bauern und Kleinhäusler, keine Industrie, nichts.«

Ganz ruhig hat Thoma zugehört. Jetzt aber platzt er heraus: »Herr Landrat, in dieser angeblich so armen Gemeinde sind alle Haushalte sehr gut ausgestattet. Ich weiß, dass der Bierumsatz in der dortigen Wirtschaft nicht erheblich ist, dafür wird aber viel Wein getrunken. Und zwar lauter guter und teurer Wein. Wie erklären Sie sich das?«

Hier ist der Landrat nun doch ein wenig überfragt und zuckt nur die Achseln.

»Ich will es Ihnen sagen«, spricht Thoma weiter. »Weil die guten Tschammer eben doch andere Dinge schmuggeln als nur harmlose Sensen und Rasierklingen. Davon bin ich jetzt felsenfest überzeugt. Man muss dieses Tschamm einmal gründlich durchsuchen. Und zwar ganz überraschend, jedes Haus, jede Kammer. Nicht bloß durch zwei oder drei Polizeibeamte, sondern durch einen Großeinsatz im Zusammenwirken mit Grenzschutz, Zoll und Polizei. Ich bitte nun um Vorschläge.«

Die Besprechung und genaue Festlegung des Planes nimmt über zwei Stunden in Anspruch. Die Aktion wird unter dem Namen »Schneefall« starten und am andern Morgen Punkt vier Uhr in Szene gehen. Die Herren begeben sich wieder in ihre Dienststellen um die Vorbereitungen zu treffen. Da die Polizei des Kreises dem Landrat untersteht, geht von der Telefonzentrale des Landratsamtes an sämtliche Landpolizeiposten die entsprechende Anweisung hinaus. Um sieben Uhr ist alles durchgegeben. Um halb acht Uhr läutet im Karotterhof zu Tschamm das Telefon. Eine weibliche Stimme gibt dem Bürgermeister Karotter in kurzen Stichworten die geplante Aktion bekannt.

Als der Karotter wieder eingehängt hat, steht er eine Weile nachdenklich und mit gerunzelter Stirn da. Aber dann reckt er sich in den Schultern wie einer, der zum Kampf gerufen wird. Äußerlich beherrscht bindet er sich die Krawatte um, als gehe er zum Bierabend in die »Sternwirtschaft«. Unterwegs aber klopft er beim Patscheider an. In einer Stunde weiß das ganze Dorf Bescheid. Bis kurz vor Mitternacht geht ein Schleichen und Wispern durch das Dorf. Da und dort knarrt leise ein Tor. Dann wird es still und die Nacht liegt friedlich mit funkelnden Sternen über dem Dorf Tschamm.

Wie stehen sie wieder da, die Tschammer? Lammweiß vor lauter Unschuld. Man hat nichts gefunden bei ihnen, in keinem Haus, obwohl man keines vergessen hat. Selbst im Armenhaus haben sie alle Winkel durchsucht. Nur im Schulhaus hat niemand nachgeschaut. Was hätten sie auch im Schulhaus suchen sollen? Dort wohnt der neue Lehrer und von dem ist doch nicht anzunehmen, dass er schmuggelt.

Im Haus des Luckschneider hat man zehn Kilogramm Kaffee gefunden, von denen er freimütig zugegeben hat, dass er sie einmal geschmuggelt habe. Aber das sei schon lange her, an einem Sonntagnachmittag im Juli sei das gewesen. Und in der vorletzten Nacht, von der die Herren immer sprechen, da sei er bereits um neun Uhr im Bett gelegen, das könne seine Frau bezeugen.

O ja, die Frauen bezeugen in jedem Haus sehr fleißig, dass ihre Männer zu Hause gewesen sind. Hätten sie es beschwören müssen, so wären in diesen Morgenstunden viele Meineide geschworen worden.

Wahrhaftig, ein mageres Resultat! Zehn Kilogramm Kaffee bei einem Aufgebot von achtzig Mann. Man hatte sich zu viel versprochen. Als das Aufgebot so gegen neun Uhr wieder abzieht, stehen die Tschammer hinter den Stubenfenstern und schauen den Grenzsoldaten nach. Ihre Mienen sind teils trotzig, teils verschmitzt. Jeder aber ist froh, dass dieser Sturm so harmlos an ihnen vorübergegangen ist. Der Karotter ist doch ein Teufelskerl. Woher er nur diese Warnung rechtzeitig bekommen hat?

Zurückgeblieben von dem ganzen Aufgebot sind nur der Herr Landrat Sperber und der Major Schuck von der Grenzpolizei. Die beiden sitzen nun in der guten Stube des Bürgermeister Karotter vor einem großzügigen Frühstück.

»Tja«, sagt der Landrat und legt sich eine Scheibe von dem rosigen Schinken auf das gute Bauernbrot. »Ich habe mir gleich gedacht, dass die Sache ausgehen muss wie das Hornberger Schießen.«

Major Schuck löffelt ein weich gekochtes Ei aus. Dann wischt er sich den Mund ab. »Immerhin, der Verdacht war doch nahe liegend. Sie dürfen das nicht übel nehmen, Herr Bürgermeister.«

»Grundsätzlich nicht. Sie haben nur Ihre Pflicht getan. Vielleicht von der Salami noch ein Stückchen?«

Der Herr Major lacht. »Ich muss schon sagen, Sie bewirten uns großzügig. Es schmeckt ausgezeichnet. Und überhaupt, Sie haben es wunderschön hier.« Sein Blick schweift durch die Stube, freut sich an den mächtigen Hirschgeweihen und an dem schönen Sonnenblumenbild. »Ein schönes Bild«, sagt er. »Wie heißt der Maler?«

Kaum merklich zuckt die linke Augenbraue des Karotters hoch. Dann lächelt er. »Da müsst ich jetzt lügen. Ich hab es einmal auf einer Versteigerung erworben«, sagt er. Dann steht er auf, tritt an das Bild und liest das Signum. »Lux, glaub ich, heißt er.«

»Sie wissen vielleicht gar nicht, Herr Major, dass der Karotterhof sozusagen als Musterhof gilt«, lässt sich dann der Landrat vernehmen.

»Das habe ich schon gemerkt. Ich stamme nämlich selber von einem Bauernhof«, antwortet der Major.

»Dann wird es Sie vielleicht interessieren, wenn Ihnen der Karotter seinen Besitz zeigt?«

So eine Gelegenheit lässt der Karotter nicht vorübergehen. Er fragt den anderen höflich, wie groß dessen elterlicher Hof sei und wer ihn heute bewirtschafte, dann führt er seine Gäste durchs Haus. Kein Zimmer, keine Kammer vergisst er. Auch nicht die große Mehlkammer, deren gefüllte Säcke im Morgengrauen von zwei Polizeibeamten genau auf ihren Inhalt untersucht worden sind. Bei dieser Gelegenheit betont der Karotter, dass er dieses Herumstochern im Mehl mit den langen, dünnen Eisenstäben nicht gerade appetitlich gefunden habe, schließlich sei es ein Lebensmittel. Hierauf versichert ihm der Landrat zum dritten Mal, dass ihm der ganze Vorfall peinlich sei, denn an des Karotters Lauterkeit könne kein Mensch zweifeln.

»Ja, und das ist also lauter selbst gebackenes Brot?«, fragt er dann und deutet auf die etwa zwanzig Riesenlaibe, die der Reihe nach auf einem langen Brett liegen.

Der Karotter nickt und lächelt kaum merklich dabei, denn außer seiner Frau weiß nur er allein, dass in diesen Brotlaiben jeweils ein Säckchen mit Kokain eingebacken ist. Auf den Gedanken, auch diese Brotlaibe mit den Eisenstäben zu untersuchen, sind die Beamten doch nicht gekommen.

Draußen im Hof fällt dem Landrat plötzlich ein: »Dass ich nicht vergesse. Dieser neue Lehrer Tischner hat eine Eingabe über das Landratsamt an die Regierung gemacht, dass Tschamm dringend ein neues Schulhaus benötige.«

»Ja, ja, er ist recht anspruchsvoll, unser neuer Lehrer«, lacht der Karotter. »Er fragt bloß nicht, woher das Geld kommen soll.«

»Dazu ist er vielleicht noch zu jung. Aber im Ernst, Karotter, es wäre keine Schande, wenn Tschamm eine neue Schule bekäme. So ganz abzulehnen ist das Gesuch des Herrn Tischner nicht. Ich habe es befürwortet und an die Regierung weitergeleitet. Mag ja sein, dass der gute Mann ein bisschen übertrieben hat, wenn er schreibt, dass nachts die Ratten und Mäuse über die Dielen laufen.«

»So schlimm wird es schon nicht sein«, meint der Bürgermeister. »Merkwürdig, vom Schellbach hat man nie Klagen gehört.«

»Ach ja, der Schellbach. Na, wissen Sie, auf die Dauer wäre es mit ihm auch nicht mehr gegangen. Was treibt er denn jetzt?«

»Privatisieren.«

»Und Schnaps trinken.«

»Das wird er wohl nicht lassen können«, antwortet der Karotter. Dann begleitet er die Herren in den Hof hinaus, wo sie in das Auto des Majors Schuck steigen und talwärts davonbrausen.

Mitte November wird es in Tschamm endgültig Winter. Drei Tage und Nächte schneit es ohne Unterlass. Dann ist es so weit, dass der Schöberl in allen Häusern zum Schneeschaufeln auffordern muss, weil man mit dem Schneepflug durch die Hohlwege unmöglich durchkommt. Bis nach Epps hinunter muss geschaufelt werden, weil sonst Pfarrer Laurentius zum Gottesdienst nicht heraufkäme und man völlig abgeschnitten wäre von aller Welt.

Die Kinder von den Salmenhöfen sausen mit den Skiern herunter zur Schule und Reinhold Tischner hat seine helle Freude daran, als er von seinem Wohnzimmer die verwegenen Sprünge und Bögen der Buben und Mädel sieht. Sofort hat er die Idee mit der ganzen Schule einen Skiwettkampf zu veranstalten, denn wie es ausschaut, scheinen die Kinder hier mit den Brettern geradzu verwachsen zu sein.

Dass man überhaupt noch nicht auf den Gedanken gekommen ist, dieses herrliche Gelände für den Skisport zu erschließen, geht es ihm durch den Sinn. Ach, es ist so manches unerklärlich in diesem Dorf, in dem man keine Fremden haben will. Es ist ihm unverständlich, dass die Tschammer auf diese Einnahmequelle einfach verzichten wollen. Die Einzige, die sich in dieser Hinsicht ein wenig aufgeschlossen zeigt, ist die Sternwirtin. Aber Reinhold hat schon herausbekommen, dass ihr Mann ein ebenso scharfer Gegner des Fremdenverkehrs ist.

Um diese Zeit des großen Schneefalls geht beim Bürgermeister Karotter vom Landratsamt ein Schreiben ein. Darin steht, das Gesuch des Lehrers Tischner sei bei der Landesregierung verständnisvoll aufgenommen worden und man sei unter Umständen gewillt, den nötigen Bauzuschuss zu leisten, wenn die Gemeinde ihre finanziellen Möglichkeiten darlege. Es sei überhaupt nicht ganz verständlich, weshalb vonseiten des Herrn Bürgermeisters noch nie das Ansuchen nach einem würdigen Schulhaus gestellt worden sei. Ob da erst ein junger Lehrer hinkommen müsse, der die Notwendigkeit dieses Bauvorhabens begreife.

Das ist die erste Rüge amtlicherseits, die der Karotter in seiner Amtszeit einstecken muss. Dabei hat aber der Landrat das Schreiben der Regierung nicht wortwörtlich weitergereicht, sondern bei der Abfassung seines Briefes eine etwas mildere Form gewählt. Immerhin schwellen dem Karotter die Adern auf der Stirn vor Zorn. Immer wieder dieser Lehrer! Mit der Stunde seines Einzugs in Tschamm hat der Ärger begonnen und er hat nicht mehr aufgehört. Aber das wird sich ändern, darauf kann der Herr Lehrer Gift nehmen.

Es wäre für den Karotter vernünftiger gewesen, wenn er erst einmal darüber geschlafen hätte. Aber nein, herrschsüchtig, wie er nun einmal ist, und von leidenschaftlichem Drang erfüllt diesem Lehrer Tischner einmal die Meinung zu sagen, damit er endlich begreift, macht er sich auf den Weg ins Schulhaus.

Reinhold Tischner sitzt neben der Leselampe in einem bequemen Sessel. Er legt einen Finger zwischen die Seiten des Buches, in dem er gerade gelesen hat, und blickt verwundert auf.

»Sie, Herr Bürgermeister? Und zu so später Stunde. Was führt Sie zu mir? Bitte, nehmen Sie Platz.«

Der Karotter hat von Anfang an nicht die Absicht gehabt sich niederzusetzen. Den Hut hat er wenigstens abgenommen.

»Was wir zwei zu reden haben, kann auch im Stehen erledigt werden«, sagt er und greift schnell einmal nach seinem Ohrläppchen. »Sie haben da eigenmächtig an die Regierung geschrieben und sind wohl der Meinung, dass man den Bürgermeister in solchen Sachen einfach übergehen kann.«

»Ach so«, sagt Reinhold, klappt das Buch nun zu, legt es auf den Tisch und steht auf. »Es war kein amtliches Gesuch, sondern mehr eine Darlegung der unzulänglichen Verhältnisse. Ich habe meine private Meinung dargelegt und glaube nicht, dass ich dazu um Ihr Einverständnis nachsuchen müsste.« Reinhold zündet sich eine Zigarette an und schaut über das verglimmende Zündholz in das von der Kälte stark gerötete Gesicht seines Gegenübers. »Ich glaube, Herr Bürgermeister«, spricht er dann weiter, »Sie müssten längst bemerkt haben, dass ich noch nicht dem Stumpfsinn verfallen bin wie mein Vorgänger. Mit mir könnte man, wenn man wollte, reden. Sie aber haben, solange ich jetzt hier bin, noch nicht den leisesten Versuch dazu unternommen.«

»Ich habe keinen Grund dafür gehabt«, antwortet der Karotter und seine Augen sind jetzt ganz schmal. »Sie haben schon von der ersten Stunde an was zu meckern gehabt.«

»Das ist nicht wahr. Ich habe nur das Mindeste verlangt, was ein zivilisierter Mensch verlangen kann. Es wäre gerechtfertigter, wenn ich sagen würde: Sie haben von Anfang an versucht mir Prügel zwischen die Füße zu werfen. Ich habe zu allem geschwiegen, auch dann, als Sie hinter meinem Rücken an meine vorgesetzte Dienststelle darüber geschrieben haben, dass ich den Unterricht im Freien abhalte, dass ich zu faul sei die Orgel zu spielen, dass die Kinder jetzt viel mehr lernen müssten als früher und wer weiß was noch alles. Sie haben mich wie einen Aussätzigen behandelt, sodass ich am Anfang nahe daran war, meinen Dienst als Lehrer überhaupt zu quittieren.«

»Und warum haben Sie es nicht getan?«

»Warum ich es nicht getan habe? Das will ich Ihnen sagen. Weil ich erkannt habe, dass in den Kindern ein guter Kern steckt. Und diesen guten Kern will ich ans Licht heben zum Nutzen der Kinder und des Dorfes.«

Wieder greift der Karotter nach seinem Ohrläppchen und verzieht die Lippen spöttisch. »Sie hätten einen Samariter abgegeben«, spöttelt er dann. »Aber bilden Sie sich nur nicht so viel ein, junger Mann. Auch wir waren einmal Kinder und tragen heute das Dorf. Und wer sagt, dass ich für das Dorf kein guter Bürgermeister bin, der muss mir das erst beweisen.«

»Das beweise ich Ihnen auf der Stelle«, sagt Reinhold.

»Das ist ja allerhand«, knurrt der Karotter wütend und tritt unbeherrscht einen Schritt vor. Mit seinen breiten Schultern verdeckt er dem Lehrer jetzt fast das ganze Lampenlicht. »Und was hab ich Ihrer Meinung nach zu tun versäumt?«

»Sehr viel, Herr Karotter. Sie sind seit mehr als zwanzig Jahren Bürgermeister hier. Sie hätten in dieser Zeit leicht ein Schulhaus bauen können. Sie haben es nicht getan. Tschamm ist mit seiner Höhenluft für den Fremdenverkehr wie geschaffen. Haben Sie etwas getan, das Dorf für den Fremdenverkehr zu erschließen? Wo ist ein Schwimmbad? Wo ist ein Sessellift zum Mauergebirge hinauf für den Wintersport? Nichts haben Sie in den zwanzig Jahren getan um den sozialen Wohlstand des Dorfes zu heben.«

Der Karotter ist fahl geworden. Um seinen Mund zuckt es. »Sind Sie jetzt fertig?«

»Vorerst ja.«

»Dann hören Sie recht gut zu, was ich Ihnen jetzt sage. So gescheit, wie Sie sich hier aufspielen, war ich schon, als Sie noch in den Windeln lagen. Sie können sich Ihre ganze Weisheit schenken. Was sind Sie denn schon als Dorfschullehrer!? Aber groß angeben! Bis Sie kamen, lief hier alles wunderbar. Nun aber kommen Sie daher und wollen mir Vorwürfe machen. Das kann mir gar nicht imponieren. Ich bin der Karotter von Tschamm und das ganze Tal weiß, dass ich ein ordentlicher Bauer bin, wie jeder andere hier. Noch keiner hat gewagt sich gegen mich aufzulehnen. Sie sind der Erste. Aber merken Sie sich das eine: An mir werden Sie sich die Zähne ausbeißen.«

Reinhold ist blass geworden. Das ist blanker Hass, der ihm entgegenschlägt. Mit zitternden Fingern zerdrückt er die Zigarette im Aschenbecher. Dann ist er auf einmal wieder ganz ruhig.

»Ich glaube, wir reden aneinander vorbei, Herr Bürgermeister. Niemals habe ich behauptet, dass Sie ein schlechter Bauer sind, und ich habe auch nicht die Absicht mich gegen Sie oder die bestehenden Gesetze aufzulehnen. Ich habe nur gesagt, dass Sie als Bürgermeister viel versäumt haben. Und das halte ich auch aufrecht. Wenn Sie mir aber meinen Beruf vorwerfen, dann möchte ich Ihnen nur sagen, dass der Lehrerberuf nicht schlechter ist als der des Bauern. Und«, setzt Reinhold noch sarkastisch hinzu, »wenn ich mit meinem Gehalt mal nicht hinkomme, dann werde ich Ihnen nicht auf der Tasche liegen. Und von Ihrer Gnade bin ich sowieso nicht abhängig.«

»Brav, das muss ich mir merken.« Der Karotter greift an sein Ohrläppchen. Das bringt ihn wieder zu sich. »Eigentlich«, beginnt er, »bin ich nicht hergekommen um mit Ihnen zu streiten. Ihre Stiernackigkeit hat es aber so weit gebracht. Sie haben vorhin großspurig behauptet nicht von meiner Gnade leben zu wollen. Von meiner Gnade lebt so mancher, merken Sie sich das gefälligst. Sie haben das Tor zwischen mir und Ihnen zugeschlagen. Ich öffne es nicht mehr. Wie Sie damit zurechtkommen, überlasse ich Ihnen. So – und nun, glaube ich, haben wir zwei uns nichts mehr zu sagen.« Der Karotter stülpt seinen Hut auf und macht ein paar Schritte zur Tür.

»Nur noch einen kurzen Moment«, sagt Reinhold und schaltet die Deckenlampe ein, sodass das ganze Zimmer in gleißende Helligkeit getaucht ist. »Sie haben gerade gesagt, dass so mancher von Ihrer Gnade lebt. Sollte es mir einmal schlecht gehen, wäre es vielleicht doch zu überlegen, ob ich nicht auch dieser Gnade teilhaftig werden könnte.«

»Wie meinen Sie das?«

Reinhold fühlt, dass er den Nagel auf den Kopf getroffen hat. Er will jetzt nicht mehr ausweichen. »Genau so, wie ich es gesagt habe. Sollte ich mit meinem Gehalt einmal nicht mehr auskommen, so könnte ich ja Sie oder einen andern darum bitten, dass man mich mitnimmt über die Grenze. Ich verspreche Ihnen, dass ich keinen Sack mit Kaffee in die Latschurn werfen werde.«

Im Gesicht des Bürgermeisters zuckt es ein paar Mal heftig. Er duckt sich ein wenig zusammen, als ob er zum Sprung auf den Lehrer ansetzen wolle. Aber dann strafft er die Schultern, steht da, hoch aufgerichtet, mit kantigem Gesicht. Das Kinn schiebt sich trotzig vor, die Augen verlieren das eisige Glitzern und blicken abwägend auf Reinhold Tischner.

»Was wissen Sie?« Und als ob er plötzlich erfasse, dass er mit dieser Frage einen Fehler begangen habe, fügt er schnell hinzu: »Sie haben ja Halluzinationen.«

Reinhold überhört den letzten Satz und klammert sich an den ersten. »Ich weiß nichts Bestimmtes. Aber ich lasse es mir nicht nehmen, dass hier das ganze Dorf schmuggelt. Solange es die Erwachsenen tun, geht es mich nichts an. Aber ich werde mich wehren, wenn man auch die schulpflichtigen Kinder dazu missbraucht und ihnen aus reiner Profitgier den notwendigen Schlaf raubt, den sie dann in der Schule nachholen. Und nun, Herr Bürgermeister, glaube ich, dass wir fertig sind. Gute Nacht, Herr Bürgermeister. Es wäre mir lieber gewesen, wir wären anders auseinander gegangen.«

Ohne noch eine Antwort zu finden geht der Karotter hinaus, steigt die Treppe hinunter und wirft die Haustür dröhnend ins Schloss.

»Hundsbub, miserabliger«, schimpft er draußen wütend vor sich hin und spuckt in den Schnee.

Während der Karotter mit dem Lehrer diese Auseinandersetzung gehabt hat, ist der Riederer-Anton von den Salmenhöfen zu Besuch gekommen. »Beim Riederer« heißt der mittlere der drei Salmenhöfe. Die Riederers sind eine alte Familie. Immer hatten sie sich ihre Frauen von auswärts geholt. Die anderen Salmenhöfe hießen »beim Schuller« und »beim Gradlechner«. Diese beiden Familien hatten immer untereinander geheiratet, waren väterlicher- und mütterlicherseits seit drei Generationen eng verwandt, was wohl schuld daran sein mochte, dass beim Schuller ein Wasserkopf herumläuft und beim Gradlechner ein Tschapperl da ist, das den weißen Wolken nachsingt und über jedes Morgenrot weint.

Der Riederer-Anton ist ein kräftiger Bursche. Sein Gesicht ist wie geschnitzt. Nur das Lid des linken Auges ist etwas schwerer als das andere, aber vielleicht gibt gerade dies dem Gesicht diesen besonderen Ausdruck.

Jetzt sitzt er allein bei der Karotterin in der großen Gesindestube. Der süße Duft von Bratäpfeln schwebt unter der niedrigen Decke. Der Perpendikel der großen Standuhr zerhackt monoton die Stille und manchmal lässt der Kanarienvogel in seinem Bauer einen kurzen Triller hören.

Der Toni hat der Karotterin gerade erzählt, dass er von

Url herkomme, wo er bei dem Kurpfuscher Haggl wieder ein Medikament für die Mutter geholt habe.

»Ich weiß nicht, ob der Haggl grad der Richtige ist. Meinst du nicht, dass es besser wäre, einen richtigen Doktor zu holen?« Die Karotterin sticht mit einem gespitzten Span einen Bratapfel aus der Ofenröhre. »In Rechling draußen soll so ein guter Doktor sein«, fügt sie noch hinzu.

»Wir haben doch schon so viel versucht«, meint der Toni. »Die Mutter ist halt ganz abgearbeitet. Die schwere Arbeit am Berg und dazu neun Kinder, das hat sie vor der Zeit alt und müde werden lassen. Es wird nichts anderes übrig bleiben, Karotterin, als dass ich im Frühjahr heirate. Das wird die Barbara schon einsehen.«

Barbara Karotter und Anton Riederer sind zwar nicht offiziell miteinander verlobt, weil das bei Bauersleuten nicht üblich ist, aber sie sind einander versprochen.

Die Bäuerin isst bedächtig ihren Bratapfel und meint nach einer Weile: »Mir hätte zwar eine Hilfe im Haushalt auch ganz gut getan und ich habe mich immer darauf gefreut, dass die Barbara zu Weihnachten wieder ganz heimkommt. Aber ich sehe ein, dass du notwendig eine Bäuerin brauchst für deinen Hof. Na ja, wir werden ja sehen, was die Barbara sagt, wenn sie Weihnachten heimkommt.« Sie neigt lauschend den Kopf zur Seite. »Ich glaube, jetzt kommt der Bauer.«

Draußen stampft sich jemand die Stiefel ab. Gleich darauf öffnet sich die Stubentür und der Karotter tritt mit finsterer Miene ein. Er nickt dem Burschen am Tisch einen flüchtigen Gruß zu: »Hab mir schon gedacht, dass du da bist, weil ich die Skier an der Hauswand gesehn habe.«

Er hängt seinen Hut an die Stange, die um den grünen Kachelofen läuft, streift seine Jacke ab und beginnt seine Schuhe auszuziehen. Die Bäuerin stellt ihm die Filzpantoffeln hin und fragt:

»Hast du dich geärgert, Markus?«

»Geärgert? Und wie! Mit dem könnt sogar ein Engel die

Geduld verlieren.« Er schlüpft in die Filzpantoffeln und zieht die Hose straff. »Du, das ist ein richtig frecher Bursche, der neue Lehrer.«

Die Karotterin hätte gerne, weil sie ja ihren Mann kennt, geantwortet, dass es so, wie man in einen Wald hineinrufe, daraus zurückschalle. Aber sie verschluckt es lieber, nimmt vom Ofen eine dort abgestellte große, bauchige Tasse mit Milchkaffee und stellt sie auf den Tisch. Der Kaffee hat bereits eine dicke Haut aufgesetzt. Aber der Karotter mag das gern. Er wirft drei hoch aufgehäufte Löffel voll Zucker hinein und rührt um. Dann hebt er die Augen.

»Wenn mir ein anderer gesagt hätte, was der mir heute gesagt hat, auf den hätte ich eingeschlagen, dass er das Aufstehen vergessen hätte. Aber so einen Kerl darfst du ja nicht anrühren. Der legt sich ins Bett und ich muss ihm womöglich noch Schmerzensgeld zahlen.«

»Und dazu noch eine Anzeige wegen Körperverletzung«, sagt die Karotterin und legt dem Mann die Hand auf die Schulter. »Ihr braucht mich ja jetzt nicht mehr. Gute Nacht, Toni, und sag deiner Mutter, dass ich ihr gute Besserung wünsche.«

Die Tür kreischt in den Angeln, als sie hinausgeht. Der Karotter schlürft seinen Kaffee, die dunkle Wolke auf seiner Stirn ist immer noch nicht verweht.

»Und was führt dich heut zu mir?«, fragt er dann sein Gegenüber.

»In Url war ich, beim Haggl«, antwortet der Toni. »Ein Mittelchen geholt für die Mutter.« Er rutscht ein wenig auf der Bank hin und her und setzt sich aufrechter hin. »Karotter, ich hab mit deiner Frau schon geredet. Ich muss im Frühjahr heiraten.«

Der Karotter blickt rasch auf. »So bald schon? Die Barbara wird erst zwanzig im Mai.«

»Weiß ich«, nickt der Toni. »Aber mich treibt es dazu. Unsere Mutter kann schon bald gar nicht mehr. Und ich meine – die Barbara und ich sind uns ja einig. Übrigens, gestern hat sie mir geschrieben, dass sie ungefähr acht Tage vor Weihnachten heimkommt.«

»So?«, sagt der Karotter zerstreut. »Was man sich nur immer zu schreiben hat.«

»Da gibt es allerhand, Karotter, wenn man sich gern hat. Du hast doch deine Meinung nicht geändert, dass die Barbara auf die Salm hinauf soll?«

Der Karotter blickt überrascht auf. »Hab ich vielleicht einmal schon mein Wort nicht gehalten? Eins ist dabei freilich die Hauptsache. Die Barbara hat dich gern. Gezwungen hätte ich sie nicht. Also, die Sache geht in Ordnung. Was ich meiner Barbara mitgebe, weißt du ja.«

»Hundertfünfzigtausend Mark, oder?«

»Hunderttausend habe ich gesagt. Außerdem eine Brautkuh und die Ausstattung.« Der Karotter schiebt die geleerte Tasse weg und greift nach der Schachtel mit den Virginias, die auf dem Fensterbrett steht. Bedächtig nimmt er eine, zieht den Halm mit der roten Spitze heraus und reißt ein Streichholz an. »Zieht schon wieder nicht recht«, schimpft er, drückte die Virginia von allen Seiten und zieht heftig. Jetzt erst steigen die bläulichen Rauchwolken auf. Und da kommt ihm plötzlich wieder die Wut auf den Lehrer, der ihn hat so abfahren lassen.

»Weißt du, was der Kerl heute gesagt hat zu mir? Ich hab gemeint, mich trifft der Schlag. Wenn es ihm einmal schlecht gehen sollte, hat er gesagt, dann fragt er mich, ob er mit über die Grenze gehen dürfte. Er tät gewiss keinen Sack mit Kaffee in die Latschurn werfen.«

Ruckartig hebt Toni den Kopf und sieht seinen zukünftigen Schwiegervater mit schmalen Augen an. Wenn er so schaut, ist sein linkes Auge fast ganz geschlossen. »Dann weiß er also was?«

»Sonst hätte er diese Frage nicht stellen können.«

»Weiß er alles, meinst du?«

Der Karotter schaut verwundert auf. Ein kleines Lächeln zuckt um seinen Mund. »Alles wissen nur ich, du, der

Lattner und der Patscheider. Die andern sind der Meinung, dass sie nur mit harmlosem Kaffee gehn. Zum größten Glück war in dem Rucksack, den der Wax in die Latschurn geworfen hat, wirklich bloß Kaffee drin. Was meinst du, wenn die das Kokain gefunden hätten.«

»Manchmal ist halt doch auch Glück dabei«, lacht der Toni, aber dieses Lachen klingt gepresst. Dann sagt er leiser: »Die Linie steht aber noch?«

»Es ist alles in Ordnung. Den Winter über ist jetzt sowieso Ruhe und bis zum Frühjahr werden wir dann schon sehen. Wahrscheinlich aber müssen wir dann auf die Kinder verzichten. Was wir tun, hat der Lehrer gesagt, geht ihn nichts an. Aber er wird sich wehren, wenn man die Kinder dazu missbraucht.«

Der Toni sieht eine Weile nachdenklich vor sich hin. »Und mit Schnaps kann man ihn nicht kleinkriegen, meinst du?«, fragt er dann.

Der Karotter schüttelt den Kopf. »Alles schon probiert, aber er geht auf nichts ein. Vielleicht haben wir ihn bis zum Frühjahr wieder losgebracht. Andernfalls müsste er halt dann einmal eine aufs Dach kriegen, damit ihm das Nachschnüffeln vergeht.«

»Ich sehe da gar nicht so schwarz«, sagt der Toni und holt sich seine Fäustlinge von der Ofenstange. »Jeder neue Besen kehrt gut und am Anfang war der Ferdl auch nicht so zugänglich.«

Er geht durch die Stube zur Tür. Er ist so groß, dass er sich bei den hölzernen Querbalken der Decke bücken muss.

Der Karotter begleitet ihn hinaus und wartet, bis er seine Skier angeschnallt hat. »Lass dich halt einmal wieder sehn, Toni.«

Toni greift nach seinen Skistöcken. »Wenn die Barbara wieder daheim ist, komme ich öfter. Gute Nacht, Karotter.«

»Gute Nacht, Toni.«

Lautlos gleitet der junge Salmbauernsohn über den

Obstgarten hinunter. Die Dunkelheit verschluckt ihn schnell und der Karotter hört das Schleifen der Skier nur einmal kurz von der Latschurnbrücke her. Dann ist alles still.

In der nächsten Zeit bleibt es ganz ruhig in Tschamm. Der Karotter hat nur seinen Ärger damit, dass die Dorfkinder immer mehr dazu neigen, zu ihrem neuen Lehrer aufzuschauen. Er treibt aber auch alles, was die Kinderherzen mitreißt, ist zuweilen selber mit ihnen Kind, rodelt mit den Kleineren und fährt Ski mit den Großen. Ja, für Weihnachten hat er ihnen ein regelrechtes Fest versprochen mit Slalomlauf und Preisrodeln. Es liegt nicht in des Karotters Macht dies zu hintertreiben, er kann höchstens seinen jüngeren Kindern verbieten mitzumachen. Aber da käme er schön an und er muß erkennen, wie sehr auch seine zwölfjährige Andrea und die zehnjährige Anna den Lehrer verehren. Und er erlebt außerdem, dass auch seine Frau auf der Seite der Kinder und damit auf der Seite des Lehrers steht.

Eines allerdings muss er anerkennen. Die Noten sind besser geworden, ohne dass er hätte drohen müssen wie früher. Wehe, wenn es dem Ferdl einmal eingefallen wäre seinen Kindern schlechte Noten zu geben.

Er schaut die Schulhefte durch und muss wider Willen anerkennend nicken. Die Schrift ist besser geworden. Fehler sind kaum mehr vorhanden.

Die Karotterin schaut ihm dabei über die Schulter und meint: »So gute Noten hätte ich gar nicht erwartet.«

»Wäre ja noch schöner«, braust er auf. »Der hätte sich bloß unterstehen sollen der Andrea einen Dreier zu geben anstatt einen Zweier. Dann wär ich ihm aber auf den Pelz gerückt.«

»Ich weiß nicht, Markus, was du hast«, sagt die Bäuerin ganz ruhig. »Manchmal kommt es mir vor, als ob du einen Hass gegen den Lehrer hegst. Mag sein, dass er deiner Meinung nach nicht alles richtig gemacht hat. Aber es hat doch jeder Mensch auch seine guten Seiten, sagst du immer. Warum willst du sie bei ihm nicht sehn?«

»Weil er mir am Anfang gleich getrotzt hat, und du weißt, das vertrag ich schlecht.«

»Ja, ich weiß, Markus. Aber trotzdem – es macht böses Blut, wenn jetzt ausgerechnet du deine Kinder bei dem Sportfest nicht mitmachen lassen willst, wo sie sich schon so darauf freuen.«

Er sagt nichts mehr, weil er nichts sagen kann, denn so verblendet ist er ja nun auch wieder nicht, dass er die Erfolge des Lehrers nicht anerkennen würde. Wenn er nur nicht so ein eigenwilliger Schädel wäre, dieser Lehrer. Kein bisschen Unterordnen, nicht das leiseste Ducken unter seinen, des Bürgermeisters Willen.

Aber seine Frau hat Recht. Gerade er als Bürgermeister kann es sich nicht leisten seine Kinder von dem Fest auszuschließen. Schließlich ist ihm ja schon gar nichts anderes übrig geblieben als im Gemeindewald die Stangen schlagen zu lassen, die gebraucht werden für die Tore zum Slalomlauf. Der Lehrer hatte in einem so höflichen Schreiben an den Gemeinderat darum gebeten, dass man nicht anders konnte als dieser Bitte zu entsprechen. Danach hat sich der Lehrer noch höflicher bedankt und selbst der Karotter will nicht glauben, dass dies nur eine leere Phrase sein könnte, wenn da steht:

»... und ich danke vor allem dem Herrn Bürgermeister im Namen der Tschammer Jugend für seine Aufgeschlossenheit und sein bereitwilliges Entgegenkommen und verbleibe in aller Hochachtung, Reinhold Tischner.«

»Na also«, sagt der Karotter leise vor sich hin, als er das Schreiben gelesen hat. »So lass ich mir's schon eher gefallen.«

Da kommt ganz unverhofft ein anderer Ärger über ihn.

Der Lattner ist ungerufen aus seiner Verbannung zurückgekehrt. Das ist an sich verständlich, schließlich hat er seine Familie hier und Weihnachten naht. Inzwischen wird sich wohl sein Gewissen so weit beruhigt haben, dass er heimkommen kann.

Am dritten Abend nach seiner Rückkehr erscheint der Lattner plötzlich auf dem Karotterhof und verlangt den Bürgermeister zu sprechen. Es ist schon ziemlich spät und der Karotter war gerade vom Wirt heimgekommen, wo er jeden Samstag einen kleinen Tarock spielt.

Der Karotter lässt den späten Gast Platz nehmen und füllt zwei Gläser mit Zwetschgenschnaps. »Wie war es bei meiner Schwester in Rechling?«

Der Lattner schaut tiefsinnig in sein Schnapsglas. Zerzaust hängt ihm sein Bart über die Lippen. Dann nickt er schwerfällig.

»War ein gutes Arbeiten dort. Und ich dank dir auch recht schön, Markus, dass du dich so nett um meine Frau und die Kinder gekümmert hast in der ganzen Zeit. Jetzt bin ich selber wieder da.«

Der Karotter macht eine wegwerfende Handbewegung. »Ist nicht der Rede wert. Es war ja meine Pflicht. Die Hauptsache ist, dass sich dein Gewissen wieder beruhigt hat. Trink, Anderl.«

Der Kleinhäusler Andreas Lattner schiebt das Schnapsglas zurück. »Das hilft mir nichts! Ich brauch Gips.«

Erschrocken stellt der Bürgermeister sein Glas nieder und sieht den andern an. Und da erschrickt er erst recht. Das Gesicht ist fahl und verzerrt, in den rot geränderten Augen liegt eine brennende Angst.

»Gips ...« flüstern die zuckenden Lippen.

»Du bist verrückt«, zischt der Karotter und packt den andern mit eisernem Griff am Arm. »Seit wann?«

»Seit damals. Bin nicht fertig geworden damit und da hab ich Kokain geschnupft. Die ganze Zeit. Jetzt ist es mir ausgegangen. Darum hauptsächlich bin ich heimgekommen. Du musst mir was geben, Markus.«

»Ich denk ja gar nicht daran. Wo hast du es hergehabt?«

»Aus dem Küchenherd im Schulhaus.«

Der Karotter gibt ihm einen Rempler, dass er hart gegen die Vertäfelung stößt. »Du Hund. Du stiehlst hinter meinem Rücken, was uns nicht gehört. Wie viel war es?«

»Ein Säckchen bloß.«

»Ein Säckchen bloß«, äfft der Karotter entsetzt nach. »Ein Säckchen sind einige tausend Mark. Weißt du das? Oder ist dein Gehirn schon so verkalkt, dass du dir das nicht mehr ausrechnen kannst.«

Der Lattner schluckt ein paar Mal heftig, stiert den andern eine Weile mit glasigen Augen an. Dann bricht es aus ihm heraus: »Was weißt denn du, wie einen so was verfolgen kann, Tag und Nacht! Nachts bin ich aufgewacht und hab im Traum geschrien, weil ich gemeint hab, der junge Grenzjäger steht an meinem Bett und will sein Leben zurückhaben von mir. Da hab ich es nicht mehr ausgehalten. Nachts bin ich über das Gebirge. Ins Schulhaus zu kommen war für mich nicht schwer und das Versteck hab ich ja gekannt. Zum Glück waren die drei Säckchen noch da. Eins davon hab ich mir genommen. Das hat mir gereicht bis jetzt. Jetzt aber ist das Versteck leer. Du musst die anderen beiden Säckchen haben, Markus. Ich bitt dich um Himmels willen, gib mir was.«

Aschfahl ist der Karotter geworden. Das ginge ihm jetzt gerade noch ab. Gibt er ihm eine Kleinigkeit, in acht Tagen kommt er wieder. Dann jeden Tag, jeden halben Tag, alle zwei Stunden. Der Karotter sieht das ganz klar und macht sich nichts vor. Der Lattner ist abhängig geworden und kann ohne das weiße Gift nicht mehr auskommen. Es besteht nun Gefahr für das ganze Dorf.

»Bloß ein bisschen Pulver gib mir«, wimmert der Lattner. Sein Gesicht ist wie eine Fratze, es ist grau und zerrissen wie Baumrinde.

»Nein«, sagt der Karotter bestimmt.

Da wirft sich der Lattner an ihn und unklammert seine Arme. »Sei barmherzig, Markus. Bloß eine Prise, ein Nasenloch voll bloß.«

Angewidert stößt ihn der Karotter zurück, sodass der Lattner beinahe an den schweren Schrank stößt.

Blitzschnell hat der Lattner sich wieder gefangen. Sein Mund ist verzerrt, seine Augen scheinen aus den Höhlen zu treten, seine Finger krümmen sich wie Krallen und fahren dem Bürgermeister an die Gurgel. Die Verzweiflung scheint ihm Riesenkräfte zu verleihen.

»Ein bissl Gips oder ich bring dich um.«

Der Karotter merkt, dass es bitter ernst wird. Ein Ruck und ein Schwung seiner stählernen Arme und der Lattner taumelt zurück. »So meinst du es«, sagt er keuchend vor Anstrengung und schließt seinen aufgerissenen Hemdkragen. »Setz dich hin!«

»Bloß eine Prise«, bettelt der Lattner. »Oder ich schrei so, dass das ganze Haus aufwacht. Dann sollen es alle wissen, dass ich den Grenzer erschossen hab und alles ...«

»Ich hab gesagt, du sollst dich hinsetzen. Du kriegst was, aber halt jetzt erst mal dein Maul.«

Der Karotter geht hinaus. Es gibt keinen anderen Weg, er muss nachgeben.

Nach einer Weile kommt er wieder zurück und wirft ein winziges Papiertütchen auf den Tisch.

»Mehr hab ich nicht.«

Gierig greifen Lattners Finger nach dem Tütchen. Er schnupft das weiße Pulver und wird dann ganz ruhig. Der Wahn ist verflogen, die Gesichtszüge entspannen sich, der irre Blick kehrt wieder in menschliche Bezirke zurück. Kichernd steckt er den Rest in seine Westentasche. Ein Lächeln ist um seinen Mund.

»Also warum denn nicht gleich. Jetzt ist alles wieder gut, Markus.«

Des Karotters Gesicht ist verschlossen, sein Mund ist hart zusammengepresst. »Geh heim jetzt und komm mir so nicht wieder«, sagt er schließlich und öffnet die Tür. Danach sitzt er lange allein, den Kopf in die Hände gestützt. Schweiß steht auf seiner Stirn und sein Puls geht schnell. Er tritt vor die Tür, weil er meint, die Luft im Zimmer erdrücke ihn.

Irgendwo bellt ein Hund. Das muss der Zamperl vom Rotneiger sein, den der torkelnde Schritt des Lattners geweckt hat. Eine Tür knarrt und schlägt zu. Dann wieder Stille. Und doch ist dem Karotter, als sei die Nacht erfüllt von tausend Stimmen, die auf ihn einreden, sodass er sich die Ohren zuhalten muss um all das nicht zu hören, was an Anklagen auf ihn niederprasselt. Der große Rächer scheint sich diese Nacht zu erheben und seine Hand deutet gebieterisch auf ihn, den Bürgermeister von Tschamm.

Er findet fast keinen Schlaf in dieser Nacht. Zu unerwartet ist heute auf ihn eingestürzt, womit er nie gerechnet hatte. Es ist der erste Fall, dass einer aus der verschworenen Gemeinschaft ausgesprungen und selbst der Droge verfallen ist, die für andere über die Grenze geschmuggelt wurde. Zu selbstsicher hatte er über der Sache gestanden und vielleicht war in der ganzen Linie bisher Tschamm der verlässlichste Pfeiler gewesen. Nun zeigt dieser Pfeiler den ersten Riss. Nie mehr wird man den Lattner einsetzen können und er wird zu einer steten Gefahr werden. Wohl hat er ihm heute in das Kokain, das sie unter sich »Gips« nennen, etwas Mehl gemischt. Aber wird er nicht morgen oder übermorgen diese List bereits durchschaut haben und ihn neuerdings bedrängen?

Endlich, es mochte schon gegen Morgen zugehen, schläft er ein. Als er dann schon ein paar Stunden später wieder aufsteht, ist sein Entschluss gefasst. Er rasiert sich, duscht sich kalt ab, und als er dann eine halbe Stunde später in Sonntagskleidung die Stube betritt, merkt niemand, dass sich dieser Mann durch eine schlaflose Nacht gequält hat. Sein Auftreten ist, wie immer, wenn er sich den Blicken seiner Leute ausgesetzt weiß, ruhig und gefasst. Mit einer Geste, die ihm niemand nachmachen kann, zahlt er seinen Dienstleuten den Wochenlohn aus, gibt seinem Sohn Pauli und den Töchtern ihr Taschengeld. Dann setzt er sich zum

Frühstück, das für ihn auf dem kleinen Tischchen neben dem Ofen gedeckt ist, und beginnt bedächtig zu essen.

»Ich fahre heut nach Url in die Kirche«, sagt er dann ganz beiläufig.

»Mit dem Wagen?«, fragt der Pauli.

»Bei dem vielen Schnee? Du Kindskopf. Müsste erst der Schneepflug fahren. Spann mir den Braunen ein.«

In die warme Pelzjacke gehüllt, den grünen Jägerhut mit dem Spielhahnstoß ein wenig schief aufs Ohr gedrückt, besteigt er eine Viertelstunde später den leichten Pendelschlitten und lässt dem Braunen die Zügel.

Der Sonntagmorgen ist von einer friedlichen Stille. Die Wolkendecke ist zuweilen aufgerissen und zeigt ein Stücklein blauen Himmel. Mit schönem Klang läuten von Epps herüber die Glocken der Klosterkirche.

Als der Karotter in Url einfährt, läuten auch dort die Glocken vom Turm der Pfarrkirche. In den winkeligen Gassen liegt meterhoch der Schnee zu beiden Seiten, so wie ihn der Schneepflug beiseite geschoben hat. Verträumt kuscheln sich die Dächer mit ihrer Schneelast aneinander. Lautlos gleitet der leichte Schlitten über den weiten Marktplatz bis vor das Hoftor des »Schwanenbräu«, in dem der Karotter immer, ob mit Auto oder mit Pferdefuhrwerk, einzustellen pflegt.

In der Kirche ist er heute nur halb bei der Andacht und er kann es kaum erwarten, bis der Schlusssegen gesprochen wird. Draußen aber will es der leidige Zufall, dass er ausgerechnet dem Major Schuck von der Grenzpolizei in die Hände läuft. Der Karotter lüftet sein Hütl und will mit einem kurzen Gruß vorüber. Da kommt er aber schlecht an, denn der Herr Major hält ihn fest.

»Endlich sieht man Sie auch wieder einmal in Url, lieber Karotter. Wie wär's mit einem kleinen Frühschoppen im ›Schwan‹?«

Der Karotter schaut auf seine Uhr und wiegt den Kopf

hin und her. »Eigentlich hätte ich zuerst noch einige Besorgungen zu machen. Sie wissen ja, wie die Frauen sind. Komme ich einmal nach Url, hat bestimmt meine Bäuerin einen Haufen Wünsche.«

»Ich weiß schon, wie das ist«, pflichtet ihm der Major bei. »Also sagen wir, in einer Stunde?«

»Gut, dann bin ich da.«

Der Karotter verschwindet nun eiligst in einer Seitengasse, macht noch ein paar kleine Umwege, bis er dann vor dem Haus in der Strebergasse steht, das dem Kaufmann Molder gehört.

Zu ebener Erde dieses zweistöckigen Hauses im Alpenlandstil wohnt Gabriele Osterkamp, die Sekretärin vom Landrat. Sie wird von den meisten Leuten Gaby genannt und ist eine unscheinbare Frau mit einer Hornbrille und einem lächerlichen gewundenen Zopf im Nacken.

Wer aber dem Karotter jetzt auf dreimaliges, gleichmäßig abgesetztes Läuten hin öffnet, ist alles andere als unscheinbar. Keine Hornbrille, kein Haarknoten im Nacken, sondern eine wallende Pracht von Locken kastanienbraunen Haares, das über die Schultern hinrieselt und das schmale, rassige Gesicht wie ein Rahmen umgibt.

Dem Karotter sind beide Gesichter vertraut, das unscheinbare und das andere. Die zierliche Gestalt, die ihm nun in Samtpantöffelchen mit hohen Absätzen auf dem Flur vorantrippelt, ist in einen himmelblauen Morgenrock aus chinesischer Seide gehüllt. Nun öffnet sie die Tür zu einem äußerst elegant eingerichteten Salon.

Der Bürgermeister von Tschamm scheint sich hier auszukennen. Er wirft seinen Hut auf die Couch und lässt sich in einen Sessel fallen. Er tut überhaupt so, als hätte er dem Mädchen diese kostbare Einrichtung geschenkt, was natürlich nicht stimmt. Immerhin hat er hier einiges zu reden.

Das Mädchen zeigt überhaupt keine Neugierde. Sie geht hin und her, schenkt zwei Gläser mit italienischem Wermut voll und hebt das ihre.

»Auf Ihren Ärger«, sagt sie lachend und zeigt zwei Reihen blendend weißer Zähne.

Unwillig blickt er auf und schiebt mürrisch sein Glas weg. »Was geht dich mein Ärger an. Wie willst du überhaupt wissen, dass ich welchen habe.«

»Weil ich dich nun schon lange genug kenne, Herr Bürgermeister. Und weil du mir vertrauen kannst.«

»Weißt du, wo der Chef sich zur Zeit aufhält?« Seine Frage klingt nervös, fast ängstlich.

Nun setzt auch Gaby ihr Glas nieder. Zwischen ihren Brauen steht plötzlich eine scharfe Falte. »Ist etwas passiert?«

»Noch nicht, aber es kann bald etwas passieren. Der Lattner macht Schwierigkeiten.«

»Der Lattner?« Das Mädchen ist zusammengezuckt. »Ist das einer vom Stamm?«

»Leider ja.«

»Besteht unmittelbare Gefahr?«

»Für dich vorerst nicht. Von deiner Existenz weiß er überhaupt nichts. Aber wenn der Damm bricht, reißt es auch dich mit hinein.«

»Es ist ausgemacht, dass ich sofort gewarnt werde. Meine Koffer sind schnell gepackt.«

Der Karotter nickt wehmütig. »So wäre es recht, wenn man bloß ein paar Koffer zu packen hätte und dann die Spur hinter sich verwischen könnte. Aber bei mir geht es um ein wenig mehr. Bei mir geht es um Haus und Hof. Nein, nein, nur nicht gleich beleidigt sein, Gaby. Du hast uns unschätzbare Dienste geleistet. Ohne deine Anrufe wär schon manches Dumme passiert. Gut, dass du in der Zentrale sitzt. Also, pass auf. Die Sache ist ernst, aber nicht verzweifelt. Ich selber kann leider nichts tun. Da muss der Chef selber eingreifen.«

»Ich weiß nicht genau, wo er ist. Die letzte Karte kam aus Genua. Aber Olga ist im Land.«

Der Karotter greift sich ans Ohrläppchen und besinnt

sich eine Weile. Dann hat er seinen Entschluss gefasst. »Kannst du heute ins Amt? Du kannst doch durchwählen. Ich aber muss das Gespräch anmelden.«

»Ich kann jederzeit ins Landratsamt.«

»Dann sag Olga Bescheid.«

»In welcher Form?«

»Sag ihr, dass der Tobias im Sterben liegt und er seinen Bruder unbedingt noch mal sehen möcht. Die Olga weiß dann schon Bescheid und wird den Chef verständigen. Und wie steht es bei dir? Hast du noch Gips im Haus?«

»Ich habe vorgestern den letzten Brotlaib weggeschickt.«

Der Karotter ist befriedigt. »Gott sei Dank! Jetzt ist nichts mehr auf Lager, bis auf eine winzige Kleinigkeit bei mir. – Hast du deine letzte Provision erhalten?«

Die Gaby nickt und zündet sich eine Zigarette an, dann deutet sie auf eine wertvolle Stereoanlage. »Dort ist meine Provision.«

»Fällt das nicht auf, wenn du hier so groß einkaufen kannst mit deinem mageren Gehalt?«

»Nur keine Angst. Ich kaufe diese Dinge nicht hier.«

Jetzt erst trinkt der Karotter seinen Wermut aus und steht dann auf.

»Also Gaby, schalt dich sofort ein und gib mir Bescheid. Wenn du sagst, dass ich dir das Holz runterfahren soll, weiß ich, dass es geklappt hat.« Er greift nach seinem Hut und streckt dem Mädchen die Hand hin. Das Mädchen steht dicht vor ihm. Der Morgenrock steht an ihrem Hals ein wenig offen. Ihre Haut duftet nach einem erregenden Parfüm und er weiß, dass die Kleine eine Schwäche für ihn hat. Sie selbst hat es einmal durchblicken lassen, dass ihr dieser stolze Bauernbürgermeister mächtig imponiere. Aber man könnte dem Karotter alles nachsagen, nur eines nicht, Treulosigkeit. Kein noch so schönes Lächeln kann ihn verwirren. Er hält seiner Frau die Treue, die er ihr einmal am Altar versprochen hat.

Im Bräustüberl im »Schwan« warten der Major Schuck und der Landrat Sperber auf ihn. Auch der Bürgermeister von Url sitzt dabei. Der Karotter hat nun seine Sorgen im eleganten Wohnzimmer der Gabriele Osterkamp zurückgelassen und fühlt sich freier als vorher. Sein Selbstvertrauen ist wieder gestiegen und er greift sich ans Ohrläppchen, nicht weil ihn etwas erregt, sondern weil er von satter Zufriedenheit erfüllt ist. In seiner etwas derben Offenheit, die ihm niemand übel nimmt, sagt er zum Landrat, kaum dass er sich gesetzt hat:

»Es wäre euch Urlern gerade keine Perle aus der Krone gefallen, wenn ihr euren Motorschneepflug auch in Richtung Tschamm geschickt hättet.«

»Man konnte doch aber herunterkommen«, meint der Landrat.

»Weil zum Glück wir Tschammer auch noch Pferde haben. Ich weiß schon, ihr braucht bloß bis zur Gemeindegrenze zu fahren, und die geht nur ein Stück über Epps hinauf. Aber auf die andern zwei Kilometer wäre es auch nicht angekommen. Die Gemeindeumlage mögt ihr ja auch von uns.«

»Also morgen dann«, verspricht der Landrat. »Aber den Hohlweg vor eurem Dorf müsst ihr selber ausschaufeln.«

Der Bürgermeister von Url neigt sich kollegial zum Karotter hin. »Euer Lehrer scheint ein findiger Kopf zu sein. Sein Sportfest scheint er recht nett aufzuziehen. Gestern erst hat mir jemand erzählt, dass er einen mächtigen Schwung in den etwas verlotterten Schulbetrieb seines Vorgängers gebracht hat.«

»So? Erzählt man das?« Der Karotter bläst den Bierschaum von seinem Krug. »Jeder neue Besen kehrt gut. Prost!«

Draußen wirft die Sonne blasses Licht auf den Stadtplatz. Die Ritterfiguren auf dem Marktbrunnen haben dicke Schneekappen auf. Menschen hasten über den Platz und einmal geht auch ein Mädchen vorüber mit einer dicken Hornbrille und einem lächerlichen Knoten im Nacken. Sie steuert an der Pfarrkirche vorbei und biegt in das Sailergässlein ein, das zum Landratsamt führt.

»Ach, die kleine Osterkamp«, sagt der Landrat. »Ein eminent tüchtiges Mädchen, eine von den wenigen, die ihre Arbeit noch gewissenhaft erledigen. Möchte wetten, dass sie jetzt ins Amt geht und nachsieht, ob wichtige Post gekommen ist.«

»Sonntags sogar?«, fragte der Major.

»Jawohl, auch sonntags. Am Montag früh liegt dann oft schon alles unterschriftbereit auf meinem Schreibtisch.«

»Da kann man von Glück sagen, wenn man heutzutage noch jemand Zuverlässigen findet«, meint der Karotter mit unbeweglichem Gesicht und macht sich über die saure Leber her, die er sich bestellt hat.

An diesem Sonntag verspätet sich der Karotter etwas und es geht schon auf sieben Uhr zu, als er in seinen Hof fährt. Aber wer vielleicht meint, dass er betrunken heimkäme, täuscht sich. Diesen Mann hat noch niemand betrunken gesehen, weil er grundsätzlich nicht mehr trinkt, als sein Durst verlangt.

Die Karotterin ist auch weit davon entfernt, etwa ein mürrisches Gesicht zu machen wegen seines späten Heimkommens. In den Gesten und Bewegungen, mit denen sie ihm aus der Pelzjacke hilft, seinen Hut aufhängt und ihm die Hausschuhe herrichtet, ist immer noch die gleiche tiefe Liebe zu diesem herrischen Mann wie vor dreißig Jahren, als sie ihn zum ersten Mal gesehen hat auf dem Laurenzimarkt in Url.

»Hast du Karten gespielt?«, fragt sie mit einer Wärme in der Stimme, die ihm wohl tut.

»Ja, einen Schafkopf haben wir geklopft«, antwortet er und lacht behäbig. »Stell dir vor, Magdalen, dem Prankl von Url hab ich fünfzig Mark abgeknöpft. Dreingeschaut hat er wie eine ausgepresste Zitrone. Kennst ihn ja, den

Geizhals.« Er lacht wieder und schlüpft in seine Hausschuhe. »Hat sich sonst was ergeben?«

»Nicht dass ich wüsst. Doch – von Url hat eine angerufen, ob sie das Klafter Holz schon bald haben könnte.«

Der Karotter schaut schnell auf und greift sich ans Ohrläppchen. »Ach, das wird die Dingsda gewesen sein. Ich weiß schon. Aber die soll mich gern haben. Die hat ihr Holz vom vorigen Jahr nicht bezahlt. Sonst noch was?«

»Ja, da war schon noch was«, meint die Bäuerin etwas zögernd. »Aber genau weiß ich das nicht. Da musst du schon den Pauli fragen. Mit dem Lattner ist irgendwas gewesen auf dem Friedhof.«

»Mit dem Lattner?« Der Karotter hebt nervös den Kopf. »Wo ist der Pauli?«

»Er wird im Stall sein.«

»Er soll rüberkommen zu mir in die Kanzlei.«

Der Pauli kommt sofort und folgt dem Vater in die Kanzlei, in der es heute sehr kalt ist, weil sonntags dort nicht geheizt wird. Er ist ein hübscher Bursche. Sein Gesicht ist schmal und noch nicht ganz ausgereift. Aber die Ähnlichkeit mit dem Vater ist auffallend.

»Also, Pauli, was war da mit dem Lattner heut? Die Mutter sagt, du wüsstest darüber mehr.«

»Es ist nicht viel passiert, Vater, und für die Zuschauer war es sogar ein wenig lustig. Der Lattner hat sich nach dem Gottesdienst auf das Grab des Grenzsoldaten gesetzt und bitterlich geweint.«

Der Karotter nimmt ein leeres Briefkuvert vom Schreibtisch und trennt vorsichtig die Marke für die Andrea ab, die sie sammelt. Dann schaut er den Pauli an.

»Und das nennst du nicht viel? Bub, das ist mehr, als sein dürfte. Der Lattner hat die Nerven verloren und das kann für uns alle recht dumm ausgehen.«

»Und was willst du dagegen tun, Vater?« Paulis Blick ist offen auf den Vater gerichtet.

»Ich werde gar nichts dazu tun können, Pauli. Aber es

muss und wird etwas geschehen. – Und kein Mensch hat ihn dann weggezogen vom Grab?«

»Zuerst hab ich ihm gut zureden wollen, aber da hat er noch mehr geheult. Da hat der Raguser ihn gepackt und mitgezogen.«

»So, der Raguser. Ist gut.« Plötzlich legt der Karotter seinem Sohn die Hand auf die Schulter. »Schau, Pauli, du verstehst das noch nicht. Du bist noch zu jung, aber später wirst du alles begreifen. Bloß vor einem möchte ich dich heut schon warnen. Probier nie das weiße Teufelspulver aus, und wenn es dir noch so schlecht im Leben gehen sollt. Das hilft nur vorübergehend, das Erwachen danach ist schrecklich.«

Pauli hat aufmerksam zugehört. Vielleicht versteht er nicht alles, weil er das Leben mit seinen sechzehn Jahren sowieso noch in den hellsten Farben sieht. Ihn beschäftigt etwas ganz anderes und nicht erst seit heute. Diese Stunde nun scheint ihm wie geschaffen, endlich die große, bedeutungsvolle Frage zu stellen, die ihn schon so lange bedrängt. Er sieht den Vater offen und lange an, bis er sagt:

»Ich möcht dich einmal etwas fragen, Vater, aber ich weiß nicht, ob du mir mit meinen sechzehn Jahren schon die Wahrheit sagst oder ob du dich weigerst.«

Der Karotter zieht die Augenbrauen hoch. »Na – was soll denn jetzt das?«

»Ich möchte die Wahrheit wissen, sonst gar nichts.«

»Die Wahrheit worüber?«

»Sie nennen dich den Schmugglerkönig. Bist du es, Vater?«

Der Alte nimmt ein Lineal auf und legt es wieder auf die Schreibtischplatte. Die Augen hat er gesenkt. Plötzlich hebt er den Kopf.

»Ja, Pauli, ich bin's geworden, wider Willen.«

Das Gesicht des Jungen leuchtet auf. »Gott sei Dank, dass es so ist, Vater.«

»Warum Gott sei Dank?«

»Weil mir der Gedanke unerträglich wäre, wenn du bloß so ein kleiner Mitläufer wärst wie die anderen.«

»Ach, so siehst du es.« Der Karotter setzt sich auf die Kante des Schreibtisches und wippt mit dem rechten Fuß. »Das heißt, nur was hier geschieht, geht über mich. Hier habe ich die Verantwortung. Über mir stehen noch ein paar andere. Aber ich kenn auch bloß den Kapojan und seine rechte Hand, die Olga. Die Linie aber geht von China über Neapel. Wer auf den Zwischenstationen sitzt, davon hab ich keine Ahnung und es kümmert mich auch nicht. Und jetzt hör mir gut zu, Pauli: Ich will nicht mehr, dass du mitgehst über die Grenze. So abenteuerlich einem das vorkommt, solang man jung ist, es kann doch zu einer schrecklichen Last werden. Ich wollte, ich wüsste von nichts. Wenn man einmal drinsteckt, kann man nicht mehr raus. Du ziehst das hinter dir her wie ein Galeerensträfling die Ketten. Es lässt dich nicht mehr los und du kannst auch nicht mehr los, selbst wenn du es wolltest. Abspringen kann man nicht, selbst wenn man möchte. Sie haben einen in der Hand, ein Wink genügt und du kannst im Gefängnis sein.«

Atemlos hat Pauli zugehört. Irgendetwas ist auf einmal in ihm zusammengebrochen. In seiner jugendlichen Phantasie hat er sich immer gedacht, dass er einmal der Nachfolger des Vaters würde, dass einmal ihm die Männer des Dorfes blindlings gehorchen würden und dass er jetzt schon sozusagen der Thronfolger des Schmugglerkönigs wäre. Hoch aufgerichtet steht er vor seinem Vater.

»Dann ist es so, dass es dir jetzt lieber wäre, du wüsstest von nichts.«

Einen Augenblick sieht der Alte den Buben an. Dann nickt er. »Ja, Pauli, es wäre mir lieber. Geschmuggelt ist hier immer worden. Als ich so alt war wie du, haben wir Vieh über die Grenze geschmuggelt und damit auch einmal die Klauenseuche. Später waren es Kaffee, Tabak, Seide oder Sensen. Das alles hat noch irgendwie Spaß gemacht. Auch das mit den Uhren. Ich hab darin nie ein großes Unrecht gesehn, genau wie es der Wilderer nicht sieht, der sich einen Zwölfender holt. Seit es aber mit dem Kokain angefangen hat, war mir nicht mehr ganz wohl. Da hab ich gespürt, das ist Unrecht. Freilich, viel mehr Geld hat es eingebracht, das ganze Dorf lebt ja davon. Aber seitdem weiß ich, dass ich immer mit einem Fuß im Gefängnis stehe. Und darum will ich nicht, dass es dir auch so geht, Pauli. Du sollst einmal ein richtiger Bauer werden, wie ich es einmal war, bevor mich dieser Rausch nach dem Geld gepackt hat. So – Bub, das hab ich dir jetzt sagen müssen. Einmal wär der Moment doch gekommen. Behalt für dich, was ich dir gesagt habe. Ich habe noch mit keinem Menschen so darüber gesprochen wie mit dir. Gibt mir deine Hand, Pauli.«

Der Junge drückt kräftig die Hand seines Vaters. Es kommt ihm vor, als sei er nun mit diesem Mann verschworen und als habe er einen Schwur abgelegt, einen Schwur, auf dass er schweige und seinen Ehrgeiz begrabe, einmal dessen Nachfolger als Schmugglerkönig zu werden.

»Noch was«, fällt dem Karotter ein, als Pauli schon gehen will. »Bei dem Skilaufen am zweiten Weihnachtsfeiertag, da erwarte ich von dir, dass du dem Kerl im Schulhaus einmal zeigst, was Skilaufen heißt.«

Pauli blickt rasch auf und lächelt. »Gerade als ob du wüsstest, was ich die ganze Zeit schon will. Aber es wird nicht leicht sein, Vater. Der Mann kann wirklich Skifahren. Ich hab ihn heut beobachtet. Über den Eulenhang ist er heruntergeschossen wie der reine Teufel.«

»Dann musst du schweben wie ein Engel«, lacht der Karotter und schlägt seinem Sprössling derb auf die Schulter. Mit der andern Hand greift er zum Lichtschalter. Die Kanzlei liegt im Dunkeln. Auch im übrigen Haus sind die Lichter bereits erloschen. Nur das kleine Flurlicht brennt noch, das über die Stufen hinaufleuchtet zum oberen Stockwerk.

Schon zwei Tage später quält sich ein großes Auto den Hohlweg herauf. Die Urler haben zwar ihren Motorschneepflug geschickt, aber es hat den ganzen Tag schon wieder ununterbrochen geschneit.

Das Kühlwasser beginnt zu kochen, aber der Mann am Steuer denkt gar nicht daran, zu halten. Es sind noch knapp vierhundert Meter, dann ist er am Ziel. Der Mann ist höchstens vierzig Jahre alt, sieht sehr gepflegt aus und hat ein schmales, braunes Gesicht mit einem energischen Kinn, das in der Mitte wie gespalten scheint. Das schmale dunkle Bärtchen auf seiner Oberlippe und die tiefschwarzen Augen geben ihm ein düsteres Aussehen.

Die Frau an seiner Seite, in einen kostbaren Pelzmantel gehüllt, ist platinblond. Ihr Gesicht ist ein wenig blass, nur der dunkelrot geschminkte Mund leuchtet in diesem exotisch anmutenden Gesicht. Lässig lehnt sie in den weichen Polstern des Wagens und betrachtet in schläfriger Aufmerksamkeit die Schneewände zu beiden Seiten des Hohlweges.

»Nichts hat sich verändert in Tschamm«, sagt sie. Ihre Stimme klingt ganz dunkel, so als ob ein Cello erklinge. »Nur die Zollgebäude da oben scheinen neu verputzt zu sein.«

Der Mann gibt keine Antwort, er muss seine ganze Aufmerksamkeit auf den Weg richten. Erst als sie über die Latschurnbrücke fahren, sagt er: »Der Karotter weiß doch, dass wir kommen?«

»Dass du kommst, weiß er. Ich hab ihn heute Morgen angerufen, da wusste ich noch nicht, dass ich mitfahre. Die Idee kam mir ganz plötzlich.«

»Wie alle deine Ideen«, antwortet der Mann schlagfertig. Er nimmt eine Hand vom Steuer und streichelt damit über ihre Hände. »Aber wenigstens sind deine Ideen gut.«

»Alle?«, fragt sie mit einem schrägen Seitenblick.

»Zu neunzig Prozent bestimmt. So – und nun wollen

wir mal sehen, was der Herzog von Tschamm auf dem Herzen hat.«

»Bitte, Boris, spotte nicht über den Karotter. Der Mann ist Gold wert.«

»Weiß ich, Liebling, weiß ich alles. Ich spotte auch nicht über ihn, es ist nur Hochachtung. Zudem weiß ich doch, dass du ihn sehr verehrst.«

»Der einzige Mensch übrigens, zu dem ich aufschaue und den ich verehre. Mir imponiert dieser Mann in seiner Art.«

Da steht der Wagen auch schon vor der Haustür des Karotterhofes. Der Mann im blauen Ledermantel steigt aus, geht um den Wagen, öffnet die andere Tür und hilft der jungen Frau beim Aussteigen.

»Danke, Boris.« Sie streckt sich und atmet tief ein.

In diesem Augenblick kommt auch schon der Karotter aus dem Haus. In seinem Gruß liegt die stolze Gebärde eines Mannes, der sich niemandem untertan fühlt und es nicht nötig hat zu katzbuckeln. Als er Olga die Hand gibt, stutzt er einen Augenblick.

»Waren es das letzte Mal nicht schwarze Haare?«

Olga greift an ihr Haar, das in der Wintersonne schimmert. »Kann sein. Aber unser Beruf – manchmal muss man anders sein oder werden, als man wirklich ist.«

»Schaust ein bissl blass aus, Olga. Zu wenig frische Luft? Oder bist du krank?«

Olga Martini schaut den Karotter mit festem Blick an. Einem andern hätte sie es übel genommen, wenn er nicht gesagt hätte: »Du siehst einfach blendend aus.« Aber dieser Mann kennt nur die ungeschminkte Wahrheit.

»Kaffee oder Tee?«, fragt er, während er ihnen vorangeht und die Tür zu dem kleinen Stübchen öffnet.

»Tee mit Rum, wenn es geht«, sagt Olga.

»Magdalen, richte bitte den Tee her«, ruft er in die Tiefe des Flures, an dessen Ende die Küche liegt.

Im Stübchen ist es warm und gemütlich. Olga legt die

Hände an die warmen Kacheln des Ofens. Ohne den schweren Pelzmantel kommt ihre schlanke Gestalt in dem eng anliegenden Kleid erst voll zur Geltung.

»Immer noch nicht verheiratet?«, fragt der Karotter.

»Leider noch keine Zeit gehabt«, antwortet Boris Kapojan in einem Ton, in dem ein wenig Bedauern mitschwingt.

Kapojan ist bulgarischer Nationalität und wird vom Karotter »Chef« genannt. Der Karotter hat ihn bisher nur dreimal gesehen und gesprochen. Heute ist es das vierte Mal. Sonst ist Olga immer die Vermittlerin gewesen. Olga Martini, die Braut des Wanderers zwischen den Ländern, der überall und doch nirgends zu Hause ist.

Die Karotterin bringt nun den Tee mit Rum und einiges Gebäck. Olgas Begrüßung ist sehr herzlich, war sie doch schon mehrmals einige Wochen zur Sommerfrische hier gewesen.

»Sorg dafür, Magdalen, dass wir nicht gestört werden«, sagt der Karotter und sperrt hinter ihr die Tür ab.

Olga hat Tee eingegossen, fragt den Karotter, wie viel Zucker er wolle, und fügt so nebenbei hinzu: »Macht es Ihnen etwas aus, wenn ich ein paar Tage bleibe?«

Der Karotter rührt in seiner Tasse. »Was soll es uns ausmachen? Bleib nur, die Luft wird dir gut tun. Siehst sowieso nicht gut aus.«

Kapojan nimmt eine Zigarette aus seinem goldenen Etui, bietet auch Olga eine an und reicht ihr Feuer.

»Also, mein lieber Karotter – nein, bevor wir anfangen, möchte ich Ihnen noch meine höchste Zufriedenheit ausdrücken. Es hat in diesem Jahr wieder wunderbar geklappt. In Neapel setzt man volles Vertrauen in Sie und man hat mich gebeten, Ihnen die größte Anerkennung auszusprechen.«

Den Karotter lässt dieses Lob kalt. Nur um überhaupt etwas zu sagen antwortet er: »Ja, ja, ist schon recht.«

»Also was ist los, Karotter: Ich kann mir nicht denken,

dass Sie mich rufen lassen nur um festzustellen, dass ich inzwischen um zwei Jahre älter geworden bin.«

»Nein das wahrhaftig nicht«, sagt der Karotter, zündet sich eine Zigarre an und lehnt sich ebenfalls zurück. Dann erzählt er, was sich hier abgespielt hat, in welch eine peinliche Situation er nun mit dem Lattner gekommen ist und welche Gefahr das nicht nur für ihn und Tschamm, sondern für die ganze Linie bedeutet.

Zuerst hat Kapojan aufmerksam zugehört, dann hat er die Stirn gerunzelt, zum Schluss lächelt er jetzt nachsichtig und mitleidig. So eine Aufregung, denkt er, wegen so einer Lappalie. Das wird doch im Handumdrehen erledigt.

Als der Karotter fertig ist, fragt Kapojan nur noch ganz uninteressiert: »Und was haben Sie gedacht, lieber Karotter, was nun geschehen soll?«

»Das weiß ich ganz genau. Der Lattner muß in eine Heilanstalt zur Behandlung.«

Kapojan schaut zuerst Olga an, dann lächelt er wieder und streicht sich über sein schmales Bärtchen. »Das pflegen wir allerdings sonst auf einfachere Weise zu erledigen.«

»Ja, das weiß ich und das ist auch kein Kunststück. Aber ich habe gesagt: Heilanstalt. Eine Entzugskur braucht er. Ich kann es nicht regeln, es würde auffallen und in seinem Zustand muss ich damit rechnen, dass er plaudert. Dann geht alles hier hoch. Sie müssen ihn wegbringen. Bei Ihren Verbindungen muss es doch leicht sein, den armen Narren irgendwo unterzubringen. Ich mache Sie aber gleich darauf aufmerksam, wenn eine Schweinerei passieren sollte, ist es aus. Dann können Sie mit mir und Tschamm nicht mehr rechnen.«

Das Gesicht Kapojans verändert sich schlagartig. Das verbindliche Lächeln ist wie weggewischt. Seine Züge sind von verbissener Härte. »Sie wollen drohen? Wie unvernünftig, Karotter.«

»Ich drohe nicht, ich sage nur, was dann sein wird. Denken Sie nur nicht, dass ich Angst hätte. Aber ich warne Sie.

Ich will keinen Mord auf meinem Gewissen haben. Der Lattner war einer der Zuverlässigsten, bis ihm das Malheur mit dem Grenzsoldaten passiert ist. Seitdem kommt er nicht mehr zur Ruhe. Und ich kann ihm keinen Gips mehr geben, weil ich keinen mehr im Haus habe, und zudem ist damit der Sache nicht gedient. Ich will, dass der Mann geheilt wird und wieder zu brauchen ist wie früher.«

Kapojan nimmt eine neue Zigarette, spielt eine Weile mit seinem Feuerzeug und sinniert vor sich hin.

»Der Karotter hat Recht«, sagt Olga plötzlich. »Ich denke an die Villa Esperado in Messina.«

»Hab ich auch gerade gedacht. Aber wie bringe ich ihn dorthin?«

»Das muss ich schon dir überlassen, Lieber. Für deine Intelligenz dürfte das doch eine Kleinigkeit sein. Hatten wir nicht schon mal einen ähnlichen Fall?«

»Ja, den Büchner.«

»Na also. Der Mann steht heute wieder in der Linie, besser denn je. Also, Karotter, die Sache geht in Ordnung.«

»Das erwarte ich nicht bloß, sondern ich verlange es«, antwortet der Karotter. »Wie ihr das macht, ist mir gleich. Ich warne Sie bloß, Chef. Wenn ihr den Lattner um die Ecke bringt, ist es mit meiner Gemütlichkeit vorbei. Und auch mit der Ihren, denn ich werde Sie zur Rechenschaft ziehen. Und ich werde Sie finden, darauf können Sie sich verlassen, wenn es auch lange dauern sollte. Jetzt möchte ich Ihre Vorschläge hören.«

»Wir haben in Messina eine Pension, die nur Mitgliedern der Linie zur Verfügung steht«, schaltet Olga sich wieder ein. »Ein zuverlässiges Hausmeisterehepaar sorgt für das leibliche Wohl der Gäste. Ich glaube, dass dies das einzig Richtig ist, Boris. Zenetti müsste man hinzuziehen. Er ist Arzt«, wendet sie sich an den Karotter.

»Das scheint mir wichtig, dass ein Arzt den Lattner behandelt«, antwortet der Karotter. »Wie lange kann es dauern, bis der Mann wieder in Ordnung ist?«

Kapojan zuckt die Schultern. Er ist ein wenig verschnupft, weil er einen solchen Ton nicht gewöhnt ist. Er befiehlt, aber er lässt sich nicht gerne befehlen. Und doch kann er hier nicht auftrumpfen gegen diesen stämmigen Bauernkerl, weil er ihn braucht. Tschamm ist einer der verlässlichsten Stützpunkte, dank dieses Mannes, der auch hier seinen Willen durchzusetzen weiß.

»Wir hatten schon einmal so einen Fall. Der Mann brauchte etwa ein Vierteljahr. Wie stark hängt er denn schon dran – wie heißt der Kerl wieder?«

»Lattner. Er ist ein Kleinhäusler, hat eine Frau und drei Kinder.«

»Man muss ihn allmählich entwöhnen. Ein radikaler Abbruch könnte sich nur schädlich auswirken.«

Einer weiteren Diskussion werden sie enthoben, denn im Flur draußen entsteht in diesem Augenblick ein höllischer Lärm.

»Das ist er«, sagt der Karotter und steht auf.

»Und das möcht ich grad sehen, ob ich nicht zu meinem Bürgermeister kann, wenn ich ihn brauche«, hört man den Lattner schreien.

»Der Vater darf jetzt nicht gestört werden«, antwortet eine junge, energische Stimme.

Der Karotter lächelt und geht zur Tür. »Das ist mein Pauli.« Er dreht den Schlüssel um und öffnet die Tür.

Mit huschender Bewegung schlüpft der Lattner herein. In seinen Augen ist schon wieder dieser fiebrige Glanz.

»Was machst du denn für einen Lärm?«, fragt der Karotter unwillig. »Siehst du nicht, dass ich Besuch habe?«

»Besuch? So, so, aha! Ich geh gleich wieder. Du musst mir bloß ...«, er macht schnell mit dem Handrücken die Bewegung des Schnupfens.

Der Karotter fasst den Lattner mit hartem Griff an der Schulter und drückt ihn auf einen Stuhl nieder.

»Jetzt lass dir einmal sagen, Anderl, ich hab nichts mehr, aber ...«

Sofort verzieht sich das Gesicht des Lattners zu einer weinerlichen Grimasse. »Markus, lass mich nicht im Stich, ich bitt dich.«

»Ich hab dich das letzte Mal auch nicht im Stich gelassen. Und was hast du gemacht? Am Sonntag hast dich auf den Grabstein von dem Grenzer hingesetzt und geweint.«

»Was weißt denn du davon, wie das für mich ist. War ja bloß ein Junge – so jung. Hätt leicht auch mein Sohn sein können. Und immer seh ich ihn liegen – mit meiner Kugel in der Brust ... Markus, gib mir Gips. Der letzte hat nicht viel getaugt. Da muss dir Mehl reingekommen sein. Und jetzt hab ich nichts mehr. Bloß ein paar Brösel gib mir.«

Der Karotter wendet sich ab und geht ans Fenster. Seine Fäuste sind hinter dem Rücken verkrampft. Dem Lattner laufen die Tränen über das furchige Gesicht in den zerzausten Bart hinein.

Olga wechselt mit dem Bulgaren einen Blick. Kapojan greift in seine Jackentasche und zieht eine kleine silberne Dose heraus und öffnet den Deckel.

»Hier, nimm eine Prise!«

Wie ein Habicht stürzt sich der Lattner auf das ersehnte Pulver. Aber in seiner sinnlosen Gier greift er zu tollpatschig zu. Kapojan entgleitet die Dose. Weithin verstreut liegt das weiße Pulver am Boden.

Der Lattner wirft sich mit dem ganzen Körper darüber. Stopft sich schnell die Nasenlöcher voll und breitet dann die Arme aus. »Mir gehört es – mir ganz allein!«

Mit den Händen kratzt er alles zusammen, sucht in seiner Jackentasche nach einem Stück Papier, findet eins und arbeitet mit zitternden Händen, obwohl es gar nicht nötig wäre, denn niemand denkt daran, ihm das Pulver zu nehmen.

Von Ekel gepackt zerrt ihn der Karotter vom Boden hoch. »Du benimmst dich unmöglich, Anderl. Aber jetzt pass auf. Du kannst in Zukunft immer so viel Gips haben, wie du willst. Allerdings bekommst du ihn nicht von mir. Du musst mit dem Herrn dort fahren.«

Misstrauisch betrachtet der Lattner den Bulgaren. »Ist das vielleicht der höchste Chef?«

»Das geht dich nichts an«, verweist ihn der Karotter scharf. »Wenn du Gips haben willst, musst mit ihm fahren. Ich hab jedenfalls nichts mehr.«

Der Lattner ist auf einmal wieder ganz ruhig und vernünftig. Das Kokain tut bereits seine Wirkung. »Und wohin soll ich fahren?«

»Nach Italien«, antwortet Kapojan.

»Gut, aber vor Weihnachten nicht mehr«, sagt der Lattner, weil er denkt, dass sein Vorrat bestimmt jetzt über diese Feiertage reicht. »Weihnachten möcht ich noch bei meiner Familie daheim sein.«

»Einverstanden.«

»Und wie lange sind wir dann weg?«

Der Bulgare wechselt einen schnellen Blick mit dem Karotter. Dann sagt er: »Acht Tage, vielleicht auch vierzehn.«

Der Lattner ist mit allem einverstanden, trinkt sogar eine Tasse Tee mit, die ihm Olga einschenkt, und macht sich beglückt auf den Heimweg.

Die anderen besprechen noch alle Einzelheiten und gegen Abend fährt der Bulgare wieder weg. Olga hat sich entschlossen übers Wochenende zu bleiben um dann mit der Bahn nachzukommen.

Am andern Tag stellt sich heraus, dass Olga dieses »Längerbleiben« schon vorher mit einkalkuliert hat, denn sie erscheint in einem nagelneuen Skidress zum Frühstück. Skier hat sie allerdings nicht dabei. Wozu auch? Auf dem Karotterhof steht ein halbes Dutzend davon.

Früh fällt die Nacht über Tschamm ein. Um fünf Uhr brennen in den Häusern schon die Lichter. Der ganze Zauber des Advents liegt über dem Dorf. Die Latschurn murmelt so leise zwischen ihren schneebedeckten Ufern, dass man sie kaum hört.

Um diese Zeit geht Reinhold Tischner zum »Sternwirt« wie jeden Mittwoch, wenn es Schlachtschüssel gibt. Berta, die Kellnerin, sitzt im Schankraum und stopft Strümpfe. Sie ist längst nicht mehr so mürrisch wie am Anfang. Sie stellt ihm mit einem freundlichen »Wohl bekomm's« ein Viertel Tiroler Spezial hin und legt das Besteck mit der Serviette bereit. Auch die Zeitung bringt sie ihm und Reinhold vertieft sich sofort in die Seiten.

Da geht die Tür auf und eine Dame mit blonden Haaren und in einem neuen Skidress betritt die Gaststube. Sie scheint sich hier auszukennen, weil sie gleich auf den Schankraum zugeht und Zigaretten verlangt.

Beim Klang dieser Stimme horcht Reinhold Tischner unwillkürlich auf und schaut zum Schankraum hinüber. Die Fremde unterhält sich mit Berta, erzählt ihr, dass der Schnee so »führig« sei und dass es jammerschade wäre, dass Tschamm nicht für den Skisport erschlossen würde. Nach ihrer Meinung müsste zu den Salmhöhen unbedingt ein Skilift gebaut werden.

Die Fremde sagt das alles in einem etwas schnodderigen Ton, so, als sei das alles nur eine Bagatelle. Ihr Haar schimmert im Schein der elektrischen Birne, unter der sie steht, wie Weißgold. Auf einmal wendet sie wie zufällig den Kopf. Erschrecken steht in ihren Augen, ihre Brauen schieben sich nachdenklich zusammen, dann fragt sie die Berta etwas, worauf diese antwortet:

»Unser neuer Lehrer.«

»Ach so«, sagt die Fremde und wendet sich zum Gehen. »Gute Nacht, Berta.«

Wie gebannt starrt Reinhold auf die Gestalt, die jetzt durch die Gaststube geht. An der Tür dreht sie sich noch einmal um. Ihre Augen ruhen jetzt für Sekunden auf Reinhold Tischner. Ihr Mund zeigt ein aufmunterndes Lächeln. Aber Reinhold weiß damit nichts anzufangen, obwohl ihm das Lächeln so bekannt ist wie ihre Stimme, wie ihr Gang, der trotz der schweren Skistiefel elastisch und leicht ist.

Da hat sich auch schon die Tür hinter ihr geschlossen. Reinhold schaut benommen vor sich hin. Hat ihn ein Spuk genarrt? Es war nur eine frappante Ähnlichkeit mit jener Laura Steffens, deretwegen er in diese Verbannung hatte gehen müssen.

Berta stellt ihm das Essen hin. »Mahlzeit, Herr Lehrer.«

»Danke schön, Berta. Wer war eigentlich die Dame? Die ist doch nicht von hier?«

»Nein, aber sie kommt schon seit Jahren nach Tschamm und wohnt dann immer beim Bürgermeister. Martini heißt sie. Olga Martini.«

»Olga Martini?« Reinhold Tischner schüttelt den Kopf und lässt sich dann das Kesselfleisch mit Sauerkraut schmecken.

Eine Stunde später sitzt er bereits wieder in seinem gemütlichen Wohnzimmer, als er Schritte über die Stiege kommen hört. Sollte die Waxin etwas vergessen haben, als sie am Nachmittag zum Putzen da war?

Da klopft es auch schon und auf sein »Herein« tritt Olga Martini ein. Sie hat sich umgezogen und trägt jetzt einen teuren Pelzmantel.

»Guten Abend, Reinhold«, sagt sie, lächelt ihn an und öffnet den Pelzmantel. In diesem Augenblick erkennt er sie wieder, vielmehr das elegante Jackenkleid unter dem Mantel sowie die Perlenkette an ihrem Hals. Das alles hat er schon einmal gesehen und es hat sich in sein Gedächtnis eingegraben.

»Also doch«, sagt er verwirrt. »Ich hatte vorhin im ›Sternwirt‹ schon das dunkle Gefühl. Laura Steffens – Olga Martini. Was ist nun hier wieder falsch und was ist richtig?«

»Das weiß man nie genau«, meint sie und macht ein paar Schritte auf ihn zu. »Willst du mir nicht die Hand geben?«

Er übersieht ihre ausgestreckte Hand und verschränkt

die seinen hinter dem Rücken. In Sekundenschnelle fällt ihm alles wieder ein, die grenzenlose Enttäuschung, die Schmach – und auch, dass er letzten Endes ihr diese Strafversetzung zu verdanken hat.

»Sie wünschen?«, fragt er kalt.

Verdutzt schaut sie in sein Gesicht, ihre schön geschwungenen Brauen bewegen sich wie im Spiel – zusammen und wieder auseinander.

»Olala! Warum denn so förmlich? Willst du mir nicht wenigstens einen Platz anbieten? Du gestattest doch?« Sie streift ihren Mantel ab und legt ihn über eine Stuhllehne. Dann nimmt sie aus der Tasche ihres Jackenkleides ein kostbares Etui und zündet sich eine Zigarette an. »Ich nehme an, dass es dich nicht stört. Früher hast du es wenigstens gerne gesehen, wenn ich mal eine Zigarette rauchte.« Sie sieht sich um. »Du hast es sehr gemütlich hier. Hierher hat es dich also verschlagen, seit du so spurlos aus meinem Leben verschwunden bist.« Sie setzt sich nieder ohne dazu aufgefordert zu sein und schlägt ihre schönen schlanken Beine übereinander.

Sie ist schöner denn je, denkt er, aber in seinem Herzen regt sich nichts mehr. Er hat nur den Wunsch ihr seine Meinung zu sagen. »Wunderbar, wie Sie es verstehen, die Wahrheit zu verdrehen. Ich kann mich nämlich erinnern, dass nicht ich aus Ihrem Leben verschwunden bin, sondern Sie aus dem meinen.«

»Ach, lass doch dieses dumme Sie.«

»Du hast Recht, Laura – Olga, oder wie du heißen magst.« Er hat sich jetzt wieder ganz in der Gewalt. Die Verwirrung ist abgefallen, er hat vergessen, was sie ihm einmal bedeutet hat. Er zündet sich auch eine Zigarette an.

»Wie kommst du eigentlich nach Tschamm?«

Olga Martini legt den Kopf weit zurück und bläst den Rauch ihrer Zigarette gegen die Decke.

»Ich komme schon seit Jahren hierher. Es wäre viel interessanter zu erfahren, wie du hierher kommst.«

»Lass das Theater. Du weißt ganz genau, dass ich hierher strafversetzt wurde. Sollte der Karotter dir das noch nicht gesagt haben, so wirst du es ja doch von Herrn Rektor Silbernagel wissen. Und bitte, versteh mich jetzt nicht falsch – ich bin dir dankbar, dass ich hier sein darf. Für mich ist das keine Strafversetzung mehr, sondern ein Ort, an dem ich täglich mehr Freude habe. Allerdings, ohne dein zwielichtiges Verhalten wäre ich wohl kaum hierher gekommen.«

»Zwielichtig, sagst du?«

»Ja, dein ganzes Wesen ist zwielichtig wie deine Namen und deine Verwandlungen. Einmal hattest du schwarzes Haar, dann kastanienfarbenes und jetzt weißblondes. Und mit jeder Veränderung versteckst du etwas. Du hast zwei Gesichter, wie du zwei Namen hast. Der gute Silbernagel wird dir ja erzählt haben, was sich zwischen uns abgespielt hat.«

Mit einem schnellen Blick sieht sie ihn an. »Nein, das hat er nicht.«

Reinhold erkennt, dass sie jetzt nicht gelogen hat. Kein Mann gibt so leicht zu, dass er von einem andern geohrfeigt worden ist.

»Dann will ich es dir sagen. Ich habe ihn ins Gesicht geschlagen, weil er behauptete, er hätte ein Recht auf dich. Das war für mich so herausfordernd, dass ich mich hinreißen ließ. Danach zeigte er mir allerdings einen Brief von dir. Darin schriebst du, ich brauchte kein Stein des Anstoßes zwischen dir und ihm zu sein, meine Schwärmerei für dich habe dir nur ein Lächeln abgenötigt.«

Olga beißt sich auf die Lippen. Dann aber schüttelt sie den Kopf und lacht. »Ja, ich weiß, der gute Silbernagel war immer eifersüchtig. Ich hätte bloß nicht gedacht, dass er so böse werden kann. Aber natürlich, wenn du ihm gleich ins Gesicht schlägst …«

»Du warst leider damals in Venedig, sonst hätte ich vielleicht dich geohrfeigt und nicht ihn, denn im Grunde genommen ist er ein armer Narr, weil du ihn genauso betrügst, wie du mich hinters Licht geführt hast. Oder bist du vielleicht schon seine Frau und nennst dich jetzt Steffens-Martini-Silbernagel?«

»Nein, das wurde vorläufig noch verschoben. So war das also damals. Er sprach nie darüber, erwähnte nur einmal kurz, dass du versetzt worden seist, sagte aber nicht, wohin. Und ich habe ihn auch nicht gefragt.« Sie schlägt plötzlich die langen Wimpern auf und sieht ihn an mit einem Blick, den er von früher kennt. Doch verfängt er heute nicht mehr. »Es bedarf nur eines Wortes von mir, dann wird Silbernagel die Versetzung rückgängig machen.«

»Zu liebenswürdig«, antwortet er. »Aber erstens kann er das gar nicht und zweitens erweist du mir damit keinen Gefallen, denn ich habe dir schon gesagt, dass ich sehr gerne hier bin, wenn ich auch dem Herrn Bürgermeister nicht angenehm bin. Aber das macht nichts.«

»Ja, er sprach davon, dass du kein Ferdl seist.«

Reinhold wirft einen schrägen Blick auf sie. Ein merkwürdiger Gedanke hat ihn auf einmal gepackt.

»Du scheinst sehr gut vertraut zu sein mit den hiesigen Verhältnissen.«

»Kunststück, ich komme immerhin schon seit fast fünf Jahren nach Tschamm.«

Hinter seiner Stirn beginnt es zu arbeiten. Die Gedanken verdichten sich, verwirren sich und fügen sich wieder zu merkwürdigen Kombinationen zusammen. Alles an dieser Olga erscheint ihm auf einmal zwielichtig, geheimnisvoll und undurchsichtig.

»Komisch«, sagt er nach einer Weile. »Wir sprachen über alles Mögliche, nur den Namen Tschamm hörte ich nie von dir.«

»Was ist dabei schon komisch?«, fragt sie in plötzlich aufkeimendem Misstrauen.

»Alles! Zum Beispiel, dass du zwei Namen führst, dir die Haare färbst und so allein mitten im Winter in das gottverlassene Tschamm kommst und dann ausgerechnet beim Bürgermeister wohnst.«

Ihr Blick wird noch misstrauischer. »Wie meinst du das mit dem ›ausgerechnet‹?«

»Ach, nur so. Vielleicht bist du dort am besten aufgehoben«, weicht er aus, weil es ihm doch zu gewagt erscheint, den plötzlich erwachten Verdacht auszusprechen.

Da sagt sie ungeniert, und als sei überhaupt nie etwas zwischen ihnen zerbrochen: »Ich könnte ja auch bei dir wohnen. Es ist nämlich nicht so, mein Lieber, dass ich dich restlos aus meinem Herzen verloren hätte, so wie du mich. Silbernagel zählt doch nicht im Ernst.«

Reinhold schaut sie fast mitleidig an, wie ein Kind, das nicht weiß, was es Dummes daherplappert.

»Du irrst dich«, sagt er dann. »Erstens könnte ich mir als Lehrer das nicht leisten, dass du hier wohnen würdest, und zweitens liebe ich dich nicht, weil ich dich durchschaut habe. Bitte, lass mich ausreden. Bei dir ist es nur ein Spiel, was andere mit allen Fasern ihrers Herzens halten möchten. Auch ich hätte dich gehalten, denn ich war vernarrt in dich. Ich hatte grenzenloses Vertrauen zu dir, weil ich nichts wusste von deinen zwei Gesichtern und von den dunklen Machenschaften.«

Erschrocken fährt sie zusammen. »Dunkle Machenschaften? Wie meinst du das?«

»Genau so, wie ich es sage. Bei einem Menschen, der zwei Namen führen muss, stimmt etwas nicht. Mir hast du damals erzählt, du wärst eine kleine Kunstgewerblerin. Reimt sich alles nicht zusammen, verehrtes Kind. Dein kostbarer Schmuck, dein ganzes Auftreten, alles wirkt so zwielichtig. Ich habe das dunkle Gefühl, du bist jemand ganz anderer, als die Welt es wissen darf.«

»Du bist verrückt«, schreit sie voller Empörung. Aber es wirkt nicht ganz überzeugend.

»Vielleicht«, lächelt er. »Aber du wirst meine Meinung nicht ändern können. Ich wollte, du hättest mir wenigstens die Illusion jener Laura Steffens gelassen, die ich einmal geliebt habe. Aber mit der Doppeldeutigkeit deines Wesens hast du mir auch das genommen.«

Nur mit Mühe gelingt es Olga Martini ihre Ruhe zu bewahren und die aufsteigende Angst zu verbergen. »Und wofür hältst du mich?«, fragt sie mit unsicher gewordener Stimme.

Reinhold betrachtet eine Weile seine Fingernägel. Dann hebt er den Kopf und sieht sie an.

»Ich weiß nicht, in welchen Bahnen du wandelst, aber ich halte dich für ein kaltherziges Geschöpf, dem außer Geld nichts wichtig ist auf der Welt und das, wenn es sein muss, über Leichen gehen kann.«

Olga Martini ist kreidebleich geworden. Ihre Finger krampfen sich nervös ineinander. »Du hast viel Phantasie! Du hättest Kriminalschriftsteller werden sollen«, sagt sie mit unsicher klingendem Spott.

»Oder Grenzjäger«, antwortet er und sieht, wie sie zusammenzuckt. »Es sollte mich wundern, wenn du nicht wüsstest, dass hier alle schmuggeln.«

Äußerlich beherrscht steht Olga jetzt auf. »Wenn du das so genau weißt, warum meldest du das dann nicht den zuständigen Behörden?«

»Weil es mich nichts angeht, was sie hier unter sich treiben.«

Olgra greift nach ihrem Mantel. »Ich sehe, den Weg zu dir hätte ich mir sparen können.«

»Das sowieso. Ich habe zwar keine Ahnung, was du dir erwartet hast, aber es doch vielleicht ganz gut, dass du jetzt weißt, wie sehr ich von meinem Irrtum damals geheilt bin.«

Es ist ihm auf einmal sehr wohl, weil er sich alles von der Seele geredet hat. Er hilft ihr jetzt sogar in den Mantel und geht ihr voran um die Tür zu öffnen.

»Warte, ich mache das Licht an.«

Er begleitet sie hinunter und öffnet die Haustüre. Dabei

sagt er: »Hier gibt es nicht einmal einen Hausschlüssel. Aber ich werde mir jetzt einen besorgen müssen.«

»Nicht nötig. Ich werde dich nicht mehr belästigen. Merk dir aber eines. Deine unfreundliche Haltung wird mir Tschamm nicht verleiden können. Ich werde wiederkommen. Sollten wir uns dann begegnen, hoffe ich, dass sich dein Groll gegen mich gelegt hat.«

»Möglicherweise. Im Übrigen – ich habe keinen Groll gegen dich. Du bist mir nur gleichgültig geworden. Gute Nacht!«

Ohne den Gruß zu erwidern schreitet sie in die Nacht hinaus. Ihre Schritte knirschen noch eine Weile auf dem hart gefrorenen Schnee. Dann wird es still.

Am nächsten Morgen reist Olga Martini ab. Sie verbringt noch einen Tag und eine Nacht in Url, wo sie sich bei Gabriele Osterkamp aufhält, der sie ein recht unschönes Märchen erzählt vom Lehrer von Tschamm, den sie früher gekannt und nun in Tschamm ganz unverhofft angetroffen habe. Er habe sich sogleich wieder heftig in sie verlieben wollen, aber er sei jetzt nicht mehr ihr Fall.

»Vielleicht hättest du Interesse an ihm, Gaby«, fügt sie wohlwollend hinzu.

»Leider auch nicht mein Fall«, antwortet Gaby. »Der Mann ist mir zu sehr von sich eingenommen. Ich sah ihn ein paar Mal, als er im Landratsamt wegen des Schulhauses vorsprach.«

»Schade. Man müsste sich nämlich für ihn interessieren, denn – er ist gefährlich.«

»Ich weiß, was du meinst, liebe Olga. Aber solange es in Tschamm den Bürgermeister Karotter gibt, ist keine Gefahr.«

»Trotzdem«, meint Olga, »es könnte möglich sein, dass wir im nächsten Jahr eine andere Linie aufbauen. Es knistert im Gebälk und es hat heuer in Tschamm nicht alles so geklappt, wie es sollte. Na ja, das soll nicht unsere Sorge sein. Prost Gaby!«

Nein, mit dem Ferdl geht es einfach nicht mehr. Er wohnt im Gemeindehaus und ist dem Schnaps restlos verfallen. Manchmal ist es so, als sei er wirr im Kopf. Oft vergreift er sich beim Orgelspiel, dass sogar Pater Laurentius am Altar unruhig wird. Er blickt zum Lehrer Tischner hinüber, der in der zweiten Bankreihe kniet. Der versteht diesen Blick und begibt sich sofort zur Empore hinauf.

Auch der Bürgermeister geht mit hinauf und schiebt den betrunkenen Ferdl beiseite.

Reinhold Tischner aber setzt sich auf die Orgelbank. Leise und wie suchend gehen seine Finger zuerst über die Tastatur, dann aber hat er sich gefangen. Ruhig und doch mit festem Ansatz spielt er das »Kyrie eleison« und die Sänger fallen mit lauter Stimme ein.

Der Chor in Tschamm ist, so wie sein Dirigent war, schwach und undiszipliniert. Aber Reinhold nimmt ihn fest in die Hand, setzt für diese Woche noch zwei Proben an, denn zu Weihnachten soll eine Schubertmesse gesungen werden.

Das Stimmmaterial des Tschammer Kirchenchors ist nicht überwältigend. Die Überacker-Mareile hat zwar einen recht schönen Sopran, aber eine Schwalbe allein macht noch keinen Sommer. Reinhold nimmt sich vor unter den Schülern zu suchen, wer sich eignen könnte.

Jetzt aber sind Ferien und Reinhold hat überdies alle Hände voll zu tun. Am Nordhang des Salmen trainiert die Jugend des Dorfes für den zweiten Weihnachtsfeiertag. Er hat sie in drei Gruppen eingeteilt, die Zehn- bis Zwölfjährigen, dann die Dreizehn- bis Fünfzehnjährigen, zum Schluss noch die Sechzehn- bis Achtzehnjährigen. Es hatten sich viel mehr zur Teilnahme gemeldet, als er erwartet hatte. So herrscht also auf allen Hängen eine rege Tätigkeit. Und über dem Mauergebirge steht groß und rein die winterliche Sonne, ohne zu wärmen, weil ein steifer Ostwind weht. In seinem Zimmer aber sitzt mit rot geränderten Augen der Ferdl hinter dem verstaubten Fenster und schaut mit bohrendem Hassgefühl auf seinen Nachfolger Reinhold Tischner, der die Jugend mit sich zu reißen versteht, sich mit ihnen über die Hänge tummelt, mit ihnen lacht und scherzt.

Eines Abends, es ist zwei Tage vor Weihnachten, geht Reinhold Tischner zum Krämer um sich noch ein paar Kleinigkeiten für seinen Christbaum zu kaufen. Es ist kein großartiges Geschäft mit Schaufenstern. Es sind gewöhnliche Stubenfenster, drei Stück nebeneinander. In einem hängen Weihnachtskugeln mit Engelshaar, im zweiten stehen Werkzeuge und Geschirr, im dritten sieht man Spielzeug. Sonst ist es ein Bauernhaus wie die andern auch, von unten bis oben aus Holz. Nur, dass Stufen zur Eingangstür hinaufführen und statt der Ladenklingel ein zartes Glockenspiel ertönt, wenn man die Tür öffnet.

Dieses Glockenspiel ertönt in dem Augenblick, als Reinhold sich dem Haus nähert. Ein Mädchen kommt aus der Tür und geht die Stufen hinunter.

Es ist ein junges Mädchen von einer eigenartigen Schönheit. Sie muss auf Besuch hier sein, weil Reinhold sie noch nie gesehen hat. Er grüßt und sie grüßt zurück. Sie sehen sich wie in leichtem Erstaunen an, so als wolle einer den anderen fragen: Woher kommst denn du …? Aber dann sind sie schon aneinander vorbeigegangen.

Reinhold ist wie angewurzelt stehen geblieben und starrt dem Mädchen nach. Auf der Latschurnbrücke, dicht neben dem verschneiten Brückenheiligen, bleibt auch sie stehen und schaut zurück. Als sie ihn immer noch dort stehen sieht, dreht sie sich wie erschrocken um und geht weiter.

Reinhold hat sich noch nicht vom Platz gerührt. Erst als sie zwischen den Häusern verschwindet, betritt er den Laden. Es wäre ja nun leicht gewesen, die geschwätzige Krämerin zu fragen, wer dieses Mädchen gewesen sei. Aber es widerstrebt ihm, weil die Krämerin als »Dorfratschn« bekannt ist und an seine Frage wahrscheinlich die tollsten Vermutungen knüpfen würde.

Die Berta beim »Sternwirt« kann er auch nicht fragen, weil die Begegnung doch zu kurz gewesen ist um eine genaue Beschreibung geben zu können.

Ist es denn auch so wichtig zu wissen, wer sie war? Reinhold lächelt vor sich hin, macht sich auf dem Heimweg über sich selber lustig und wird erst daheim wieder nachdenklich, als er in seinem Stübchen sitzt. Da erst kommt es ihm zum Bewusstsein, wie einsam er heuer am Weihnachtsabend sein wird. In der Stadt hat er das nie so empfunden. Da hat er seinen Bekanntenkreis gehabt, war einmal da eingeladen und einmal dort. Wie schön müsste es sein, mit einem geliebten Menschen vorm Weihnachtsbaum zu sitzen!

Vier Monate ist er jetzt hier. Diese vier Monate sind eigentlich ein einziger Kampf gewesen sich durchzusetzen. An sich selber hat er dabei nur wenig denken können. Noch nie ist ihm das so zu Bewusstsein gekommen wie heute. Heute ist ihm auf einmal zumute, als habe ihn das Schicksal gegrüßt.

Im Geist sieht er das fremde Mädchen wieder an sich vorbeigehen. Diese Augen!, denkt er. Und doch ist es ihm nicht möglich, das Blau dieser Augen zu beschreiben. Es war vielleicht gar nicht die Farbe selbst, als vielmehr die Wärme des Blickes, die einen so tiefen Eindruck auf ihn machte.

Am andern Morgen ertappt er sich dabei, dass er immer wieder auf die Straße hinausschaut, ob dieses Mädchen vorbeigeht. Nebenan in der Küche hantiert die Waxin und bedeutet ihm, dass es ihr lieber wäre, wenn er verschwände. Das hat er sowieso im Sinn gehabt und er zieht bereits seine Skischuhe an.

»Bis zum nächsten Weihnachtsfest wird vielleicht schon eine junge Lehrerin hier wohnen«, meint die Waxin.

»Das glaube ich kaum«, antwortet er lachend.

»Wär schon gut. So ein Mann wie Sie wird doch nicht einspännig durchs Leben gehn wollen. Was ist denn ein

Mann schon, wenn er alt wird? Das sieht man ja am besten am Ferdl.«

»Sie haben Recht, Waxin. Aber ich werde nie so weit sinken wie mein Kollege Schellbach und dann wird ja meine Verbannung nach Tschamm nicht ewig dauern. Wer weiß, ob ich nächstes Jahr überhaupt noch hier bin.«

Da erschrickt die gute Alte sichtlich. »Was? Sie sollen von Tschamm wieder weg? Ja, dann hätten Sie erst gar nicht anzufangen brauchen die Leute hier in Tschamm aufzurütteln.«

Reinhold wendet sich der Frau zu. »Was hätte ich getan? Leute aufgerüttelt? Waxin, das müssen Sie mir schon näher erklären.«

»Na ja, vielleicht kann ich micht nicht so ausdrücken, wie es sein müsste«, antwortet die Waxin und stemmt beide Arme in die Hüften. »Aber es ist doch so, dass die Kinder an Ihnen hängen wie die Kletten. Und auch von den Alten hat schon so mancher seine Meinung vom Anfang geändert. Und was die jungen Mädl betrifft, so sind sie allesamt in den Lehrer verliebt.«

»Sooo? Das ist mir neu, Waxin. Gemerkt habe ich davon noch nichts.«

»Ja, weil Sie manchmal wie ein Blinder durch die Gegend rennen.«

»Sie können Recht haben, Waxin«, antwortet er und greift nach seinen Wollhandschuhen. »Gestern aber zum Beispiel hab ich eine recht genau angeschaut und hab sie doch nicht gekannt.«

»Wie hat sie denn ausgeschaut?«

»Das kann ich eigentlich nicht sagen. Sie war unbeschreiblich schön«, lacht er und geht dann rasch hinaus.

Zur gleichen Zeit steht das Mädchen mit den goldblonden Haaren in der Stube vor ihrem Vater, dem Bürgermeister Karotter. Sie hat ihre Arbeit unterbrochen und das Bügeleisen abgeschaltet.

»Ich verstehe dich nicht ganz, Vater«, sagt Barbara Karotter, die vor zwei Tagen heimgekommen ist. »Du selbst hast doch oft erzählt, dass es seit vielen Jahren so der Brauch ist, dass der jeweilige Lehrer am ersten Weihnachtsfeiertag auf den Karotterhof zum Mittagessen eingeladen wird. Und so lange ich denken kann, ist der Lehrer Schellbach immer zum Essen hier gewesen.«

Der Karotter steckt dem Kanarienvogel ein Apfelstückchen zwischen die Gitterstäbe. Dann antwortet er: »Ja, der Ferdl, das war ganz was anderes. Der wird auch heuer wieder bei uns sein. Aber der andere? Nein!«

»Ich muss der Barbara Recht geben«, mischt sich jetzt die Karotterin ein, die auf dem kleinen Tisch, beim Ofen hinten, den Teig für das letzte Weihnachtsgebäck herrichtet. »Du brichst mit einem Brauch, Markus, der seit je auf unserm Hof besteht.«

Der Karotter steckt sein Messer, mit dem er den Apfel zerteilt hat, wieder in die Scheide. »Jetzt hast du dich in der Zeitrechnung verrannt, Magdalena. In Tschamm gibt es nämlich erst seit dreißig Jahren einen Lehrer. Aber wenn ihr mir Weihnachten nicht verleiden wollt, dann lasst mich in Ruh mit dem Kerl. Ich will mir den Appetit nicht verderben lassen. Und der wird mir verdorben, wenn der mit am Tisch sitzt.«

»Ich kann ihn doch nicht in der Küche abfüttern wie einen Handwerksburschen«, erwidert die Bäuerin und wischt sich mit dem Arm ein paar lose Locken aus der Stirn.

Der Karotter lacht und findet das mit der Küche recht spaßig. »Doch, das kannst du ohne weiteres, wenn du schon meinst ihn füttern zu müssen. Dann weiß er wenigstens, wie hoch ich ihn einschätze.«

Die Karotterin gibt dem Teig unter ihren Fäusten ein paar derbe Stöße. »Manchmal bist du unverständlich in deinem Hass, Markus.«

»Hass? Da tut er sich zu viel Ehre an, wenn er meint, dass ich ihn hasse. Ich kann ihn einfach nicht leiden und du weißt ganz gut, warum. Und jetzt will ich nichts mehr hören, verstanden?«

Dieses »Verstanden« ist schon immer der donnernde Schlusspunkt hinter all seinen zornigen Ausbrüchen gewesen. Und niemals hat jemand gewagt nach diesem Schlusspunkt noch etwas zu sagen. Darum zieht der Karotter finster die Augenbrauen zusammen, als Barbara noch fragt:

»Darf ich dazu noch etwas sagen, Vater?«

Er will schon aufbrausen, aber merkwürdig, gegen diese Tochter dringt er nicht mehr so durch. Sie steht furchtlos vor ihm und in einer Haltung, die ihm imponiert.

»Was gibt es da noch zu sagen? Aber bitte, bitte ...!«

»Du hast mir einmal geschrieben, Vater, dass du viel Ärger mit dem neuen Lehrer hättest. Ich kann darüber nicht urteilen, weil ich den Menschen nicht kenne. Ich meine nur, dass Weihnachten das Fest wäre, Gegensätze zu überbrücken. Vielleicht könntest du dich auch einmal bezwingen, Vater, und eine versöhnende Geste tun.«

Verwirrt starrt der Karotter seine schöne Tochter an. »Jetzt schlägt's dreizehn. Ich mich bezwingen? Wegen dem? Du hast ja nette Ansichten. Hab ich jetzt vielleicht zwei Jahre lang Geld rausgeworfen, damit du in der Schule lernst, dass dein Vater sich bezwingen soll? Bravo, so was mag ich. Bezwing lieber dich selber, bevor du mich belehren willst. Hast du mich verstanden?«

»Ja, Vater, jetzt habe ich dich verstanden.«

Brummend geht er hinaus und schlägt die Tür hinter sich zu. Er geht in die Kanzlei hinüber, weil er gerade den Schöberl mit der Post über den Hügel heraufkommen sieht.

In der Stube drüben sagt die Karotterin zu Barbara:

»Ich weiß nicht, warum er so einen Querschädel hat. Als ob das was machen könnte, wenn der Lehrer mit am Tisch sitzt.«

»Reg dich nur nicht auf, Mutter«, beschwichtigt Barbara. Sie ist die Einzige im Haus, die alle Furcht vor dem Vater verloren hat, weil sie auch um seine kleinen Schwächen weiß. »Wenn er ihn schon nicht zum Essen einladen will, dann richten wir ihm eine Kleinigkeit her und schicken es durch die Anna mit einem freundlichen Weihnachtsgruß ins Schulhaus.«

Die Karotterin überlegt eine Weile. »Aber wenn es der Vater erfährt, gibt es einen Krach, der sich gewaschen hat. Du hast vergessen, wie er in seinem Zorn sein kann.«

Barbara stellt das Bügeleisen wieder an und spritzt ein Wäschestück ein. »Nein, das habe ich nicht vergessen, Mutter. Ich habe aber gelernt mich nicht mehr zu fürchten. Einer unvernünftigen Härte muss man mit noch größerer Härte begegnen. Oder will er verlangen, dass seine Kinder nichts von seiner Art haben und sich ihr Leben lang vor ihm ducken? Nein, Mutter, einmal muss man die Angst verlieren können. Gewiss, ich habe immer zu ihm aufgesehen und tue es heute noch. Aber ich füge mich in nichts, was gegen meine innere Überzeugung ist.«

»Ach, Barbara. Da sehe ich schwarz. Der junge Lehrer ist auch einer, der sich ihm nicht unterordnen will.«

»Wie sieht er eigentlich aus? Ist er groß und schlank?

»Groß und schlank ist er schon. Aber näher kenne ich ihn auch nicht.«

Die Barbara schweigt nun, denn seit dem gestrigen Abend hat sie ihre eigenen Vorstellungen, seit ihr in der Dämmerung dieser Mann begegnet ist, den sich nicht gekannt hat.

Die Karotterin ist recht nachdenklich geworden und grübelt darüber, wie es auf dem Hof nun werden soll, weil eine ihrer Töchter die Angst verloren hat und vergessen zu haben scheint, wie gefährlich es in diesem Haus ist, einen eigenen Willen zu haben.

Weil aber die Barbara die Angst verloren hat, darum bekommt der Lehrer Reinhold Tischner in der Dämmerung des Heiligen Abends ein großes Paket mit vielen Leckerbissen. Weil die zwei Mädchen, die Anna und die Andrea, dazu nichts sagen, sondern das Paket nur schweigend unter den Baum stellen, ist Reinhold der Meinung, dass sie nur von ihrem Vater geschickt sein können.

Dann hört es nicht mehr auf. Immer wieder trippelt es scheu über die Treppe herauf. Und es sind nicht immer nur Kinder. Nein, es kommt die Luckschneiderin mit einem großen Stück Rauchfleisch, die Schöberlin mit einem Paar selbst gestrickter Wollhandschuhe und die Raguser-Benedikta mit einem Wollschal und einer Tüte mit Lebkuchen. Sie alle legen ihre Geschenke ohne viel Worte unter den Baum und gehen so scheu, wie sie gekommen sind, ohne das Glas Punsch zu trinken, das der Lehrer ihnen anbietet. Nur die Raguser-Benedikta macht eine Ausnahme. Sie stößt mit dem Lehrer auf seine Gesundheit an. Sie ist eine junge Frau, vielleicht eine von denen, an denen nach der Meinung der Waxin der Lehrer blind vorübergeht. Im großen Lehnstuhl, in den der Lehrer sie sich zu setzen bittet, fühlt sie sich nicht ganz wohl. Von ihren Schuhen fällt Schnee und das Schneewasser bildet auf dem Teppich eine kleine Lache.

»Einen Putzlumpen brauch ich«, sagt sie und steht auf.

»Lass nur«, wehrt Reinhold ab. »Das Tröpferl Wasser schadet dem Teppich doch nicht. Auf alle Fälle, ich danke recht schön für die Überraschung. Ich hätte das alles nicht erwartet.«

Reinhold Tischner kann sich nicht erinnern jemals eine so reine und tiefe Freude erlebt zu haben. Zeigt es ihm nun doch nach der kalten Ablehnung, dass es ihm in dieser verhältnismäßig kurzen Zeit bereits gelungen ist, einen großen Teil der Herzen hier für sich zu gewinnen. Am meisten aber freut ihn die große versöhnende Geste des Bürgermeisters Karotter.

Reinhold Tischner sitzt am ersten Weihnachtsfeiertag in nervöser Erwartung in der Orgelbank. Er knüpft keine großen Erwartungen an die Leistung des Kirchenchors, der heute zum ersten Mal unter seiner Leitung singt. Die paar

Proben haben nicht ausgereicht den Chor nach jahrelanger Vernachlässigung auf Hochglanz zu bringen. Aus dem vorhandenen Stimmmaterial ist auch nicht viel mehr herauszuholen, zumal er eine gewisse Aufsässigkeit festgestellt hat. Beim Ferdl ist es so doch lange gegangen und jetzt möchte dieser Tischner etwas ganz Neues einführen. So denken wohl die meisten. Zu allem Überfluss hat gestern auch noch die Überacker-Mareile über Halsweh geklagt. Wenn die auch noch ausfällt, kann er gleich einpacken. Die ganze Schubert-Messe fällt dann ins Wasser.

Er weiß nicht, dass der Ferdl dahinter steckt und die Mareile dazu überredet hat, Halsweh zu haben. Er hat auch noch ein paar andere überredet und die Sängerschar ist längst nicht vollzählig, als das Sakristeiglöckchen erklingt und das Hochamt beginnt.

Die Überacker-Mareile fehlt und statt ihrer übernimmt die Kagerer-Amalie mit ihrem schwachen Stimmlein den Sopran. Seufzend gibt Reinhold das Zeichen zum Einsatz und greift wie im Zorn in die Tasten. Auf einmal stutzt er und hebt lauschend den Kopf.

Klar und doch kraftvoll hat eine Stimme zum »Kyrie« eingesetzt. In einer wundersamen Klangreinheit schwebt diese herrliche Stimme durch das Kirchenschiff und reißt die anderen mit. Die Altstimme der Loferer-Burgl schmiegt sich weich an wie Samt, der Tenor des Pechhammer-Vinzenz verliert seine raue Bierseligkeit und gewinnt an Schmelz und der Bass des Brucknerbauern dröhnt wie ein Bienenhaus an einem hellen Frühlingstag.

Als das »Kyrie« verklungen ist, hat Reinhold endlich Zeit den Kopf zu wenden. Und da geht ein frohes Aufleuchten über sein Gesicht. Hinter ihm steht das blonde Mädchen, an das er seit zwei Tagen so viel gedacht hat. Ihre Augen sehen ihn an. Dann nickt sie und lächelt ihm zu.

Danach treffen sie sich auf der Stiege der Empore. Er drückt ihr die Hand.

»Sie haben wunderbar gesungen und ich danke Ihnen«, sagt er.

»Das freut mich, Herr Tischner.«

»Wenn hier wirklich etwas Freude geschaffen hat, dann war es Ihr Kommen.«

Sie sind inzwischen unten im Glockenhaus angekommen.

»Welche Förmlichkeit war nun förmlicher? Die Ihre oder die meine?«, fragt sie und er wundert sich, woher sie die Gabe haben mochte, ihre Worte so treffend zu setzen. Sie ist fast genauso groß wie er. Die Festtagstracht des Tales steht ihr ausgezeichnet.

Grell flimmert die Sonne auf dem Schnee, als sie ins Freie treten.

»Ich hörte von einer Intrige und da bin ich eingesprungen«, sagt sie.

»Intrige? Was für eine Intrige?«

»Die Halsschmerzen der Überacker-Mareile sind nicht echt.«

»Ach so?«, erwidert Reinhold und hat für ein paar Sekunden einen schmerzlichen Ausdruck im Gesicht. »Ich kann mir jetzt schon denken, von wem es ausgeht. Immerhin habe ich es dieser Intrige zu verdanken, Sie sehen zu dürfen.«

Sie wendet ihm das Gesicht zu. Die Goldquaste auf ihrem Trachtenhut zittert leicht. Im Blau ihrer Augen liegt ein warmer Schein, der ihn sonderbar berührt.

»Wir sind uns bereits einmal begegnet.«

»Ja, ich weiß«, gesteht er. »Und ich habe seither sehr viel an Sie gedacht.«

»Wissen Sie denn, wer ich bin?«

»Leider nicht, aber ich hoffe es zu erfahren.«

»Das ist kein Kunststück.«

»Kommen Sie morgen wieder?«

»Hätten Sie es gerne?«

»Muss ich Ihnen das wirklich sagen? Oder muss erst

wieder gegen mich intrigiert werden, damit Sie kommen?«

»Soll das eine Schmeichelei sein?«

»Nein! Ich bein kein Schmeichler. Es ist mein voller Ernst.«

Sie gehen nun über die vereiste Steintreppe des Friedhofs. Auf der anderen Seite, unter dem weit vorspringenden Vordach des Patscheiderhofes, vertreten sich die Männer von Tschamm die kalten Füße im Schnee. Und sie können alle genau sehen, dass die Karotter-Barbara auf den vereisten Stufen ausrutscht und der hilfsbereite Lehrer sie auffängt.

Sekundenlang hängt sie fest an seinem Arm und er nutzt die Gelegenheit, indem er mit einem leichten Ruck Barbaras Gesicht vor das seine zwingt und einen kurzen Augenblick lang fast ehrfürchtig die Schönheit dieses klaren und sanften Gesichtes betrachtet.

Da dringt hell und scharf wie ein Pistolenschuss die Stimme des Karotters, der mit den anderen Männern beisammensteht, über die Straße her: »Barbara!«

Sofort kommt das Mädchen zu sich. »Der Vater«, flüsterte sie, plötzlich nervös, denn sie fühlt nun die Blicke der vielen Männer auf sich gerichtet. Auch der Riederer-Anton steht darunter. Sie sieht im Vorübergehen sein kantiges Gesicht. Das eine Lid hängt ein wenig herunter. Der Karotter neben ihm zupft schon wieder an seinem Ohrläppchen.

Reinhold Tischner aber spürt zum ersten Mal ein tiefes Bedauern darüber, dass zwischen ihm und dem Bürgermeister diese tiefe Kluft besteht.

Im Schulhaus angekommen hängt er seinen schwarzen Anzug in den Schrank und zieht die Skihose an. Dann zündet er eine Zigarette an und schaut gedankenvoll den Rauchwölkchen nach.

Die Tochter des Karotters also ist sie. Barbara heißt sie. Es wäre ihm lieber gewesen, er hätte dies auf eine weniger unangenehme Weise erfahren.

Jetzt noch steigt ihm die Schamröte ins Gesicht, wenn er an die schadenfrohen Gesichter denkt, als Barbara ohne Gruß von ihm fortgelaufen ist. Der zornige Zuruf des Vaters muss auch ihr in alle Glieder gefahren sein. Ihm aber hat es schlagartig gezeigt, dass er sein Herz energisch zur Ordnung rufen muss, weil er über die feindselige Grenze, die der Bürgermeister zwischen sich und ihm gesetzt hat, nicht hinwegkann.

Als ob man über Gefühle so einfach bestimmen könnte! Sie existieren einfach und fordern ihr Recht. Reinhold empfindet das nur zu deutlich, denn sosehr er sich auch bemüht diese Begegnung aus seinem Gedächtnis zu bannen, immer wieder steht Barbaras schönes Gesicht vor ihm und der tiefe Blick ihrer Augen dringt bis in seine Seele. Er erinnert sich einmal gehört zu haben, dass eine Tochter des Bürgermeisters auswärts in einer Schule sei. Wahrscheinlich ist sie nur zu Weihnachten heimgekommen. Ob sie wieder dorthin zurückgeht? Das wäre ganz gut, wäre vielleicht das Beste für ihn, weil ihre Nähe nur zu einer Bedrückung werden würde.

In diesem Augenblick sieht er den Bürgermeister vorübergehen. Ohne dass er es eigentlich recht will, öffnet Reinhold das Fenster:

»Frohe Weihnacht, Herr Bürgermeister.«

Der Karotter wirft nur einen schiefen Blick herauf und brummt: »Ebenso.«

»Und vielen herzlichen Dank, Herr Bürgermeister, für das liebe Weihnachtsgeschenk.«

Mit einem Ruck bleibt der Karotter stehen und greift sich ans Ohrläppchen. Will der da oben ihn narren? Plötzlich durchzuckt ihn ein Gedanke. Haben vielleicht seine Frauen hinter seinem Rücken ...?

»Weihnachtsgeschenk?«, fragt er. »Ach so, ja! Nicht der Rede wert.«

»Doch, Herr Bürgermeister, denn gerade das aus Ihrem Haus hat mich am meisten gefreut.«

Der Karotter rückt seinen Hut tiefer in die Stirn. Dann geht er mit zügigen Schritten bergauf. Auf der Latschurnbrücke tritt ihm der Lattner in den Weg. Misstrauisch bleibt er stehen und sieht sich um. Jetzt soll gerade der auch noch Theater machen. Seine Fäuste zittern bereits vor Zorn und unbeherrscht zischt er den anderen an:

»Verlang bloß nichts. Ich hab nichts mehr. Sonst werf ich dich kopfüber in die Latschurn.«

Der Lattner aber hat noch eine Kleinigkeit von dem weißen Pulver und will nur wissen, wann die Reise nach Italien starten soll.

»Am Dienstag«, antwortet der Karotter kurz und geht weiter.

Reinhold Tischner sieht den Lattner auf sein Häuschen zugehen, als er zum »Sternwirt« geht. Weil Weihnachten ist, kümmert sich heute die Sternwirtin selber um den Gast. Der große Tisch neben dem Ofen ist weiß gedeckt und Reinhold darf inmitten der Familie sitzen, weil eben Weihnachten ist. Die Sternwirtin hat sich hübsch gemacht für diesen Tag und die Art, wie sie dem Gast zu verstehen gibt, dass er heute nichts bezahlen muss, ist von einer bezwingenden Herzlichkeit.

Mit der gleichen Aufgeschlossenheit erzählt sie ihm von der Karotter-Barbara mehr, als er auf sein schüchternes Fragen nach ihr hat wissen wollen.

Sie wird so um die zwanzig herum sein und habe auch früher schon im Chor gesungen. Jetzt sei sie drei Jahre in einer Schule gewesen und es würde sich ja jetzt erweisen, ob sie dadurch ihrer Aufgabe und Pflicht als künftige Salmenhofbäuerin nicht entwachsen sei.

Die Gans, die gerade aufgetragen wird, ist knusprig gebraten und duftet herrlich. Aber Reinhold ist plötzlich aller Appetit vergangen.

»Ach so«, sagt er. »Sie soll auf die Salmenhöfe hinauf?«

»Ja, dem Riederer-Anton hat sie der Karotter versprochen.«

Reinhold hat das Gefühl, als habe er Galle im Mund. »Es ist hier wohl noch so Brauch, dass über die Köpfe der Kinder ihr zukünftiges Leben bestimmt wird?«

»In der Regel schon«, antwortet jetzt der Sternwirt, der heute in seinem weißen Hemd mit der dunklen Krawatte ganz manierlich aussieht. »Und ich muss sagen, der Brauch ist gar nicht schlecht. Warum sollen die Jungen lange herumsuchen? Sollen sich doch die Alten die Arbeit machen, dann gibt es am allerwenigsten Streit. Das mit der großen Liebe ist sowieso bloß so ein Firlefanz, den die Dichter in ihre Bücher hineinschreiben. Sie dauert nie lange, genau wie die große Kälte nicht lange dauert.«

»Ansichtssache«, meint Reinhold und kann sich nicht vorstellen, dass auch die Barbara sich auf so einfache Art verhandeln ließe. Wahrscheinlich wird es bei ihr schon so sein, dass sie diesen Riederer-Anton gern hat.

Also tabu für dich, spricht er sich heimlich zu und sticht sich einen der goldgelben Kartoffelknödel heraus, die Berta in einer großen Schüssel serviert.

Mit dieser Feststellung, dass sie für ihn unerreichbar sei, kehrt auch sein Appetit zurück. Das große Stück Gans, das die Wirtin ihm vorgelegt hat, wird zusehends kleiner und vielleicht hätte es ihm auf dem Karotterhof gar nicht so gut geschmeckt, wenn der Bauer ihn eingeladen hätte, wie seine Frauen es wollten. Ganz sicher hätte er dort in Gegenwart der blonden Barbara mehr Hemmungen gehabt als hier, wo es nichts ausmacht, dass er nun den Knochen zum Abnagen in die Hand nimmt, so wie die andern es auch tun.

Man hat den Karotter schon lange nicht mehr so wüten hören wie an diesem Weihnachtstag. Wie verschüchterte Hühner sitzen alle um den Tisch und keines wagt aufzumucken gegen diesen Wutausbruch. Nur Ferdinand Schellbach nickt ihm zuweilen verständnisinnig zu, bis den Bauern auch dieses unterwürfige Gesicht in Harnisch bringt.

»Und du Trottel«, schreit der Karotter. »Was musst

denn du die Überacker-Mareile aufhetzen, dass sie nicht singen soll. Du bist schuld, dass die Barbara hinaufgegangen ist zum Chor und dem Tischner begegnete.«

Schellbach zuckt zusammen, als habe er einen Schlag bekommen. »Damit hab ich nicht rechnen können«, meint er. »Ich hab mir gedacht, wenn er mich schon von der Orgelbank drängt, muss ich ihm das heimzahlen.«

»Wenn dir nichts Besseres einfällt, dann gib es doch ganz auf. Und du, du schämst dich nicht und hängst dich bei dem Kerl auch noch ein. Nicht genug, dass man ihm hinter meinem Rücken ein Weihnachtspaket schickt, nein, einhängen muss sie sich auch noch.«

»Weil ich ausgerutscht bin«, verteidigt die Barbara sich.

»So, so, ausgerutscht. Wenn man gescheit hinsteigt, rutscht man nicht aus. Mir scheint, das hat dir grad so gepasst, was?«

»Eigentlich ja«, antwortet die Barbara, die sich endlich aufrafft diesem den Weihnachtsfrieden störenden Geschrei ein Ende zu machen. Das gelingt ihr zunächst, denn der Karotter ist über diese Keckheit so verblüfft, dass er nichts sagen kann.

»Schau, Vater, du tust ja gerade, als hätten wir ein Verbrechen begangen. Gönn doch dem Menschen die kleine Freude. Ich nehme an, dass er keine Angehörigen mehr hat, sonst wäre er sicher Weihnachten zu ihnen gefahren und säße nicht in dem gottverlassenen Tschamm. Und was das andere betrifft, so ist es wirklich die Wahrheit, dass ich auf der vereisten Stufe ausgerutscht bin. Nun sei nicht mehr so grantig, setz dich her zu uns und iss mit uns.«

Der Bann ist gebrochen. Der Karotter zupft sich zwar noch ein paar Mal heftig am Ohrläppchen, dann setzt er sich doch an den Tisch und schöpft als erster die Suppe heraus. Während des Essens fällt ihm sogar ein, dass gar nichts dabei gewesen wäre, wenn er den Lehrer eingeladen hätte. Vielleicht hat er vorhin nur deshalb so geschrien, weil er sich schuldig fühlt.

Bei der Zigarre nach dem Essen hat er schon wieder alles vergessen, und als so gegen zwei Uhr der Riederer-Anton den Hang durch den Obstgarten heraufgespurt kommt, sagt er mit polterndem Lachen zu Barbara:

»Jetzt, Dirndl, sei lustig, dein Hochzeiter kommt.«

Er sieht nicht, wie Barbaras Gesicht sich verfinstert bei seinen Worten. Und er weiß auch nicht, dass Barbara vor nichts so sehr Angst hat wie vor der Begegnung mit dem Anton. Der Vater hätte sie niemals fortgeben dürfen, dann wäre ihre Welt die geblieben, in der sie aufgewachsen ist. Dann wäre sie vielleicht nie in Versuchung gekommen darüber nachzudenken, ob auf den Salmenhöfen wirklich das Glück ihres Lebens liege.

Bisher ist es immer so gewesen, dass sie sich auf Antons Besuche gefreut hat, ja, dass sie oft mit dieser Vorfreude in den Ferien heimgefahren ist. Drei Tage ist sie nun schon hier und erst am dritten Tag hat er Zeit gefunden zu kommen. So groß ist also seine Sehnsucht?

Er hat ihr die Hand gegeben, als hätten sie sich erst gestern getrennt. Dabei haben sie sich seit dem Sommer nicht mehr gesehen.

»Nett, dass du wieder da bist«, hat er gesagt und sich dann zum Vater gesetzt um mit ihm über die Holzpreise zu sprechen. Da sitzt er nun und redet, langsam und bedächtig, einen Zahnstocher zwischen den Lippen wippend, als wäre es eine Zigarre.

Barbara sitzt am Ofen, hat die Arme über der Brust verschränkt und betrachtet ihn. Und je länger sie ihn betrachtet, desto weiter entfernt sie sich innerlich von ihm. Auf einmal hat sie das Gefühl, dass sie niemals seine Frau werden kann. In ihr ist ein grenzenloses, noch nie gekanntes Gefühl des Anlehnenwollens; eine Welle von Zärtlichkeit schwingt in ihr. Aber diese Welle schwingt an dem Mann dort am Tisch vorbei, zum Fenster hinaus, über den Schnee hin bis zu dem alten Schulhaus, aus dem der Rauch in den froststarrenden Winterhimmel steigt.

Sie erschrickt, als sie sich bei diesem Gedanken ertappt, und erkennt zugleich, dass ihre Gedanken schon die ganze Zeit um diesen Mann kreisen, seit sie ihm vor dem Krämerhaus begegnete und sie noch gar nicht wusste, wer er sei.

In diesem Augenblick dreht sich das Gespräch gerade um den Lehrer und sein Sportfest. Schellbach nickt trübsinnig vor sich hin und meint, das ziehe der Tischner bloß auf um die Jugend zu ködern.

»Da hast du nicht ganz Recht, Ferdl«, belehrt ihn der Karotter. »Ködern braucht er die Kinder nicht mehr, die hat er schon gewonnen. Auf alle Fälle, ich habe es dir schon gesagt, Pauli, du musst den Lehrer in Grund und Boden fahren.«

Der Pauli hebt sein schmales Gesicht. »Das wird nur deshalb leicht sein, Vater, weil der Lehrer außer Konkurrenz startet. Er ist ja längst über die Altersklassen hinaus. Ich habe ihn gestern genau beobachtet, wie er über den Schilderhang heruntergefahren ist. Wie der Teufel, der Mann kann fahren.«

»Du auch. Und du weißt, was ich von dir morgen erwarte. Ich will nicht, dass es heißt, der Karotter-Pauli ist Letzter geworden.«

Barbara steht nun auf und sagt mit etwas sprödem Klang in der Stimme zum Riederer-Anton: »Bist du eigentlich meinetwegen gekommen oder wegen der Holzpreise oder des Sportfestes?«

Anton ist über Frage und Ton so verstört, dass ihm der Zahnstocher aus dem Mund fällt.

Der Karotter aber lacht dröhnend auf, stupst den Anton derb in die Seite und lacht weiter. »Die sagt dir's aber, was?« Und zu Barbara gewendet: »Koch ihm halt einen Kaffee, wie es sich für den Weihnachtstag gehört.«

Der Kaffee ist aber bereits von der Karotterin hergerichtet worden und wird von der Andrea in die Stube gebracht, während Barbara dachte, dass sie ihn mit Anton zusammen im kleinen Stübchen trinken werde.

Und wieder stellt sie fest, dass sie froh ist, nicht mit ihm allein sein zu müssen. Der Anton spricht jetzt zwar etwas mehr mit ihr, lässt auch durchblicken, dass die Zeit vom Sommer bis jetzt sehr lange gewesen sei und fügt ein wenig selbstgefällig hinzu:

»Musst aber nicht denken, dass ich in der Zwischenzeit eine andere angeschaut hätte, Barbara.«

Das hätte ich dir gar nicht übel genommen, hätte sie am liebsten geantwortet, verschweigt es aber.

»Und wie geht es deiner Mutter?«, fragt sie schließlich.

Der Anton tunkt ein großes Stück Weihnachtsstollen in seine Kaffeetasse. »Nicht recht viel besser als im Herbst. Ich hab mit deinem Vater schon geredet – gelt, Karotter? Es wird halt nichts anderes übrig bleiben, als dass ich bald heirate.«

Barbara sitzt ganz steil aufgerichtet da. Das Blau in ihren Augen hat sich verdunkelt, nicht aus Zorn, sondern vielmehr aus Traurigkeit, weil sie plötzlich begreift, dass sie den Wunschtraum dieses Mannes zerstören muss. Sie begreift, dass dies sehr schwer sein wird, und bringt es nicht übers Herz, es ihm zu sagen, als sie später allein sind.

Der Vater ist zum Sonntagsbier gegangen und hat den Lehrer Schellbach mitgenommen. Pauli wachselt im Schuppen seine und der zwei jüngeren Schwestern Skier für den morgigen Tag. Andrea und Anna stehen dabei und sehen ihm zu. Die Mutter hantiert geschäftig in der Küche und die Mägde rüsten auch bereits zur Stallarbeit.

Eine trauliche Stille hat sich ausgebreitet. Am Christbaum in der dämmrigen Ecke glitzert das Lametta und funkeln die Kugeln. Der Kanarienvogel singt in seinem Käfig, als wäre der Frühling schon angebrochen. Der Wärme nach könnte man es meinen, denn die Buchenscheite im Ofen heizen ordentlich ein. Draußen aber herrscht klirrende Kälte. Der Mond steht bereits am frühen Abendhimmel und lässt für die kommende Nacht noch ein paar Grad Kälte mehr erwarten.

Anton ist an Barbaras Seite gerutscht und hat nach ihrer Hand gefasst.

»Jetzt sind wir endlich allein«, sagt er und vergisst, was er ihr jetzt schuldig wäre. Er sieht nicht ihren jungen sehnsüchtigen Mund, erkennt nicht den Ausdruck der Zärtlichkeit in ihren Augen, sondern meint, es sei schon gut, wenn er ihre Hand nimmt und hält.

Früher hat Barbara ihn schon mal von sich aus geküsst. Heute wartet sie, dass er es tue. Ja, sie lässt es darauf ankommen und wartet darauf. Und der Mann wird nie in seinem Leben begreifen, was er gerade in dieser Stunde versäumt hat.

Als Barbara lange genug umsonst gewartet und das Gefühl, von sich aus etwas zu tun, gänzlich in sich begraben hat, sagt sie:

»Erzähl mir halt was, Anton.«

Er beginnt zu erzählen. Es ist geradeso, als sei er heilfroh, dass sie ihn dazu aufgefordert hat. Von seiner Mutter erzählt er, dass sie seit dem Herbst schon kränkelt, von seinem Vater, der jederzeit bereit sei ihm den Hof zu übergeben. Dann wird er großspuriger und berichtet vom heurigen Holzschlag, der größer sei als der vorjährige, und dass er einen Traktor anschaffen wolle. Nicht mehr der alte Riederer ist jetzt der Großbauer auf der Salmhöhe, sondern er, der siebenundzwanzigjährige Anton.

»Wenn der Schuller sich einen Traktor leisten kann, warum ich nicht?«, spricht er. »Beim Schuller haben sie mindestens dreißig Tagwerk weniger als ich. Dann möcht ich gern den Stall und den Stadel neu bauen, bevor du als Bäuerin einziehst. Ach, ich hab noch viel im Sinn und muss noch manches richten, bis es annähernd so nobel ausschaut wie bei euch. Aber – wie ist es denn? Krieg ich heut gar kein Busserl? Jetzt mein ich, es wär nicht mehr zu früh. Seit August haben wir uns nicht mehr gesehn.«

»Ja, seit August«, sagt Barbara mit einem Anflug von Bitterkeit in der Stimme. »Und heute hast du erst hergefunden zu mir, obwohl ich am Dienstag schon gekommen bin. Deine Sehnsucht muss nicht gerade groß gewesen sein. Wie wäre es denn, wenn ich dich frage, wann ich endlich das erste Busserl seit August bekomme.«

»Ach so«, meint er verlegen. »Na ja, geh halt her dann ...«

Er reißt sie in seine Arme und küsst sie, wohin er gerade trifft. Seine Umarmung ist so heftig, dass Barbara vor Schmerz leise aufstöhnt.

»Auweh, du drückst mir ja die Rippen ein.«

»Dass du siehst, wie gern ich dich hab«, lacht er und küsst sie wieder.

In Barbara aber wird es kälter und immer kälter.

»Wart nur, wenn du erst meine Frau bist«, schwärmt er, »dann drück ich dich so, dass du alle Engel singen hörst.«

Barbara hat sich losgemacht, steht auf und knipst das Licht an.

»Geh, zu was brauchen wir denn Licht?«, fragt er. »Grad im Dunkeln ist so gut munkeln.«

Barbara gibt ihm keine Antwort, sondern ordnet vor dem Spiegel ihr zerzaustes Haar. Dann sagt sie etwas, das ihn stutzig macht.

»Stall und Stadel, sagst du, willst du bauen. Bis das alles fertig ist, wird es Spätherbst.«

»Ach, woher denn! Bis Pfingsten muss das alles fertig sein. Hoffen wir halt, dass der Winter nicht lange dauert. Sobald der Frost aus dem Boden ist, geht es los. Wird dir doch selber recht sein, wenn du bald in dein warmes Nest kommst.«

»Warmes Nest?« Sie sieht ihn sonderbar an. »Ich meine, Anton, dass es hier bei uns auch recht warm ist. Vielleicht wärmer als bei dir da oben auf der luftigen Höhe.«

Sein Gesicht verändert sich. Tief hängt das eine Augenlid herunter und zum ersten Mal sieht Barbara, dass um seinen Mund ein brutaler Zug ist. In seiner Stimme ist ein aufsässiger Ton.

»Hat dein Vater dir denn nicht gesagt, dass ich bald heiraten möchte?«

»Nein, der Vater hat mir nichts gesagt. Der Vater braucht ja auch nicht zu heiraten, sondern ich.«

Langsam steht er auf, so langsam, dass man meint, er käme erst morgen dazu, ganz aufrecht zu stehen.

»Was ist denn eigentlich los mit dir, Barbara?«

In Barbara reift ein Entschluss heran und alle Gedanken der letzten Tage gewinnen an Deutlichkeit.

»Mit mir ist gar nichts los. Mir fällt nur ein, dass wir zwei uns eigentlich kaum kennen, dass wir wenig voneinander wissen und dass ein bissl Sympathie noch lang nicht ausreicht für ein ganzes Leben miteinander.«

Sein linkes Augenlid zuckt auf und senkt sich wieder. »Ein bissl Sympathie, sagst du? Du bist schon freundlich. Und dass wir zu wenig voneinander wissen, meinst du?« Er lacht trocken auf. »Ich weiß, dass du die Karotter-Barbara bist, und du weißt, wer ich bin. Wir haben 150 Tagwerk beim Hof und stehen uns auch sonst nicht schlecht.«

Um Barbaras Mund fliegt ein spöttisches Lächeln. Sie reckt sich ein wenig. »Darum geht es doch nicht, Anton. Die Liebe fragt nicht, was man hat, sondern wer man ist. Siehst du – das weiß ich noch gar nicht genau. Wie sollte ich dich auch richtig kennen. Ich war drei Jahre weg und vorher, Anton – vorher –«

»Ja, das war auch so eine überspannte Idee von deinem Vater, dass er dich in diese Schule schicken musste. Lauter verlorene Zeit.«

»Ich bin froh darüber, Anton, und werde es dem Vater immer danken. Es war nicht umsonst und ich habe viel gelernt.«

»Was muss denn bei uns eine Frau schon können? Solang ich denke, gibt es bei uns die Woche über Hefenudeln und am Sonntag einen Schweinsbraten mit Knödeln. Das hättest du wahrscheinlich auch ohne Schule fertig gebracht.«

Wie wenig haben wir eigentlich gemeinsam, denkt Barbara. Als ob das Leben aus Hefenudeln und Schweinsbraten bestünde. Sie fühlt den Abstand zu ihm immer größer werden und überlegt gerade, wie sie es ihm am besten beibringen könnte, dass sie vorerst überhaupt noch nicht ans Heiraten denke, da schaut er auf die Uhr und sagt erschrocken:

»Was, es ist schon drei viertel sechs? Da wird es aber höchste Zeit für mich. Um sechs Uhr hab ich mich nämlich mit dem Gruber-Matthias und dem Moser-Thomas beim ›Sternwirt‹ zum Tarock verabredet. Und die darf ich nicht warten lassen.«

»Nein, die darfst du nicht warten lassen«, sagt Barbara mit spöttischem Nachklingen in der Stimme. »Da will ich dich nicht länger aufhalten. Aber dass ich es nicht vergesse, Anton«. Sie geht zum Christbaum hin, nimmt ein kleines, verschnürtes Päckchen und reicht es ihm. »Eine Kleinigkeit zu Weihnachten für dich.«

»Da bin ich aber neugierig«, sagt er und reißt die Verschnürung auf. »Ach, da schau her, einen Schal. Dank dir recht schön, Barbara. Du, der gefällt mir.« Er legt den Schal um seinen Hals. »Und warm ist er. Hast den selber gestrickt?«

»Nein, ich habe ihn gekauft. Zuerst wollte ich dir ein Buch schenken, aber ...«

»Was?«, unterbricht er sie lachend. »Einen Roman etwa? Haben wir doch schon. Was tät ich denn mit einem zweiten Buch? Das wärmt nicht wie der Schal.« Er schaut wieder auf die Uhr. »Jetzt ist es aber höchste Zeit. Morgen sehen wir uns ja wieder, wenn der Lehrer sein Kasperltheater veranstaltet. Lachen müsst ich ja, wenn sich eins von den Kindern beim Skifahren die Haxen brechen würde. Dann hätte er die Verantwortung, weil er das Ganze aufgezogen hat. Also, Herzerl, behüt dich. Na – was ist? Gar kein Busserl zum Abschied?«

»Doch«, sagt sie. »Zum Abschied sollst du eins haben.«

Sie hält mit beiden Händen sein Gesicht und küsst ihn. In diesem Augenblick weiß sie, dass es wirklich der letzte Kuss für ihn gewesen ist.

Als sich die Tür hinter ihm schließt, ist in Barbara nicht die leiseste Bitterkeit, sondern eher das Gefühl von einer Last befreit zu sein. Dieser Tag und diese Stunde haben kommen müssen, damit es ihr endlich bewusst wurde, was sich hinter seiner guten äußeren Erscheinung für ein schwacher Charakter verbirgt.

Sie geht in die Küche, wo die Mutter beschäftigt ist. Die beiden kleinen Schwestern sitzen auf der Schuhbank neben dem Ofen und die Andrea erklärt der Anna gerade ausführlich, wie sie morgen den »Stemmbogen hineinhauen« werde. Barbara nimmt eine Schürze und bindet sie um.

»Kann ich dir helfen, Mutter?«

»Nein, nein, bleib nur drüben beim Anton. Ich richte gleich für euch zwei was zu essen her.«

»Nicht nötig, Mutter. Der Anton hat nämlich dringend zum Tarockspielen müssen.«

Die Karotterin wendet das vom Feuer erhitzte Gesicht über die Schulter. »Zum Kartenspielen? Was soll denn das bedeuten? Vier Monate habt ihr euch nicht mehr gesehn und da geht der Mensch zum Tarockspielen.«

»Macht doch nichts, Mutter«, antwortet Barbara mit unbefangener Fröhlichkeit. »Jeder Mensch muss wissen, was für ihn wichtig ist. Für ihn ist eben das Kartenspielen wichtiger als ich.«

»Also das ist schon ein starkes Stück. Das hätte sich dein Vater nicht erlauben dürfen in seinen jungen Jahren. Ich verstehe das einfach nicht.«

»Ich auch nicht, Mutter.«

Die Karotterin wäscht ihre Hände und trocknet sie ab. »Und ich hab gedacht, er hätte solche Sehnsucht nach dir.«

Barbara lacht belustigt auf. »Das hab ich auch gedacht, aber heut bin ich eines anderen belehrt worden.«

»Nein, so was, so was.« Die Karotterin wird kaum fertig mit dieser Neuigkeit. Sie ist schockiert und will den Burschen trotzdem in keinem schiefen Licht stehen sehen. »Eins aber muss ich ihm doch zugut halten«, sagt sie. »Treu ist er dir gewesen. Man hat nie davon gehört, dass er eine andere angeschaut hätte.«

»Ach, Mutter«, sagt Barbara und macht eine müde Handbewegung. »Ich kann jetzt nicht reden.« Sie deutet mit dem Kinn auf die Schwestern hin.

»Geht hinüber in die Stube und deckt den Tisch fürs Abendbrot«, sagt die Karotterin zu den zwei Kleinen. Und als sie draußen sind: »Also, was wolltest du sagen, Barbara?«

»Ich wollte sagen, Mutter, dass Treusein kein Verdienst ist bei seiner Art und vielleicht bloß bei drei von hundert verfängt. Und diese drei denken dann sicher bloß an den schönen Hof auf der Salm und sehen über seine berechnende Kälte hinweg.«

»Jetzt bin ich aber platt. Da muss ich mich niedersetzen. Ich hab mir immer gedacht, dass ihr zwei einmal ein Paar werdet.«

»Ist das durchaus dein Wunsch, Mutter?«

»Nein, nein. Meinetwegen brauchst du überhaupt nicht zu heiraten. Ich wäre froh, wenn ich dich immer im Haus haben könnte. Und soviel ich weiß, hat auch der Vater gesagt, dass er dich nicht zwingen will. Es soll deine freie Entscheidung sein.«

»Dann ist es gut, Mutter, denn seit heute weiß ich, dass ich den Anton niemals heiraten werde.«

Forschend schaut die Karotterin in Barbaras Gesicht, das ganz ruhig wirkt. »Du hast doch noch Vertrauen zu mir, Barbara?«

Offen schaut sie die Mutter an. »Ja, großes Vertrauen.«

»Dann sag mir, Kind – steht dir ein anderer näher?«

Einen Augenblick überlegt Barbara.

»Bitte, Mutter, frag mich nichts. Ja, in mir ist etwas anders geworden. Aber ich weiß selber noch nicht recht, was es ist.«

»Dann vergiss nicht, dass du zu mir kommen kannst, wenn dich etwas bedrückt. Ich werde immer für dich da sein.«

Hat da dieser Teufelsbursche, dieser Lehrer, etwas organisiert, das ganz Tschamm auf den Kopf zu stellen scheint. Da hatten die Tschammer gemeint, das wäre nur eine bedeutungslose Angelegenheit, die nur sie allein anginge und zu der man eben notgedrungen hingehen müsse, weil ja die eigenen Kinder dabei sind.

Um die Mittagszeit setzt die Völkerwanderung nach Tschamm bereits ein. Von Epps kommen sie, von Url und aus der ganzen Umgebung. In der Kreiszeitung hat es gestanden und der Lehrer hat überall seine selbst gemalten und beschrifteten Plakate angeheftet: »Es lädt herzlich ein die Gemeindeverwaltung Tschamm.«

So eine Frechheit, denkt der Karotter. Als ob der ganze Krampf mit der Gemeindeverwaltung was zu tun hätte.

Den Kragen seiner Pelzjacke hochgeschlagen, die Virginia im linken Mundwinkel, die Hände auf dem Rücken verschränkt steht er breitbeinig da. Barbara, in ihrem silbergrauen Lodenumhang, steht neben ihm. Ihr Blondhaar leuchtet in der Wintersonne dieses zweiten Weihnachtsfeiertages. Ihre Wangen sind von der Kälte leicht gerötet. In ihren Augen aber liegt ein wenig Traurigkeit und sie ist etwas verstimmt.

Oh, sie weiß ganz genau, woher diese Verstimmung kommt. Mit frohem Herzen ist sie am Morgen wieder zum Chor hinaufgegangen. Mit einem warmen Aufleuchten in ihren Augen hat sie den Lehrer begrüßt. Er aber hat nur eine steife Verbeugung angedeutet und durch nichts zu erkennen gegeben, dass ihr Kommen ihn freute.

Jetzt sieht sie ihn auf den Skiern geschäftig hin und her rutschen. Er ist einfach überall.

»Wo nur grad die Leut herkommen«, sagt der Karotter und nimmt die Virginia kurz aus dem Mund. »Die Gemeindeverwaltung lädt ein, schreibt der freche Kerl einfach auf die Plakate.«

»Irgendjemand muss doch einladen«, meint Barbara und schaut auf den Übeltäter, der gerade bei der Gruppe der 10- bis 12-jährigen steht, worunter sich auch die beiden Karottertöchter befinden. Langsam spurt er dann zum Tisch der Preisrichter hinüber und unterhält sich mit den Burschen. Es fiele ihm keine Perle aus der Krone, denkt Barbara, wenn er auch den Bürgermeister begrüßte.

Und immer mehr Leute kommen. Soeben tritt der Herr Landrat Sperber mit seiner Gattin auf den Karotter zu.

»Grüß Gott, mein lieber Herr Bürgermeister. Da kann man Ihnen nur gratulieren. So weitermachen. Tschamm ist ja geradezu ideal für den Wintersport.«

»Na ja, wollen einmal sehen, wie es heut klappt.«

»Wohl Ihre älteste Tochter?«, fragt der Landrat.

»Ja, meine Barbara.«

Die Barbara weiß sofort, wie sie sich verhalten muss und fragt, ob der Herr Landrat mit seiner Gattin später nicht auf dem Karotterhof Kaffee trinken möchte.

Der Landrat hat seiner Frau schon so viel erzählt von diesem Musterhof, dass man dieses freundliche Angebot nicht abschlagen will.

Dann rückt der Zeiger der Kirchenuhr immer näher auf zwei. Die Kleinen spuren bereits den ersten Hang hinauf, der für sie ausgesteckt ist. Skiausrüstung kann man es wohl nicht nennen, was sie da haben. Die Mädchen fahren in Röcken, die Buben in ihren ledernen Bundhosen. Nur die schweren Schuhe sind halbwegs passend. Aber die Kinder sind mit den langen Skiern wie verwachsen.

Zur Probe fährt als erster der Lehrer die Strecke. Dann geht es ununterbrochen dahin. Die Raguser-Rosl bleibt an einem Tor hängen und purzelt kopfüber in den Schnee. Unmittelbar darauf flitzt die Karotter-Andrea herunter.

Erste aber wird mir geringem Vorsprung die Wally vom Raguser.

Und wieder fährt der Lehrer die etwas längere Strecke als Erster herunter.

Diesmal wird es schon interessanter. Die Strecke ist steiler, die Tore sind enger gesetzt, die Teilnehmer des Laufes sind dreizehn bis fünfzehn Jahre alt. Die Gruppe der Sechzehn- bis Achtzehnjährigen schickt sich gerade an bergwärts zu ziehen. Diese Gruppe hat die wenigsten Teilnehmer, nicht einmal ein Dutzend. Aber es sind lauter zähe, wieselflinke Burschen, die seit ihrem sechsten Lebensjahr auf den Brettln stehen. Nur zwei Mädchen sind dabei, die Rotneiger-Mareile und die Gabler-Cilli.

Bei der zweiten Abfahrt wird der kleine Nepomuk vom Sternwirt Sieger und sein Vater verspricht ihm in der Freude seines Herzens einen Geldbetrag, weil der Wirtssohn und Metzgerlehrling mit dem ausgesetzten Preis – fünf Pfund Schweinefleisch – nicht viel anfangen kann.

Die Spannung wird von Minute zu Minute größer, die Stimmung immer prächtiger. Der Karotter hat seinen ganzen Groll vergessen und sonnt sich in dem Wohlwollen des Landrats, der meint, dass wirklich er und die Gemeindeverwaltung dieses Fest aufgezogen haben. Ja er spricht mit dem Landrat darüber, dass dies nur ein Anfang sei, dass man es im nächsten Jahr viel größer aufziehen werde, mit Musik vielleicht und auswärtigen Teilnehmern. Das Salmenhöh-Rennen soll zu einem Begriff werden weitum im Bergland.

Sie sprechen auch schon von einem Lift, der gebaut werden soll, und damit ist es dem Karotter wirklich Ernst, denn er ist klug genug zu erkennen, was das für die Gemeinde für eine Einnahmequelle bedeutet. Man wird sich also wohl oder übel mit dem Lehrer zusammensetzen müssen, denn es steht außer Zweifel, dass der Bursche seine Sache versteht und auch weiß, was er will.

So ist die Zeit bis zum dritten Lauf vergangen. Schon

sieht man den ersten Läufer von ganz oben kommen. Es ist wieder der Lehrer. Wie ein Blitz fegt er den Steilhang herunter, schwingt durch die Tore, steht einmal nur mehr auf einem Ski, fängt sich wieder, nimmt aber den nächsten Bogen zu spät, reißt eine Stange um und stürzt in hohem Bogen auf die Piste. Es sieht gefährlicher aus, als es ist, und Barbara Karotter stößt ihren Angstschrei vielleicht nicht ganz umsonst aus. Aber der Lehrer fährt schon wieder weiter und der Karotter wendet jetzt den Kopf, nimmt die Virginia aus dem Mund und fragt seine Tochter:

»Was plärrst denn du so? Das wird er schon aushalten. Er hat ja einen harten Schädel.«

Unweit von dieser Gruppe kommt Reinhold Tischner zum Halten. Er wirft einen Blick herüber und Barbara meint, es sehe so aus, als habe er gegrüßt. Darum grüßt sie zurück. Aber dann gilt ihre Aufmerksamkeit dem nächsten Läufer, der sicher und ausgeglichen herunterkommt.

Der Karotter stampft mit den Beinen. Es friert ihn durchaus nicht, aber die Nummer sechs hat sein Pauli und er ist aufgeregt wie ein Lehrling vor der Prüfungskommission.

Ja, da kommt nun der Karotter-Pauli. Von weitem ist er schon zu erkennen mit seiner weißen Zipfelmütze.

Barbara und ihre Schwestern halten fest die Daumen. Der Karotter vergisst an seiner Virginia zu ziehen. Mit schmalen Augen verfolgt er seinen Sprössling, hört das Stimmengeraune um sich herum, die ermunternden Zurufe von weiter oben.

Paul Karotter hört weder das eine noch das andere. Er zuckt um die Flaggen, dass der Schnee sprüht, er springt förmlich von einem Tor ins andere hinein. Seine Geschwindigkeit ist atemberaubend, dabei ist seine Fahrweise berechnend und doch auch besonnen, oft schwenkt er erst ein paar Millimeter vor dem Tor noch ab.

Der Karotter knurrt nur einmal, als es schon aussieht, als würde sein Pauli stürzen. Aber der steht gleich wieder fest auf seinen Brettln und schlängelt sich durch die Tore, als seien seine Muskeln Stahlfedern. Dann saust er durchs Ziel, schwingt ab und kommt neben dem Lehrer zu stehen. Der reicht ihm freudestrahlend die Hand.

»Pauli, ich darf dir jetzt schon gratulieren, diese Zeit wird keiner mehr rausbringen.«

»Nur abwarten«, lacht der Pauli. »Jetzt kommt erst noch der Wörndl-Simon.«

Ja, auch der Simon stürzt sich blitzschnell durch die Tore. Aber an den Pauli kommt er nicht heran. Mit einem Vorsprung von einigen Sekunden wird der Karotter-Pauli Sieger dieser Gruppe.

Jetzt rutscht er auf die Seinen zu. Der Landrat gratuliert ihm als Erster, dann packt sein Vater ihn derb an den Schultern. Sein Lob ist etwas hart und will den Stolz verbergen.

»Fünfzig Sekunden ist nicht besonders gut, aber das nächste Mal wird es besser werden.«

Dann setzt der Sturm auf das Wirtshaus ein, wo im Tanzsaal die Siegerehrung stattfindet. Für den Abend ist als Abschluss eine Tanzveranstaltung angesetzt.

Der Sternwirt kann die vielen Gäste gar nicht unterbringen und ist mit seinem Nepomuk schon wieder im Schlachthaus beschäftigt, weil er sieht, dass die Würste bei weitem nicht reichen. Es müssen in Eile noch welche von dem vorbereiteten Brät gemacht werden.

Abseits von allem Trubel steht Reinhold Tischner am Fenster seines Zimmers und schaut dem blonden Mädchen nach, das mit seinen kleinen Schwestern gerade über die Latschurnbrücke geht, hinter ihnen der Karotter mit dem Landrat und seiner Frau. Sie gehen zum Hof hinauf und Reinhold spürt, dass er nun doch grenzenlos enttäuscht ist. Er hat gemeint, sie jetzt vielleicht bei der Siegerehrung zu treffen.

Ob sie abends wohl kommen wird? Aber was nutzt das alles? Sie muss für ihn tabu sein. Sie ist dem Riederer-Anton versprochen und darf ihn nichts angehen.

Schnell zieht er sich um und geht zum Sternwirt, wo man bereits auf ihn wartet.

Die Tschammer Blasmusik war früher weit im Land bekannt. Sie hatte bei allen Festen aufgespielt, solange der alte Schuller noch Dirigent war. Unter seinem Nachfolger, dem Lehrer Ferdinand Schellbach, ist die Kapelle dann immer mehr zusammengeschrumpft, weil die Alten wegstarben und für Nachwuchs nicht gesorgt wurde. Ganze vier Mann spielen am zweiten Weihnachtsfeiertag zum Tanz auf, wo es früher einmal zwanzig gewesen sind.

Aber auch die vier machen noch Krach genug und es geht ziemlich turbulent zu, zumal schon seit vielen Jahren keine Tanzmusik mehr veranstaltet wurde. Erst dem jungen Lehrer Reinhold Tischner blieb es vorbehalten wieder einmal etwas aufzuziehen. Und es scheint sich zu lohnen. Für den Sternwirt wenigstens. Im Saal sind viele junge Leute und in der Gaststube sitzen die Bauern Kopf an Kopf.

Reinhold hätte zufrieden sein müssen mit dem heutigen Tag.

Das Wetter hat ihm nichts verdorben, Menschen waren mehr gekommen, als er erwartet hatte, das Fest war reibungslos abgelaufen. Aber Reinhold ist nicht zufrieden. Er sitzt mit einigen Burschen, die als Preisrichter fungiert hatten, an einem Tisch bei der Theke und schaut nur manchmal unter gesenkten Brauen hervor auf die andere Seite des Saales hinüber. Dort sitzt Barbara Karotter an der Seite des Riederer-Anton. Die beiden sind zweifellos ein schönes Paar. Der Anton überragt alle um einen halben oder ganzen Kopf und es ist nicht ganz zu begreifen, weshalb die Barbara manchmal mit ganz abwesenden Blicken dasitzt und an ganz etwas anderes zu denken scheint. Ihr Gesicht hellt sich nur dann etwas auf, wenn ein Bursche sie zum Tanz holt. Dann sitzt der Anton da und lässt sie kaum aus den Augen. Reinhold erfährt erst hinterher, dass er nicht tanzen kann.

Barbara aber kann es. Locker schlägt der gefaltete Rock um die schlanken Beine mit den weißen Strümpfen. Knapp umspannt das dunkelblaue Samtmieder mit den Silberknöpfen ihre Brust. Den Kopf leicht zurückgeneigt, die Augen halb geschlossen, scheint sie sich ganz dem Takt der Musik hinzugeben. Wenn Reinhold dagegen die anderen betrachtet, die entweder gar nicht tanzen können oder schon in halber Trunkenheit über die Bretter stolpern, so tut ihm der Kontrast bis in die Seele hinein weh. Er selbst hat bis jetzt noch nicht getanzt, obwohl er schon zweimal aufgestanden ist um Barbara aufzufordern. Aber bereits auf dem weiten Weg bis hinüber zur anderen Wand hat er dann in der Saalmitte gesehen, dass er bereits zu spät daran ist und ein anderer sie schon weggeholt hat.

Ich müsste eigentlich gar nicht hier sein, denkt er und winkt die Kellnerin heran um zu zahlen. Da stellt es sich heraus, dass er gar nichts zu bezahlen hat, weil der Sternwirt längst errechnet hat, dass der Lehrer ihm heute mehr eingebracht hat, als eine gefüllte Kalbsbrust und drei Schoppen Wein wert sein mochten.

Die drei Schoppen Wein aber machen es aus, dass Reinhold Tischner ein wenig melancholisch geworden ist und nun heimgehen will, weil der Gegenstand seiner Sehnsucht unerreichbar für ihn da drüben am anderen Tisch sitzt.

In diesem Augenblick wird Damenwahl ausgerufen und Reinhold sieht Barbara auf sich zukommen. Sein Herz tut ein paar laute, eilige Schläge. Da steht Barbara bereits vor ihm und bittet ihn um den Walzer.

Mit heftig klopfendem Herzen legt er den Arm um sie. »Wie komme ich zu dieser Auszeichnung?«, fragt er leise, während sie im Takt dahingleiten.

Barbara schaut ihn voll an. »Wenn der Hirt nicht zur Herde geht, muss das Lämmlein wohl zum Hirten kommen«, antwortet sie.

»Lämmlein ist gut«, lacht er, von aller Schwermut befreit. Er freut sich über ihre Schlagfertigkeit. »Ich hatte nicht den Mut«, versichert er ihr. »Ihr Wächter sitzt so groß und streng neben Ihnen.«

»Warum soll Ihnen verwehrt sein, was andere tun? Er tanzt ja nicht, weil er es nicht kann.«

Es klingt ein wenig geringschätzig und sie scheint den Riederer-Anton jetzt überhaupt völlig vergessen zu haben. Wie träumend liegt sie in seinem Arm und manchmal hebt sie ihren nachtblauen Blick zu seinen Lippen. Von seinem Glück wie benommen schwatzt sein Mund unsinniges Zeug. Als ihm das zu Bewusstsein kommt, gelingt es ihm sich zusammenzunehmen und sein Bedauern darüber auszudrücken, dass ihr Vater ihm nicht gewogen sei.

»Sie sehen aber nicht so aus, als fürchteten Sie ihn«, sagt sie.

»Ich fürchte ihn nicht. Aber es wäre mir lieber – Barbara, um Ihretwegen wäre es mir lieber –, wenn mein Verhältnis zu ihm besser sein könnte.«

»Liegt es wirklich an ihm allein?«, fragt sie und schaut ihm dabei tief in die Augen.

»Sie könnten Recht haben, Barbara. Vielleicht liegt es auch an mir.«

»Nein, an Ihnen liegt es nicht, das weiß ich genau, weil ich meinen Vater besser kenne als alle anderen. Und weil ich ihn genau kenne, darum habe ich auch alle Furcht vor ihm verloren. Wohlgemerkt, die Furcht, nicht aber die Achtung.«

»Das haben Sie schön gesagt, Barbara. Wie schade, dass Sie schon so fest gebunden sind. Ich glaube, Sie sind der einzige Mensch hier in Tschamm, der mich und meine Arbeit versteht, der einzige Mensch auch, zu dem ich grenzenloses Vertrauen haben könnte.«

»Aber Sie kennen mich ja kaum.«

»Ich weiß selber nicht, warum das so ist. Das war im ersten Augenblick schon da.«

Reinhold hat keine Ahnung, wie tief Barbara davon beglückt wird. So gerne hätte sie ihm gesagt, dass es nicht so ist, wie er denkt. Anton Riederer ist ja so bedeutungslos in ihrem Leben geworden. Aber anscheinend muss Reinhold Tischner sich über sie erkundigt haben, weil er über alles doch so genau Bescheid weiß.

Der Walzer ist zu Ende.

»Schade«, sagt Reinhold. »Ich möchte am liebsten stundenlang mit Ihnen so dahinschweben.«

»Und trotzdem haben Sie mich nicht geholt.«

»Das kann ich nie mehr gutmachen«, antwortet er und klatscht nun auch wie die anderen in die Hände, damit die Musikanten eine Zugabe geben sollen.

In diesem Augenblick sagt der Riederer-Anton zum Schuller-Sepp: »Jetzt gehst hin und nimmst sie ihm weg. Wer weiß, was der Kerl ihr alles zuflüstert.«

Der Schuller-Sepp geht breitbeinig durch die Menge und klopft Barbara auf die Schulter. Barbara sieht ihn mit funkelnden Augen an, aber sie weiß, dass sie den Tanz nicht abschlagen darf, weil es gegen den Brauch wäre. Mit einem festen Händedruck verabschiedet sie sich von Reinhold und sieht ihn dabei ganz seltsam an.

Nach diesem Tanz sieht Reinhold, dass sie hinausgeht. In der Tür bleibt sie nochmals stehen und schaut ihn an, mit einem Blick, der ihm alles Blut zum Herzen drängt. Er meint begriffen zu haben und verlässt nach ein paar Minuten auch den Saal. Barbara kommt unten soeben aus dem Nebenzimmer, das in eine Garderobe verwandelt worden ist. Sie hat ihren Lodenumhang um die Schultern hängen.

»Gehen Sie schon heim, Barbara?«

»Ja«, antwortet sie und knöpft den Umhang am Hals zu. Dann ein schräger Seitenblick in sein Gesicht und ein undeutbares Lächeln um den Mund: »Weil ich schon so fest gebunden bin.«

Reinhold weiß nicht recht, wie er die letzten Worte deuten soll. Noch weniger weiß er ihr seltsames Lächeln zu deuten. Kurz entschlossen fragt er: »Darf ich Sie ein Stückchen begleiten?«

Sie nickt und geht langsam durch den breiten Wirtshausflur. Schnell lässt sich Reinhold seinen Mantel reichen und folgt ihr.

Draußen empfängt sie eine glasklare Nacht. Die Glühbirne über der Wirtshaustür erhellt ein Stück der Straße. Dort, wo ihr Schein dann verlischt und nur mehr das schwache Licht der Sterne der Nacht einen milden Schimmer schenkt, legt Reinhold behutsam und schüchtern den Arm um die Schultern des Mädchens. »Barbara – man hat es mir aber so berichtet – dass Sie gebunden seien, dass der Riederer-Anton …«

»Dann haben Sie jemanden gefragt, der nichts weiß. Sie hätten mich fragen sollen, Reinhold Tischner.«

Langsam, Schritt für Schritt, gehen sie dahin.

»Und wenn ich Sie jetzt frage, Barbara?«

»Dann werde ich Sie nicht anlügen. Ja, ich habe früher einmal gemeint, dass ich ihn gern hätte. Aber dann bin ich fortgekommen und – es hat sich so vieles geändert. Ich bin inzwischen älter geworden und sehe jetzt manches anders.«

Sie sind jetzt auf der Latschurnbrücke. Dicht neben dem Brückenheiligen bleiben sie stehen und lehnen sich ans Geländer. Fast armdick hängen die Eiszapfen an den unteren Bohlen der Brücke. Aus Barbaras Mund geht gleich einer Wolke der Atem in die Nacht. Vom Saal her hört man verschwommen die Klarinette jubeln und das tiefe Dröhnen der Basstuba. Ein Hund streicht über die Brücke und sieht scheu die beiden Menschen an, denen die Nacht nicht zu kalt ist, die den Sinn für alles, was sich auch in dieser Stunde um sie her begeben mag, verloren haben.

Ach, es ist ein sonderbarer Anfang der Liebe bei den beiden. Reinhold begreift sich selbst nicht und meint, dass er noch nie die Sterne so habe strahlen sehen wie in dieser Nacht. Er begreift überhaupt alles erst, als das Mädchen ihm sagt, dass sie doch nur seinetwegen zum Tanzen gegangen sei.

Da erst findet er den Mut sie fester in seine Arme zu nehmen. Der weiche, bebende Mund kommt ihm zärtlich entgegen. Stumm und reglos steht der Brückenheilige in seinem Schneekleid neben ihnen als einziger Zeuge.

»Ach, Lämmlein«, flüstert Reinhold mit aller Seligkeit, die ihn durchflutet.

»Lämmlein?« Sie sieht ihn verdutzt an. »Ein Schaf bin ich und was für eins.«

»Was redest du denn da für ein Zeug, Barbara?«

»Dass ich ein Schaf bin, weil ich im Begriff bin, mich restlos in dich zu verlieben.«

Es soll heiter klingen, aber der schmerzliche Unterton lässt sich doch nicht ganz verleugnen.

»Du ...«, flüstert er nach einer Weile und küsst sie voll drängender Sehnsucht. Barbara erschauert unter diesem Kuss und doch ist ihr dabei zumute, als öffne sich der Himmel. Und es ist auf einmal gar keine Scheu mehr in ihr. Freimütig hebt sie die Hände und umschließt sein Gesicht. Ihre Augen leuchten in schmerzlicher Süße.

»Ich habe mich vorhin geirrt«, sagt sie. »Ich bin nicht verliebt in dich, sondern ich liebe dich. Und darum sollten wir beide auch keine Angst haben.«

Er schüttelt den Kopf. »Ich kenne keine Angst, Barbara.«

»Aber ich weiß, dass du jetzt an das Gleiche denkst wie ich, nämlich an meinen Vater, den Bürgermeister von Tschamm.«

»Nein, Barbara. In der Stunde, in der ein Glück aufblüht, soll man nicht an die Schatten denken.«

»Wird es denn ein Glück werden?«, will sie wissen.

»Es wird das werden, Barbara, was wir beide daraus machen. Entweder ein ganz großes Glück oder ein ganz großer Schmerz. Es kommt vor allem auf dich an, Barbara, darauf, wie stark du sein wirst.«

»Ich glaube, dass Liebe viel Kraft geben kann, Reinhold.« Sie umschlingt ihn plötzlich mit beiden Armen. »Ach, Reinhold, ich hätte nie geglaubt, dass es so schön sein könnte. Sag ehrlich –, wann hast es du zum ersten Mal gefühlt, dass du mich liebst.«

»Wahrscheinlich im gleichen Moment wie du, als wir uns vor fünf Tagen in der Dämmerung vor dem Krämerladen begegnet sind.«

»Stimmt ganz genau«, gibt sie zu. »Von da an ist etwas in mir anders geworden.«

»Es fragt sich jetzt nur noch, was nun der Anton dazu sagen wird.«

»Der Anton hat kein Recht auf mich. Aber du redest immer nur von mir. Weiß ich denn, wie es bei dir ist, ob du frei bist?«

Ein Windhauch geht durch die Nacht und vom Nepomuk her rieselt ein wenig Schnee auf die Haarkrone des Mädchens. Mit einer Hand streicht Reinhold ihn fort, während er mit leiser Stimme spricht.

»Ich habe niemanden, Barbara, dem ich verpflichtet wäre. Oder besser gesagt, niemanden mehr. In meinem Leben hat nur einmal eine Frau eine große Rolle gespielt und das ist dann eine bittere Enttäuschung geworden.«

»Du bist mir keine Rechenschaft schuldig«, unterbricht sie ihn. »Was vor mir war, geht mich nichts an. Nur was von jetzt ab ist, hat Bedeutung für mich.«

»Was wird sein, Barbara?«

»Ich weiß es doch selber nicht, Reinhold. Wir müssen das schon der Zeit überlassen. Oder noch besser so, wie du vorhin gesagt hast: Es wird das sein, was wir daraus machen – was wir aufbauen.«

»Glück kann man nicht aufbauen wie Mauerwerk, Barbara. Entweder es blüht von selber und fasst Wurzeln oder es vergeht, noch ehe Glück daraus geworden ist.«

Vom Kirchturm schlägt es elf. Sie gehen eng umschlungen den Berg hinauf. Der Wind weht jetzt stärker. Aber er ist ganz warm, als käme er aus einem Backofen heraus. Föhnwind ist es, der ankündigt, dass das Wetter umschlagen wird.

Anton Riederer fasst es allerdings anders auf als Barbara. Kaum ist sie aus dem Saal verschwunden, da erwacht ihn ihm das Gefühl, dass eine Gefahr sich auf ihn zuschiebt. Und als er dann den Lehrer nicht mehr sieht, ist er plötzlich ganz nüchtern.

Jäh springt ihn die Eifersucht an – ein Gefühl, das er bisher nicht gekannt hat. Immer hat er überheblich gelacht, wenn von Eifersucht die Rede gewesen ist. »Was ich einmal in meinen Pratzen hab, das kommt mir nicht mehr aus«, war bisher eine seiner selbstgefälligen Redensarten gewesen.

Jetzt beginnt er auf einmal anders zu denken. Es ist, als wäre er plötzlich aus dem Winterschlaf erwacht und sähe die Welt in einem ganz anderen Licht, das grünlich und giftig schillert. Ihm fällt so manches ein, das er bisher in seinem überheblichen Stolz nicht merken wollte. Natürlich, Barbara ist verändert. Hätte sie sonst von ihm fortgehen können ohne sich zu verabschieden? Wahrscheinlich hätte er sie doch allein heimgehen lassen, aber immerhin hätte sie es ihm sagen können.

Ob der Lehrer sie heimbegleitet? Wütend leert er sein Weinglas. »So ein dahergeschneiter Hungerleider. Der käm mir ja gerade recht. Den zerdrück ich ja …«

In seinem Zorn beginnt er immer hastiger zu trinken und zerrt den Schuller-Sepp zu sich an den Tisch.

»Hast du gesehen, Sepp, wo meine Barbara ist?« Er sagt absichtlich »meine Barbara«, damit kein Irrtum entstehen könne, warum er so verärgert ist.

»Sie wird heimgegangen sein, denk ich«, antwortet der Schuller-Sepp. »In der Gaststube ist sie nicht.«

»Und den andern seh ich auch nicht mehr«, grölt Anton weiter, mit einem gefährlichen Blitzen in den Augen.

Nicht nur der Schuller-Sepp weiß, wer mit dem »andern« gemeint ist, denn auch die Umsitzenden haben Augen gehabt, haben nicht nur die selbstvergessenen Blicke der beiden beim Tanzen gesehen, sondern auch ihr Verschwinden beobachtet. Und als der Anton so um sich schaut, sieht er in ein paar recht schadenfrohe Gesichter. Das bringt ihn zur Besinnung.

»Ach, so schaut es aus«, sagt er mehr zu sich selber und schiebt sein Weinglas zurück. »Da, Sepp, trink den Wein aus.«

Langsam steht er auf, geht durch den Saal und wirft noch einen kurzen Blick in die Gaststube, in der heimlichen Hoffnung, dass die Barbara vielleicht doch noch hier wäre. Aber durch den grauen Dunst des Tabakrauches sieht er nur verschwommen einige Männer, darunter auch den Karotter.

Weil die abgehärteten Männer von den Salmenhöhen auch zur Winterszeit keinen Mantel tragen, braucht Anton gar nicht erst zur Garderobe zu gehen. Er knöpft nur sämtliche Knöpfe seiner Jacke zu und tritt in die Nacht hinaus.

»Hoppla«, sagt er und hebt witternd den Kopf. »Der Wind hat sich gedreht. Mir scheint, es gibt anderes Wetter.«

Weit ausschreitend geht er dahin. Auf der Bachbrücke stutzt er, weil er Schritte auf dem knirschenden Schnee hört. Gleich darauf taucht ein Schatten jenseits der Brücke auf.

Anton Riederer drückt sich neben dem Brückenheiligen an das Geländer. Jetzt erkennt er, wer sich dort nähert, und heiß schießt ihm das Blut in den Kopf. Seine Fäuste zittern, und als Reinhold auf drei Schritte herangekommen ist, tritt er vor und versperrt ihm den Weg.

»Tatsächlich, er ist es. Wo kommst denn du her?«

Betroffen weicht Reinhold einen Schritt zurück. Er hat den Riederer-Anton erkannt und weiß, worum es jetzt geht. Aber soll er sich hier auf einen Streit einlassen?

»Geben Sie mir den Weg frei, Riederer.«

Anton steht stumm wie ein Pfahl in der Nacht und rührt sich nicht vom Fleck. Reinhold will nun seitlich an ihm vorbei, da versperrt ihm der junge Salmbauer aufs Neue den Weg. Zugleich packt er ihn mit hartem Griff an der Brust.

»Lassen Sie mich sofort los«, sagt Reinhold, immer noch ganz ruhig und beherrscht.

»Ja, gleich. Bloß noch ein Wort will ich dir sagen«, knurrt Anton, wie ein Hund, dem man einen Knochen wegnehmen will. »Lass die Barbara in Ruhe! Das rate ich dir im Guten, sonst brech ich dir alle Knochen.« In wachsender Erregung beginnt er Reinhold hin und her zu schütteln. »Du Lehrerl, du windiges! Gute Lust hab ich und beutele dir die Seele aus dem Leib.«

Nun aber war das Maß voll. Reinhold ist endgültig aus seiner Ruhe aufgeschreckt. Mit einem kräftigen Schwinger schlägt er Antons Hand nieder und ist frei.

»Rühren Sie mich nicht mehr an, Riederer. Das möchte ich Ihnen geraten haben. Wenn Sie glauben, irgendwelche Rechte an Barbara zu haben, dann will ich Ihnen nicht im Weg sein. Aber darüber soll die Barbara entscheiden. Und nun geben Sie mir den Weg frei, oder …«

Dieser furchtbare Schlag auf den Arm hat den Anton doch ein wenig eingeschüchtert. Er tritt zur Seite und starrt dem Davongehenden mit verzerrtem Gesicht nach. Dann wendet er den Kopf zur Höhe und sieht die erleuchteten Stubenfenster des Karotterhofes. Mit weiten Schritten eilt er den Hang hinauf.

Die Vorhänge an den Fenstern sind nicht zugezogen und sein Herz krampft sich zusammen, als er die Barbara vor dem Spiegel stehen sieht. Sie hat die Zöpfe gelöst und kämmt ihr Haar. Wie ein goldener Mantel fällt es über ihre Schultern nieder. Die Kehle wird ihm eng bei diesem Anblick und es kommt ihm so vor, als sähe er heute zum ersten Mal, wie schön sie ist. Blitzartig kommt ihm auch die Erkenntnis, dass er sie verlieren könnte.

Als er ans Fenster klopft, wendet sie ohne jedes Erschrecken den Kopf. Hinter der Scheibe sieht sein Gesicht verzerrt aus. Mit dem einen halb geschlossenen Lid und dem verzogenen Mund gleicht er einem Wolf, der aus den verschneiten Wäldern aufgebrochen ist und nun Schrecken in die Mädchenkammern jagen will. »Ich muss mit dir reden«, sagt er und sie nickt ihm durchs Fenster zu.

»Die Haustür ist nicht abgeschlossen.«

Als er die Stube betritt, hat sie ihr Haar zu einem losen Pferdeschwanz zusammengebunden und das Mieder am Hals wieder geschlossen. Ihr Gesicht sieht dadurch etwas strenger, aber nicht weniger schön aus.

Ohne seinen Hut abzunehmen tritt er nahe an sie heran. Aus seinem Mund strömt eine Wolke Weindunst.

»Wie kommst du dazu, mit diesem Hungerleider wegzulaufen?«

In zorniger Aufwallung zucken ihre Brauen hoch. Er weiß es also schon. Gut, sie wird nichts leugnen und gleich klare Verhältnisse schaffen, sodass dieser Mann nie wieder mit solch fordernder Frage vor sie hintreten darf.

»Wer gibt dir das Recht, Anton Riederer, hier herumzuschreien wie ein betrunkener Ernteknecht! Ja, wenn du es wissen willst – ich bin mit Reinhold Tischner heimgegangen. Du kannst ruhig deinen Hut abnehmen, hier in der Stube. Und wenn du weniger schreist, wird es gut sein, weil ich sonst noch lauter schreien müsste. Ich glaube, es ist besser, wenn wir in Ruhe ausreden, was nun einmal ausgeredet werden muss.«

»Aha, der Kerl hat dir anscheinend schon den Kopf verdreht. Das hätte ich wissen sollen, vorhin«, antwortet er und stülpt Jacken- und Hemdärmel zurück und betrachtet dann seinen nackten Arm, der unterhalb des Ellbogens einen dunkelblauen Fleck aufweist. »Zuschlagen kann der wie ein Schmied. Aber das zahl ich ihm schon heim.«

»Ihr seid euch begegnet?«, fragt Barbara mit einem versteckten Lächeln um den Mund. »Ich glaube nicht, dass Reinhold ohne Grund zugeschlagen hat. Du wirst ihn schon herausgefordert haben.«

»Soll ich vielleicht geduldigt wie ein Hammel zuschaun, wie er mir mein Mädel ausspannt.«

»Dein Mädel?« Barbara wird ganz ernst. »Anton, wann bin ich jemals schon dein Mädel gewesen?«

»Erlaube einmal, Barbara. Du weißt ganz gut, dass mein

Vater und der deine es miteinander ausgemacht haben, als wir zwei noch in die Schule gegangen sind. Meinst du, dass ich umsonst zu euch gekommen bin? Und hab ich dir nicht auch Briefe geschrieben?«

»Ja, zwei Briefe in drei Jahren. Ich kenne sie auswendig. Dass es viel Heu geben wird und dass bei euch im Stall alles in schönster Ordnung sei. Dass ihr im Vorjahr zweihundert Zentner Äpfel habt verkaufen können und dass das Holz im Preis ein wenig gestiegen ist. Kein einziges Wort davon, dass du mich ein wenig gern hättest. So ein Wort aber hätte ich gebraucht, Anton. Darauf habe ich gewartet, lange und mit großer Sehnsucht. Jetzt ist es für alles zu spät, Anton.«

»Ich bin halt kein Lehrer«, antwortet er heftig. »Und Schreiben war immer schon meine schwache Seite.«

»Ich mache dir auch keinen Vorwurf. Kein Mensch kann aus seiner Haut heraus. Du musst eben so sein, wie du bist, und es stürzt deswegen noch lange nicht die Welt ein, weil ich eingesehen habe – gerade noch rechtzeitig eingesehen habe –, dass wir nicht zusammenpassen.«

In stummer Zerknirschung schaut er auf seine Hände nieder. Dann hebt er mit einem Ruck den Kopf und schaut ihr böse in die Augen.

»Bis vor kurzem hab ich nichts davon gemerkt, dass wir zwei nicht zusammenpassen würden. Mach mir nichts vor, Barbara, so ganz blöd bin ich ja auch nicht. Du hast dich in den Lehrer vergafft und alles andere vergessen.«

»Es war nicht viel zu vergessen, Anton. Nur hab ich manches erst selbst begreifen müssen. Lass den Lehrer ganz aus dem Spiel, der hat keine Schuld.«

»Jawohl, der und sonst niemand. Aber so leicht lass ich mir dich nicht nehmen.« Anton wird ein wenig theatralisch und sagt, dass er um sie kämpfen werde.

Verständnislos schüttelt Barbara den Kopf. Sie schaut ihn mit einem leichten Gefühl des Bedauerns an.

»Kämpfen, hast du gesagt? Das hättest du früher tun müssen, Anton. Und – es kann dir doch keiner etwas nehmen, was du niemals besessen hast. Es stimmt, ich bin dir immer gut gewesen und möchte es auch weiterhin sein. Vielleicht hat es mir als jungem, unerfahrenem Mädchen auch ein wenig geschmeichelt, einmal die größte Bäuerin auf der Salm zu werden. Heute aber weiß ich, dass zu einem Glück viel mehr gehört als Besitz. Die Liebe ist etwas viel Größeres, als wir zwei es gemeint haben.«

Da erkennt er endlich, dass ihre Worte keine Laune, sondern bitterer Ernst sind.

»Das, was du da sagst, kommt nicht von dir, Barbara. Das muss dir schon der Lehrer eingetrichtert haben. Den muss doch der Teufel nach Tschamm geführt haben.«

»Oder der Herrgott?«, fragt Barbara sich selbst.

»Bleib mir mit den Sprüchen vom Leib«, begehrt er heftig auf. »Wenn du sonst nichts gelernt hast in der Schule als recht geschwollen daherzureden, dann kannst du mir Leid tun. Halt mich doch nicht für so dumm, dass ich nicht merke, was hier gespielt wird. An allem ist bloß der hergelaufene Kerl schuld. Seit der nach Tschamm gekommen ist, hat es angefangen.«

»Was hat angefangen?«

»Alles. Die Kinder haben nicht mehr von der Schule daheim bleiben dürfen. Das Schulhaus war ihm nicht schön genug und jetzt muss eine neues gebaut werden. Überall setzt der seinen Schädel durch. Die Leute glauben an ihn und haben einen Narren an ihm gefressen. Und jetzt drängt er sich auch noch zwischen mich und dich. Jetzt ist aber das Maß voll. Ich werde mich wehren. Oder glaubst du, dass ich umsonst die ganzen Jahre gewartet habe? Zuerst warst du noch ein junges Dirndl, das ich mich nicht anzurühren getraut habe. Jetzt, weil du herangewachsen bist, jetzt kommt er daher und will sich pflücken, was ich für mich gehegt habe.«

Barbara wird nach dieser langen Rede recht schweigsam und nachdenklich. Hätte er doch früher so gesprochen wie jetzt. Fast tut er ihr Leid, aber diese Anwandlung dauert nur ein paar Sekunden, dann hat das andere wieder die Oberhand. So neu dieses andere Erleben auch sein mag, Barbara fühlt, dass es doch schon tief Wurzeln geschlagen hat und dass es kein Zurück mehr geben kann für sie. Diese unerquickliche Stunde jetzt zeigt ihr höchstens, was für Schwierigkeiten noch auf sie zukommen werden.

»Geh jetzt«, bittet sie. »Vielleicht können wir einmal ruhiger über alles sprechen. Ich möchte, dass du mich verstehst.«

»Gehn soll ich? Wie einen Hund jagst du mich fort. Barbara, das kann nicht dein Ernst sein. Sag, dass alles nicht wahr ist – gib mir einen Kuss.«

»Nein, Anton – geh jetzt.«

In seinen Augen glüht es drohend auf. Wütend wirft er seinen Hut zu Boden, packt sie mit beiden Armen und reißt sie an seine Brust.

»Mir gehörst du! Mir ganz allein!« Herrisch zwingt er ihr Gesicht zu seinem Mund.

Ein kurzer, harter Knall, dann taumelt er zurück und befühlt die schmerzende Stelle an seiner Wange. Blitzschnell und mit der Kraft der Verzweiflung hat Barbara zugeschlagen.

Anton bückt sich nach seinem Hut. »Jetzt weiß ich, wie ich daran bin. Aber noch hat er sein Glück nicht in seiner kalten Lehrerstube. Das schwör ich dir.«

Heftig schlägt er die Tür hinter sich zu. Es dröhnt wie ein Schuss durch das schlafende Haus.

Von diesem Knall schreckt die Karotterin aus ihrem Schlaf. Das Bett neben ihr ist leer, also ist der Karotter noch im Wirtshaus.

Hatte sie den Knall vielleicht geträumt? Aber da hört sie aus der Stube einen undeutbaren Laut. Schon ist sie aus dem Bett, wirft ein Kleid über und einen Schal, schlüpft in die Pantoffeln und geht hinaus.

Auf der Schwelle bleibt sie überrascht stehen und streicht sich die Haare aus den Schläfen.

»Du bist es, Barbara?«

Barbara sitzt am Tisch, den Kopf in die Hände vergraben, und schluchzt hart auf. Jetzt hebt sie den Kopf, wischt sich mit dem Handrücken über die Augen und versucht ihrem Gesicht ein Lächeln aufzuzwingen.

Es ist ungemein tröstlich, die Mutter dort im Türrahmen stehen zu sehen. Wie ein reifes, unendlich klares Bildnis ist sie anzusehen und aus ihren großen Augen strahlt nichts als Freundlichkeit.

»Ich bin wach geworden von irgendeinem Knall«, sagt die Mutter.

Barbara hat sich jetzt wieder ganz gefasst.

»Der Anton war hier, Mutter, und was wir uns noch zu sagen hatten, war so wenig oder so viel, dass es nur mehr zu einem heftigen Zuschlagen der Tür gereicht hat. Es tut mir Leid, Mutter, dass es dich aus dem Schlaf aufgeschreckt hat.«

»Es braucht dir nicht Leid zu tun. Sag mir lieber, warum du geweint hast.«

»Über mich selber wahrscheinlich, und – wenn du alles wüsstest, Mutter, vielleicht würdest auch du weinen.«

Mit ein paar raschen Schritten ist die Mutter am Tisch.

»Was ist los, Barbara. Ich bemerke doch schon seit Tagen, dass du etwas mit dir herumträgst. Wie heißt er?«

»Ich weiß nicht, was du meinst, Mutter?«

»Anton heißt er nicht oder nicht mehr«, spricht die Karotterin unbeirrt weiter. »Also, wer ist es?«

Barbara schweigt. Sie hat plötzlich das Gefühl, dass niemand, auch nicht die sonst so verständige Mutter, ihren raschen Wandel verstehen würde.

Die Karotterin gehört zu den wenigen Frauen, die nicht zu bohren beginnen, wenn ihnen eine Antwort verweigert wird. Immer sind ihre Kinder von selber zu ihr gekommen, wenn etwas sie bedrückt hat. Und auch dieses große Kind wird von selber kommen, morgen vielleicht schon, denn es muss doch etwas Schweres in Barbaras Leben gekommen sein, weil sie sonst nicht geweint hätte. Ihre Hand streicht weich und gütig über Barbaras Haar hin.

»Leg dich schlafen, Mädel. Der Vater muss jeden Augenblick kommen und er wird mehr fragen als ich.«

Barbara erschrickt. Es ist ihr eingefallen, wie sehr der Vater Reinhold Tischner hasst. Impulsiv greift sie nach der Hand ihrer Mutter.

»Vielleicht verstehst auch du mich nicht, Mutter.«

»Wenn du das denkst, dann schweig lieber, bis es dir wieder einfällt, dass ich dich immer verstanden habe.«

»Ja, aber diesmal ist es doch – viel schwerer.«

Die Karotterin lächelt still vor sich hin. »Merkwürdig. Das Leichte plauderst du gerne aus, das Schwere aber willst du für dich behalten, obwohl es dadurch vielleicht auch leichter würde.«

»Liebe ist immer ernst und schwer«, sagt sie. »Erschrick nicht, Mutter. Es ist Reinhold Tischner, der Lehrer von Tschamm.«

Die Hand der Karotterin fällt auf die Tischplatte. Ihre Brauen heben sich. »Barbara, das kann nicht wahr sein.«

»Warum sollte ich lügen, Mutter? Ich bin von der Erkenntnis, dass ich den Lehrer gern habe, viel zu sehr durchdrungen, als dass ich noch zu einer Lüge greifen könnte.«

»Das wird schrecklich werden, Barbara.«

»Ich weiß, Mutter, wegen Vater. Ja, ja, du denkst jetzt nur an den Vater, ich weiß es. Ich weiß das so genau, wie ich auch das andere weiß, nämlich, dass ich nicht feige sein darf. Aber fünf Minuten Feigheit wären schlimmer, als ein Leben lang in Lüge leben zu müssen. Ich kann nicht, Mutter. Ich will und muss offen sein zu dir. Die Wahrheit ist, dass ich ihn liebe. Das ist so wahr, Mutter, wie ich jetzt weiß, dass mich nie ein tiefes Gefühl mit Anton Riederer verbunden hat. Macht mit mir, was ihr wollt. Jagt mich meinetwegen aus dem Haus, es wird an allem nichts ändern.«

Verwirrt schaut die Karotterin eine Weile vor sich hin. Dann fragt sie schwach: »Wie lange weißt du denn das schon?«

»Nicht lange, Mutter. Das spielt ja auch keine Rolle. Das sagt einem schon der erste Augenblick und nicht erst die Dauer der Zeit.«

Die Mutter hätte nun am liebsten zustimmend genickt, denn es war bei ihr vor nahezu fünfundzwanzig Jahren nicht anders. Der Karotter kam, sah und siegte. Immerhin, der Karotter war der Karotter von Tschamm, der reichste Bauer des Tales, und kein strafversetzter Volksschullehrer mit einem mikrigen Gehalt.

Gerade als ob Barbara die Gedanken der Mutter erraten hätte, sagt sie: »Die Liebe fragt nicht, Mutter, was ein Mensch ist, sondern wie er ist.«

»Ich weiß nicht, wie das werden soll. Es wird nur gut sein, wenn es dem Vater lange verborgen bleibt. Und jetzt geh schlafen. Wenn er uns hier um diese Zeit noch beisammen sieht, wird er sofort etwas wittern. Morgen reden wir dann in aller Ruhe darüber.«

Barbara wirft die Arme um den Hals der Mutter. »Gott sei Dank, dass du wenigstens nicht dagegen bist.«

Sanft schiebt die Karotterin ihre Tochter zurück. »Was würde es helfen? Dem Willen nach bist du mehr seine Tochter als die meine. Du warst schon als Kind so. Was du dir einmal in den Kopf gesetzt hattest, hast du immer durchgesetzt. Gute Nacht, Kind.«

»Gute Nacht, Mutter!«

Barbara geht in ihre Kammer. Und während sie langsam Stufe für Stufe hinaufsteigt, denkt sie daran, dass sie vor Stunden genauso langsam Stufe für Stufe heruntergegangen war, weil sie sich nicht zur Eile hat zwingen lassen wollen, obwohl ihr Herz in rasender Ungeduld geschlagen hatte, in der Erwartung darauf, was dieser Abend ihr zu geben haben würde.

Nun weiß sie es und sie wundert sich ein wenig, dass alles so abgelaufen ist, wie sie es gedacht hat. Sie hat Reinhold wieder gesehen, hat mit ihm getanzt – dies allerdings hatte sie anders berechnet gehabt, nämlich, dass er sie zum Tanz hole –, dann hat er sie heimbegleitet. Dann hat sich allerdings das Programm ein wenig geändert, denn mit einem Kuss hat sie nicht – noch – nicht gerechnet. Und auch damit nicht, dass ein Kuss auf solch tiefe Weise beglücken könnte. Es war so gewesen, als sei ein Stern mitten in ihr Herz gefallen.

Nun ist es also so weit, dass sie erfasst worden ist wie von einem Sturm, so wie sie sich's immer in ihren heimlichen Träumen vorgestellt hat. Und immerzu klingen seine Worte in der Erinnerung nach: »Es wird genau das werden, was wir aus dieser Liebe machen …«

Sie steht am Fenster, hat ihr erhitztes Gesicht an die Scheibe gelegt und horcht auf den Wind. Anton fällt ihr wieder ein und sie denkt, dass er von ihr weg wieder ins Wirtshaus gegangen sein wird um seinen Zorn mit Wein hinunterzuspülen. Sie wundert sich, in welch weite Ferne dieser Mann auf einmal gerückt ist, und begreift es nicht ganz, wie es dahin hat kommen können, dass sie ihn geohrfeigt hat. Keinen Augenblick denkt sie daran, dass sie anders hätte handeln sollen. Es ist doch besser, er weiß nun die Wahrheit und seine Drohung ist wohl nicht ganz ernst zu nehmen. Er war angetrunken und Betrunkene beschwören oft etwas um es danach wieder zu vergessen. Auch Anton Riederer wird vergessen und mit der Zeit einsehen, dass man mit Gewalt nichts erzwingen kann.

Unwillkürlich geht dabei ihr Blick zu den Salmenhöhen hinauf. Da oben ist alles dunkel. Nur in der Zollstation brennt Licht, jenes grelle Licht, das jede Nacht leuchtet, als habe man vergessen es abzuschalten.

Es kommt, wie es kommen muss. Mit einer Gewalt sondergleichen fällt die Liebe über die beiden Menschen her. Manchmal steht Reinhold wie verwirrt vor den Schulkindern und schaut durch die verstaubten Fenster zum Karotterhof hinauf.

Manchmal ist das Verlangen, Barbara nur für ein paar Minuten zu sehen, so stark, dass er sich nur mühsam beherrschen kann, nicht einfach hinaufzulaufen, ganz gleich, was daraus entstehen mag. Wer hindert ihn denn daran? Hat er etwa Angst vor dem Karotter? Nein, das ist es weniger. Es ist vielmehr der Zauber des Geheimnisses, um das nur sie beide wissen.

Aber kann es denn ewig ein Geheimnis bleiben? Woher denn immer die Kraft nehmen so zu tun, als seien sie sich fremd, weil niemand wissen darf, wie rettungslos einer an den anderen verloren ist. Heimlich geht er zu ihr, wenn es dunkel wird. Sie lässt ihm die Stalltür offen und nichts ist dann um sie als die warme Dunkelheit des Stalles, das Wiederkäuen der Rinder oder der harte Hufschlag eines Pferdes an die Planke, der sie aufschrecken lässt.

Dann werden aber die Tage immer länger. Der Frühling will kommen, zaghaft schlagen die Büsche am Ufer der Latschurn aus, und als in der Karwoche für ein paar Tage die Glocken schweigen, blühen auf dem sonnseitigen Hang des Karotterhofes bereits die ersten Mirabellenbäumchen.

Zwischen Weihnachten und diesem Osterfest ist aber auch die Liebe der beiden zur vollen Blüte gereift. Was aus der stillen Geborgenheit so kraftvoll ans Licht drängt, kann nicht länger Geheimnis bleiben. Barbara kann sich einfach nicht mehr beherrschen, sie findet immer irgendetwas um am Abend noch zum Krämer oder zum Wirt zu gehen. Reinhold sieht sie dann den Hang herunterkommen und verlässt das Schulhaus. Sie stehen dann zusammen am Ufer der Latschurn oder auf der Brücke und es werden immer mehr Leute, die das sehen und anfangen darüber nachzudenken. Zuerst munkelt man, dann spricht man ganz offen davon. Die Waxin, die immer noch die Lehrerwohnung sauber macht, tut auch das ihre dazu und weiß zu berichten, dass der Lehrer auf seinem Nachttischchen das Bild der

Barbara in einem silbernen Rahmen aufgestellt habe. Überhaupt sei der Lehrer ein ganz anderer Mensch geworden. Die Waxin weiß zu erzählen, dass er oft stundenlang vor sich hin singe oder pfeife, dass sein Gemüt viel fröhlicher sei und dass so eine tief greifende Wandlung eines Menschen nur die Liebe bewirken könne.

Die Karotterin erlebt dies alles mit leiser Angst, denn sie weiß, dass einer diesen Zauber mit brutaler Gewalt zerschlagen wird, wenn er es erfährt.

Aber merkwürdig, der Karotter scheint immer noch nichts zu ahnen. Ihm fällt nicht auf, dass Barbaras Augen viel heller leuchten, dass um ihren Mund ein wundersames Lächeln ist und ihr ganzes Wesen das helle Licht ihrer Seele ausstrahlt. Nein, er hat andere Sorgen um diese Zeit.

Da ist zunächst die Lattnerin, die ihm immer öfter in den Weg läuft, immer zudringlicher wird und nun schon ein paar Mal mit dem Gericht gedroht hat, wenn ihr Mann nicht bald wieder heimkomme. Eine Zeit lang hat der Karotter selbst Zweifel gehabt, ob der Lattner noch lebt oder ob sie ihn um die Ecke gebracht haben. Er ist dann in die Stadt gefahren und hat sich Gewissheit verschafft. Der Lattner lebt also noch und wird in einigen Wochen zurückkommen, geheilt, so Gott es will.

Dann war dieser Wirrwarr mit dem alten Saufbruder Ferdinand Schellbach. Der Lehrer Tischner hat ihn kurz nach Weihnachten betrunken, eingeschneit und halb erfroren am Ufer der Latschurn gefunden. Der Karotter hat sich der Ansicht des Lehrers nicht verschließen können, der alle Hebel in Bewegung gesetzt hat, dass man seinen unglücklichen Vorgänger in einem Altersheim unterbringt, in dem er keinen Schnaps mehr haben und den Rest seines Lebens in Ruhe und Ordnung verbringen kann. Aber bis es so weit war, hat es für den Bürgermeister viel Scherereien gegeben. Immerhin hat dann die Gemeinde Tschamm ihrem »Ferdl« beim »Sternwirt« einen Abschied bereitet, der den Alten zu Tränen gerührt hat. Bei dieser Abschiedsfeier hätte der Karotter zum ersten Mal etwas merken müssen. Reinhold und Barbara saßen fast den ganzen Abend zusammen, jeder konnte sie sehen, zwei Liebende mit leuchtenden Augen, die unter dem Tisch einander an den Händen hielten, bis Reinhold Tischner auf die Bühne ging und von dort aus eine Abschiedsrede auf Ferdinand Schellbach hielt, wie in Tschamm noch keine gehalten worden war.

Die Tschammer sind davon hingerissen und selbst der Karotter muss zugegen: »Reden kann er wie ein Advokat.«

Dann geht er auf seine Tochter Barbara zu und sagt: »Du gehst jetzt heim mit mir.«

Widerspruchslos folgt ihm Barbara. Sie wirft Reinhold, der sich gerade eingehend mit dem alten Schellbach unterhält, nur noch einen kurzen Blick zu, dann geht sie mit dem Vater aus dem Saal.

Auf der Bachbrücke bleibt der Karotter stehen.

»Was ich eigentlich schon ein paar Mal fragen wollte, Barbara. Warum sieht man den jungen Riederer nicht mehr bei uns?«

Barbara erschrickt zuerst ein wenig. Aber dann hat sie sich gefasst.

»Vielleicht hat er was Besseres gefunden?«

»Was Besseres?« Der Karotter lacht trocken vor sich hin und fällt dann wieder in seine alte Überheblichkeit zurück. »Als ob es in Tschamm und weit darüber hinaus was Besseres gäbe als dich.«

»Das darfst du nicht sagen, Vater.«

»Das sag ich schon, weil ich weiß, was meine Tochter wert ist. Ich treff ihn auch nicht mehr, dass ich ihn fragen könnte. Gar so einfach braucht er sich das auch grad nicht vorzustellen. Ich hab seinem Vater zugesagt und ich könnte mir nicht denken, dass er sein Wort nicht hält.«

Barbara hat den Atem angehalten. Ihr Herz schlägt ganz schnell und aufgeregt. Soll sie ihm nicht die Wahrheit sagen? Aber sie weicht nochmals aus.

»Du wirst ihn doch nicht zwingen es zu halten, Vater?«

Der Karotter schaut sie kurz an. Dann greift er nach seinem Ohrläppchen. »Zwingen nicht. Aber ich werde ihm die Meinung richtig sagen. Dann werde ich Ausschau halten nach einem andern, der es besser zu schätzen weiß, was eine Tochter vom Karotterhof wert ist.«

Das weiß ein anderer längst, möchte Barbara am liebsten sagen, aber sie kommt gar nicht dazu, denn der Vater sagt im Weitergehen:

»Der junge Burgmaier von Epps wäre auch keine schlechte Partie. Kennst ihn nicht? Lorenz heißt er. Der Alte ist im letzten Jahr gestorben und der Lorenz ist schon fast der Herr auf dem schönen Anwesen. Eine Bäckerei ist auch dabei und du würdest es dort vielleicht leichter haben als auf der Salm oben. Für die Bauernarbeit, meine ich, haben sie dich in der Schule sowieso ein wenig verdorben.«

»Ach, sag das nicht, Vater. Wenn ich einen Mann gern habe, kann ich für ihn arbeiten, bis mir die Finger wund werden. Bloß gern muss ich ihn haben.«

Wieder bleibt der Karotter stehen und schaut sie diesmal aufmerksam an.

»Aber den Riederer-Anton hast du doch immer recht gut leiden können?«

»Gut leiden, ja. Aber das allein reicht nicht, Vater. Ich bin da auch erst später draufgekommen.«

»Ach so, jetzt versteh ich dich. Du hast es ihm wahrscheinlich gesagt, drum kommt er nicht mehr. Na ja, zwingen will ich dich nicht. Probieren wir es halt beim Burgmaier in Epps. Im Übrigen, es pressiert auch noch gar nicht so arg. Die Mutter braucht dich notwendig im Haushalt, wenigstens noch ein paar Jahre, bis die Andrea so weit ist.«

Später begreift Barbara nicht, weshalb sie dem Vater in dieser Nacht nicht gleich die volle Wahrheit gesagt hat. Sie hat mit ihrem Verschweigen nur etwas aufgeschoben, aber nicht aufgehoben, was doch kommen musste.

Es dauert nur acht Tage, dann kommt es heran, unerbittlich wie das Schicksal selber. Es verändert Barbaras Leben mit einem Schlag. Nicht aber ihre Liebe zu Reinhold Tischner.

Ein Frühlingssonntag von einer Pracht und Schönheit, wie man sie nur selten erlebt, liegt über dem Bergland von Tschamm. Die Bäume blühen in den Obstgärten und auf den Wiesen blüht der Löwenzahn. Die Latschurn geht ziemlich hoch und die Zweige der Trauerweiden am Ufer schaukeln sanft in den Wellen.

Der Karotter ist schon frühzeitig mit seinem Wagen weggefahren. Niemand kann sagen, wohin. Nur die Karotterin weiß es. Aber niemand hätte sie deshalb fragen dürfen, denn offiziell durfte auch sie von dieser Fahrt nichts wissen. Sie hätte höchstens zu einer kleinen Lüge greifen müssen und sagen, dass er vielleicht zum Vieheinkauf gefahren sei, obwohl der große Viehmarkt in Epps erst morgen stattfindet.

Es fragt aber auch niemand. Der Bauer ist öfters nicht da, die Dienstboten erhalten von Magdalena Karotter ihren Wochenlohn und werden ums Dreiviertelläuten ermahnt, dass es an der Zeit sei, zur Kirche zu gehen. Alles geht seinen Gang wie sonst. Außer, dass Barbara sich heute mehr Freiheit herausnimmt und der Mutter die Einwilligung abringt, gleich nach dem Hochamt mit Reinhold Tischner ins Mauergebirge gehen zu dürfen.

Die erste Regung auf diese Bitte ist bei der Mutter der Wille, Nein zu sagen. Da die Bitte aber ganz frei und offen gestellt ist, fällt es der Karotterin schwer sie abzuschlagen. Mit einem tiefen Seufzer schaut sie die Tochter an.

»Barbara, wie soll das bloß noch enden?«

»Gar nicht, Mutter. Es wäre mein größtes Unglück, wenn es enden würde.«

»Du kennst den Vater nicht, du weißt nicht, wie er sein kann. Dass er noch nichts davon weiß, wundert mich.«

»Offen gestanden mich auch, Mutter. Ich habe immer

darauf gewartet, dass der Anton sich hinter ihn steckt. Aber lass mich nur gehn, Mutter. Vom heutigen Tag hängt vielleicht mein ganzes zukünftiges Leben ab.«

»Das zukünftige Leben hängt oft nur von ein paar Minuten ab, meine liebe Barbara. Aber geh nur, ich weiß, dass ich dich nicht halten kann.«

Nach der Messe betritt Barbara zum ersten Mal die Lehrerwohnung im alten Schulhaus. Vor ein paar Tagen hatten die Tschammer begonnen in Gemeinschaftsarbeit nebenan den Grund für das neue Schulhaus auszuheben. Vom Fenster aus kann man hinübersehen auf den riesigen Aushub. Daneben liegen hohe Bretterstapel für das Einschalen der Betonwände.

»Ich möchte noch einmal klein sein«, sagt Barbara ohne sich umzudrehen. »Noch einmal klein und dort drüben dann zur Schule gehen.«

Reinhold hat sich schon fertig gemacht. Er trägt eine helle Flanellhose und ein Hemd, so weiß wie draußen die Kirschblüten am alten Baum. Seine Hände umfassen ihre Schultern.

»Mir ist es tausendmal lieber, dass du schon so groß bist«, meint er. »Es gibt auch da noch eine Menge, was du lernen musst.«

»Zum Beispiel?«

»Dass du mich nicht so endlos lange warten lassen darfst mit einem Kuss.«

»Ach, du …«

Sie küsst ihn und es ist wie immer in solchen Sekunden, dass sie beide meinen, der Himmel habe sich ihnen aufgetan, so viel Leuchten ist um sie.

Dann gehen sie los und wissen nicht, dass dieser schöne Frühlingstag auch für andere angebrochen ist. Und weil es eben ein Sonntag ist, sind mancherlei Leute unterwegs oder sitzen feiernd auf ihren Hausbänken und können mit inniger Genugtuung feststellen, dass die Bürgermeisterstochter mit dem Lehrer unterwegs ist, in einem duftigen Dirndlkleid und mit einem frohen Lächeln um den Mund, sodass kein Zweifel mehr aufkommen kann an ihrer gegenseitigen Liebe.

Die beiden jungen Menschen aber können kaum fassen, dass ihnen ein Tag solch herrlichen Alleinseins geschenkt ist. Wie ein großes Licht leuchtet ihnen die Sonne. Und immer weiter bleibt das Dorf zurück, kein Mensch begegnet ihnen. Sie sind allein auf der Welt und sie sind von der wundervollen Glückseligkeit dieses Alleinseins so tief durchdrungen, dass sie meinen, das Himmelslicht leuchte nur ganz für sie allein und alle andern Menschen lebten im Schatten. Wie Kinder halten sie sich an den Händen, ein leiser Wind weht um ihre Köpfe und immer einsamer wird die Landschaft.

Rechts liegen die Salmenhöfe. Es ist keine Absicht dabei, dass sie einen so großen Bogen um die Salmenhöfe machen. Barbara empfängt vom Glück dieses kaum begonnenen Tages zu zweien so viel innere Kraft, dass sie jetzt ohne weiteres Anton hätte begegnen können, ohne Verlegenheit zu spüren.

»Was denkst du jetzt?«, fragt Reinhold auf einmal.

Barbaras Augen kehren von den Salmenhügeln zurück. »Du wirst es kaum glauben, wenn ich es dir sage.«

Fester ergreift seine Hand die ihre. »Ich hab dir von der ersten Stunde an alles geglaubt, Barbara, weil ich weiß, dass du mich nicht anlügen wirst.«

»Kann ich auch nicht. Also, pass auf – ich habe mir gedacht, wie es wäre, wenn wir jetzt den Anton träfen.«

»Mal nur den Teufel nicht an die Wand, Barbara.«

Sie schüttelt lachend den Kopf. »Der hat sich längst abgefunden, sonst hätte er uns nicht die ganze Zeit in Ruhe gelassen.« Sie tritt nahe an Reinhold heran und legt ihren Zeigefinger auf seine Nasenspitze. »Ich glaube, er hat Respekt vor dir. Dein Schlag damals muss gewirkt haben. Aber wirklich, Reinhold, ich habe keine Angst vor ihm, und wenn er uns jetzt begegnen würde …«

»Lieber nicht, Barbara.«

»Eifersüchtig?«, fragt sie und berührt mit ihren Lippen seine Wange.

Reinhold schaut mit schmalen Augen nach der Fortsetzung des Weges. Der Wald ist greifbar nahe, sein Schatten streckt sich schon weit über die Wiese, auf der nur mehr kümmerliches Berggras wächst mit kleinen Schlüsselblumen.

»Dazu habe ich keinen Anlass«, sagt er nach einer Weile. »Was vor mir war, darf mich nicht stören. Obwohl die Vorstellung, dass ...«

»Du sollst dir gar nichts vorstellen«, unterbricht sie ihn. »Weil es dafür keinen Grund gibt. Ich weiß doch jetzt erst, was Liebe ist. Du bist der Erste in meinem Leben und nach dir wird nie mehr einer kommen.«

»Ach, du Kind, du«, lacht er sie aus. »Wie soll denn nach mir noch einer kommen, wenn ich die feste Absicht habe, dich nie mehr herzugeben?«

»Du bringst mich auch nicht mehr los. Aber komm jetzt.«

Barbara setzt ihre Schritte jetzt etwas weiter. Sie will in den Schatten der Bäume kommen. Rasten will sie und ihn endlich küssen. Sie zieht ihn förmlich mit sich, lässt sich dann in das weiche Moos fallen und zieht seinen Kopf zu sich nieder.

»Ach, Reinhold, wie schön ist doch die Welt auf einmal für mich. Ich hab das noch nie so empfunden. Blume war für mich einfach Blume, Baum war Baum und die Sonne am Himmel war einfach nur da um die Erde zu wärmen. Und jetzt ist mir alles eine leuchtende Einheit. Sag, wird es einmal schön werden mit uns beiden?«

Beglückt schaut er in ihr glühendes Gesicht, er sieht die kleine Ader an ihrem Hals pochen, die feine Buchtung an ihren Schläfen, das Leuchten in ihren Augen. Und er küsst ihren Mund, immer und immer wieder. Die Welt scheint den Atem anzuhalten vor so viel Glück.

Barbara fühlt sich befreit von allem Belastenden des Tages. Versunken sind alle kleinen Ängste und das Bewusstsein, dass dieser Mann ihr ganz allein gehört, schenkt ihr so viel Zuversicht und gaukelt ihr vor, dass zu so einer Liebe nicht nur der liebe Gott Ja sagen wird, sondern auch der Bürgermeister Karotter, ihr strenger Vater.

Sie richtet sich plötzlich auf, schlingt die Arme um die hoch gezogenen Knie und sieht den Mann neben sich an.

»Ich habe das Gefühl, Reinhold, dass der Vater gar nicht Nein sagen kann, wenn er weiß, wie sehr wir uns lieben.«

Gutmütig nickt er in ihre Augen hinein. »Wie schön du bist, wenn du träumst. Aber du hast Recht, Barbara. Schließen wir die Augen und träumen wir von dem, was schön wäre und doch nicht sein wird.«

»Du meinst, dass mein Vater ...«

»Ich gebe mich keinen Illusionen hin, Barbara. Aber was auch kommen mag, ich halte zu dir. Lange wird es sowieso nicht mehr dauern, dann bricht das Gewitter los. Heute haben uns zu viele Leute gesehen und sie reden über uns, das weiß ich.«

Barbara schmiegt sich eng an ihn. »Du machst mir Angst, Reinhold.«

»Angst sollst du keine mehr haben, Mädel. Ich habe alle Ängste um dich und um mich schon durchlebt und hinter mich gebracht. Umbringen kann er uns nicht, bloß weil wir uns lieben. Also werden wir leben. Mehr wollen wir nicht als leben, uns lieben und glücklich sein. Jetzt aber lass uns wirklich träumen, Barbara. Dieser Tag gehört uns und den kann uns niemand mehr nehmen.«

Sie lehnen nebeneinander am Stamm einer uralten Fichte und betrachten den wild wuchernden Weißdorn, wie er schüchtern seine ersten kleinen Blüten austreibt und duftet, bevor er vollends zur Blüte kommt. Hinter den Weißdornbüschen ziehen sich sonnenüberflutete Wiesen bis nach Tschamm hinunter, über die trunken vor Lebensfreude schillernde Schmetterlinge dahintaumeln.

Schwalben flitzen durch die Luft und von irgendwoher hört man das Plätschern der Latschurn. Von ganz fern sind einmal Menschenstimmen zu vernehmen, dann verstummen sie wieder. Nach einer Weile läuten die Klosterglocken von Epps.

Da die beiden träumen, gehen alle Geräusche dieser Stunde ungehört an ihnen vorbei und sie hören nichts als ihre Herzen, die in einem wundersamen Rhythmus klopfen. Und vielleicht hätten sie noch viele Stunden so dahingeträumt, wenn Barbara nicht plötzlich nach Reinholds Arm gefasst hätte. Reinhold freilich versteht diese sprunghafte Veränderung nicht und sieht nicht, was sie ihm zeigen will. Erst als sie zitternd die Hand ausstreckt, schaut auch er in die Richtung und kann sich gerade in letzter Sekunde noch ducken. Klirrend schlägt ein Stein gegen den Fichtenstamm und rollt dann harmlos in Barbaras Schoß.

Zwischen zwei Tannenbüschen steht klein und geduckt der Wasserkopf von der Salm mit einer Steinschleuder. Wie ein Waldschrat sieht er aus mit seinen langen, zerzausten Haaren. Kopf und Hals sind bei ihm eins und es sieht so aus, als sei dieser Risenkopf mit seinen kindlichen Zügen einfach auf die Schultern geklebt. Die Augen sind müde und traurig wie bei einem alten Hund, der sein Ende kommen fühlt. Aber vielleicht sind sie nur deshalb so traurig, weil er mit der Schleuder sein Ziel verfehlt hat.

Zum zweiten Mal legt er einen Stein in die Schleuder und spannt sie. Da steht Reinhold schnell auf.

Mit unheimlicher Sicherheit beherrscht der Wasserkopf die primitive Waffe. Haarscharf zischt der spitze Stein an Reinholds Gesicht vorbei und raschelt in die Weißdornbüsche.

»Verdammter Kerl«, schreit Reinhold ihn an und geht auf ihn zu. Das Gesicht des Wasserkopfs verzerrt sich. In seinen Augen lodert wilde Freude. Er lässt den Stein aus der einen Hand fallen, aber er hebt die Schleuder zur Abwehr. Es ist eine gefährliche Waffe in der Hand eines Schwachsinnigen, eine Stahlgabel mit zwei auseinander stehenden, spitzen Zinken. In der Mitte baumelt das Gummiband, das die Steine geschleudert hat. Er zückt die Gabel zum drohenden Stoß. Reinhold überlegt gerade, wie er den Stoß unterlaufen und den Burschen unschädlich machen könnte. Da steht Barbara dazwischen.

»Simon«, spricht sie ihn freundlich an und legt ihre Hand auf seinen erhobenen Arm. »Mach doch keine Dummheiten, Simon.«

Sofort gibt er seine feindselige Haltung auf und lächelt auf einfältige Weise.

»Simon ist nämlich ein ganz braver Bursche«, wendet sich Barbara an Reinhold. »Nicht wahr, Simon? Wie kommst du denn bloß auf so dumme Sachen und warum bist du mit diesem Werkzeug unterwegs?«

Aus treuen Hundeaugen sieht Simon Schuller sie an. Dann deutet er auf Reinhold. »Weil der dort ein Teufel ist, den man umbringen muss.«

Betroffen weicht Reinhold einen Schritt zurück. Barbara aber streichelt dem von einem Wahn Befallenen über das wirre Haar.

»Du träumst, Simon. Das ist alles nicht wahr. Das hat dir nur jemand eingeredet und ich weiß auch, wer.«

Da streckt sich der Schwachsinnige. Es ist, als falle etwas von ihm ab, sein Gesicht schält sich wie aus einer starren Umhüllung, es wird kindlich und weich wie seine Stimme. Der Wahn fällt von ihm ab. Er versteckt die Schleuder in seiner Jacke.

»Du weißt aber auch alles«, sagt er mit hoher Fistelstimme. »Wer bist du denn?«

»Ich bin die Barbara – du weißt doch, Simon, die es mit dir immer gut gemeint hat. Viel besser als der Riederer-Anton.«

Die linke Schulter des Simon hebt sich, er sieht jetzt aus wie der Nussknacker aus dem Märchen. Dann zieht er grinsend ein paar Geldstücke aus seiner Hosentasche. Es sind fünf Mark. Und für diese lausigen fünf Mark hätte er dem Lehrer einen Denkzettel geben sollen. Ja, Anton hatte ihn auf die Spur gesetzt vor einer Stunde. Mit dieser Steinschleuder, stammelt er, habe er schon einmal einen Fuchs getötet. Recht viel mehr sei der Lehrer schließlich auch nicht. Seine Fistelstimme überschlägt sich plötzlich und er beginnt schrill zu singen:

»Fuchs, du hast die Gans gestohlen ...«

Gleich darauf versichert er aber mit beschwörenden Gesten, dass er mit der »Gans« gewiss nicht die Barbara meine, und stellt dann an Reinhold die Forderung, wenn er ihm auch fünf Mark oder etwas darüber gäbe, ginge er jetzt hin und würde dem Riederer-Anton einen spitzen Stein mitten in die Stirn schleudern.

Reinhold und Barbara sehen sich betroffen an. Dann nimmt Barbara mit einem raschen Griff die Schleuder aus der Jacke des Wasserkopfes und wirft sie in weitem Bogen in die Büsche.

»Geh heim jetzt, Simon, und lass es sein, Steine auf Menschen zu schleudern. Ich müsste es sonst deinem Vater sagen.«

Diese Drohung hat eine ungeheuere Wirkung. Das Gesicht des Schwachsinnigen ist schreiende Angst. Tränen rinnen ihm über die Wangen und in wimmernden Klagetönen bittet er Barbara nichts seinem Vater zu sagen, der ihn sonst wieder mit dem Riemen halb tot schlage. Ja, er bietet ihr sogar die fünf Mark an, wenn sie schweige.

»Lass nur gut sein«, tröstet ihn Barbara und fasst dann nach Reinholds Hand. »Komm, Reinhold, lass uns gehn.«

Mit verstörten Augen schaut Simon ihnen nach, dann sucht er seine Schleuder und lässt eine Stunde später die bittersten Vorwürfe über sich ergehen, weil er zu gar nichts zu gebrauchen sei.

»Du bist wirklich ein Depp«, schreit ihn der Riederer-Anton an, der ihn unweit der Salmenhöfe erwartet. »Dich kann man zu überhaupt nichts gebrauchen. Gib mir meine fünf Mark wieder.«

Geduldig lässt sich Simon einen Deppen, ein Rindvieh und einen blöden Hund nennen. Als er aber die fünf Mark wieder herausgeben soll, glitzert es in seinen Augen gefährlich auf.

Da lässt Anton es sein und dreht sich schweigend um. Es ist ein armseliger Rückzug und es sieht ganz anders aus als das lachende Bergwärtsstürmen der beiden Liebenden, Reinhold und Barbara, die nun den Wald hinter sich gebracht haben. Großartig liegt das Mauergebirge in seiner ganzen Wildheit vor ihnen. In einer abgelegenen Bergwirtschaft rasten sie um die Mittagsstunde und essen dort goldgelben Schmarren. Sie wissen es kaum, dass sie bereits jenseits der Grenze sind. Ihre Welt kennt keine Grenzen und Wege. Die Kalksteinfelsen leuchten in der Sonne und der Almboden, auf dem sie lagern, ist warm und mag schon vielen nach anstrengendem Wandern als Raststätte gedient haben. Barbara ist müde. Auch Reinhold ist ermüdet und schaut schläfrig auf ihr Gesicht nieder, das von der Sonne dieses Tages eine leichte Bräune bekommen hat. Wie dunkle Sicheln liegen die langen Wimpern über den geschlossenen Augen. Der Mund steht halb offen wie bei einem Kind, das staunend über ein Märchen eingeschlafen ist.

Dann legt auch er sich nieder und schließt die Augen. Der Wind, der über den Almboden weht, ist warm und einschläfernd. Nur ihre Hand fasst Reinhold, damit er merke, wenn sie aufwacht.

Sie rechnen nicht nach, ob eine Stunde oder zwei vergangen sind, als sie dann beide zugleich aufwachen. Immerhin ist die Sonne inzwischen schon weiter nach Westen gewandert und färbt den Himmel dort in einem zitternden Gelb.

Im Abendrot wandern sie talwärts. Als Barbara das Dorf liegen sieht und seine Laute vernimmt, bleibt sie stehen und schaut Reinhold tief in die Augen.

»Was ist es nur, Reinhold. Tschamm war doch früher nie so schön. Ach, Reinhold, was hat das arme Nest nur so verändert?«

»Die Liebe«, lächelt Reinhold. »Die Liebe lässt uns alles mit anderen Augen sehen.«

»Wie Recht du hast, Reinhold.« Barbara lässt den Kopf sinken und wird nachdenklich. »Ich möchte am liebsten bei dir bleiben. Seit heute weiß ich, dass uns nichts mehr trennen darf. Es wäre furchtbar.«

»Was soll uns denn noch trennen, Barbara? Ja, ja, du hast Recht. Wir müssen nun Ernst machen. Ich werde morgen Abend zu deinem Vater gehen und ihm alles offen sagen.«

»Ja, dann sag ihm aber auch, dass du ohne mich nicht mehr leben kannst, so wenig wie ich ohne dich. Das wird ihn sicher beeindrucken.«

Reinhold ist davon zwar nicht überzeugt, aber er will ihr das Herz nicht schwer machen und meint: »Er wird kein Herz aus Stein haben, es wird alles gut werden, Barbara.«

Das Abendrot ist auf einmal purpurn geworden, nur auf den höchsten Spitzen des Mauergebirges flammt es noch für eine kleine Weile. Aus der Tiefe aber schiebt sich schon mit dem kühlen Atem der Nacht die Dämmerung herauf. Fledermäuse schwirren auf und mit tiefem Hall läuten die Glocken von Epps den Abendsegen.

Am nächsten Tag findet in Epps der herkömmliche Viehmarkt statt, verbunden mit einem Wochenmarkt.

Früh schon bricht der Karotter auf, obwohl er erst spät in der Nacht heimgekommen ist. Aus allen umliegenden Dörfern kommen die Bauern nach Epps und es zeigt sich, dass man den Karotter überall kennt. Seine wuchtige Gestalt fällt auf. Und überall, wo eine Gruppe Bauern beisammensteht, ist bald auch der Karotter darunter. Sein Wort gilt allen etwas, sein Urteil ist treffsicher und sein Spott von beißender Schärfe.

»Was soll denn der Kleiderständer dort kosten?«, fragt

er einen Händler, der eine zaundürre Kuh zum Verkauf anbietet. Oder einen anderen: »Was? Zwei Kälber soll der Krampen erst haben? Lass dich nicht auslachen! Die hat mindestens schon fünf Kälber.«

Gefällt ihm aber ein Stück, so steht er eine kurze Weile mit schief gehaltenem Kopf davor, greift sich ans Ohrläppchen und nickt anerkennend. Er hat nicht die Absicht, etwa das Stück zu kaufen, aber andere Interessenten sehen sein anerkennendes Kopfnicken und greifen zu.

Erst als er schon fast am Ende der langen Reihe der Vierbeiner ankommt, gibt es ihm einen Riss. Steht da ein Stir, so vollendet in seinem Wuchs, wie der Karotter noch selten einen gesehen hat. Wegen eines Stieres ist er eigentlich hergekommen, bloß hat er nicht erwartet hier fündig zu werden. Und nun diese Überraschung.

Welch ein Koloss. Wahrhaftig, wie ein König steht dieser Preisstier mit stampfenden Vorderfüßen und gesenkten Hörnern am Ende der stattlichen Reihe, als sei er sich nicht nur seiner Würde, sondern auch der hohen Summe bewusst, die man für ihn bieten wird.

Vor diesem Prachtstück also steht der Bürgermeister von Tschamm und greift sich ans Ohrläppchen.

»Donnerwetter«, sagt er anerkennend und das Lob aus seinem Mund will etwas heißen. Die Umstehenden horchen ein wenig neidvoll hin, weil keiner unter ihnen ist, der dieses Prachtexemplar kaufen könnte, mit Ausnahme einer ganzen Gemeinde vielleicht.

Der Besitzer des Prachtkerls zeigt mit berechtigtem Stolz die Leistungspapiere, die der Karotter verlangt. Mit hoch gezogenen Brauen liest der Bürgermeister von Tschamm:

»Zwei Jahre alt, Güteklasse IA aus dem Zuchtstall Aulinger von Gschwendt.«

Der Karotter hebt flüchtig die Augen. »Bist du der Aulinger?«

Der Angesprochene nickt.

»Und was soll der Stier kosten?«

»Fünfzehn.«

»...hundert?«, fragt einer aus dem Hintergrund. Der Karotter wendet den Kopf nach dem Frager und verzieht die Mundwinkel.

»Bist du von gestern?«, fragt er. »Du wirst den Stier für fünfzehnhundert kriegen, weil du es bist. Allerdings, fünfzehn ist ein bissl hoch gegriffen, Aulinger. Zehntausend biete ich dir.«

Der Aulinger schüttelt den Kopf. »Das ist er mir selber wert. Die Gemeinde Apfelkamm bietet elfeinhalb. Wer ihn haben will, kann ja draufsteigen.«

Der Karotter wendet sich ab, aber als dann eine halbe Stunde später die Versteigerung stattfindet, ist er doch wieder am Platz.

»Elftausendfünfhundert«, bietet der Gemeindesekretär von Apfelkamm.

»Elftausendsechshundert«, sagt der Karotter ruhig.

Sie steigern sich gegenseitig hinauf bis fünfzehntausend. Mehr Vollmachten hat der Gemeindesekretär von Apfelkamm nicht mitbekommen, obwohl ihm seine Berater zureden, er möchte noch um ein paar Hunderter hinaufgehen. Da sagt der Karotter mit einer Stimme, in der schon Trotz und Zorn mitklingen:

»Sechzehntausend.«

Die Apfelkammer Abordnung schweigt. Ein König hat königlich geboten und wird, dem Trotz in seiner Stimme nach, noch weiterbieten. Es ist kein Zweifel mehr, dieses Prachtexemplar von einem Zuchtbullen wird an seinem stählernen Nasenring nach Tschamm geführt werden. Niemand bietet mehr und der Karotter greift an seine Jackentasche, ob er das Scheckheft dabeihabe. Da ruft eine Stimme im Hintergrund:

»Sechzehntausendzweihundert!«

Wie im Schreck greift sich der Karotter ans Ohrläppchen, bevor er den Kopf wendet. In seinen Zügen spiegeln sich Verblüffung und Zorn. Breitbeinig und herausfordernd steht der Riederer vom Salmenhof da, nimmt seine Zigarre aus dem Mund und begegnet mit Hohn in den Augen dem zornigen Blick des Bürgermeisters.

»Sechzehntausendfünfhundert«, bietet der Karotter und fast im gleichen Augenblick knurrt es hinter ihm:

»Sechzehntausendsechshundert.«

Und diese knurrende Stimme schweigt erst, als sie bei siebzehntausend angekommen ist. Siebzehntausendzweihundert bietet der Karotter noch, fest entschlossen nun aufzuhören und den Riederer aufsitzen zu lassen. Der Riederer aber lässt ihn aufsitzen und der Stier wird dem Bürgermeister von Tschamm zugeschlagen. Er zuckt mit keiner Wimper und lässt sich seinen Zorn nicht anmerken. Aber der Viehmarkt interessiert ihn jetzt nicht mehr. Breitbeinig stapft er ins »Klosterstüberl« hinüber und misst im Vorbeigehen aufmerksam das schöne Anwesen der Bäckerei Burgmaier. Der Laden ist umgebaut und hat schöne, breite Schaufenster. Die Wirtschaftsgebäude sind auch sauber in Schuss, der gepflasterte Hof ist ausgekehrt und über dem Dachfirst kreisen friedlich drei schneeweiße Tauben.

Vielleicht geht er nachher in den Laden und kauft Torte für seine Frau. Dann könnte er ja so ganz nebenbei einmal das Gespräch auf seine Barbara bringen, denn mit dem Riederer-Anton von den Salmenhöfen muss es zu Ende sein, nachdem der Alte ihn heute um eine Stange Geld gebracht hat. Jawohl, nur der Riederer allein ist schuld, dass der Stier so hoch hinaufgetrieben worden ist. Der Karotter weiß nicht recht, was da dahinter steckt. Siebzehntausend Mark sind auch für ihn kein Pappenstiel, geschweige erst für den Riederer. War er vielleicht vom Aulinger abgeschmiert worden mit ein paar hundert Mark, dass er so hoch hinauftreiben soll?

Das »Klosterstüberl« ist gesteckt voll. Das Bier aus der Eppser Klosterbrauerei ist weit und breit bekannt, ebenso die Küche des Lokals. Aber dem Karotter ist der Appetit auf seinen üblichen Rostbraten nach Zigeunerart vergangen und er bestellt sich nur ein Stück Schweizer Käse. An seinem Tisch sitzen ein paar Bauern aus Dietenhausen, die er zwar nicht kennt, aber sie kennen ihn und behandeln ihn mit aller Hochachtung, die man einem Mann schuldet, von dem die Rede geht, dass er der ungekrönte König von Tschamm sei. Da sagt hinter ihm eine Stimme, in der unverkennbarer Hohn klingt:

»Langt es jetzt bloß zu einem Schweizer Käs, Karotter?«

Der Karotter zieht die Brauen zusammen. Dann wendet er langsam den Kopf zurück und sieht in die spottenden Augen des Riederer. Einen Augenblick zuckt es ihm in den Fingern, blitzschnell hineinzuschlagen in dieses hagere Gesicht. Aber dann beherrscht er sich, hebt mit Würde seinen Krug hoch und trinkt. Spült die Hitze seines Zornes hinunter und fragt:

»Ist dir jetzt wohl, Riederer, weil du mir den Stier so hoch hinaufgetrieben hast? Wie viel Schmiergeld hat dir denn der Aulinger bezahlt?«

»Wenn du es wissen willst, gar nichts. Ich hab gesteigert, weil es mich gefreut hat.«

»Also um mich zu ärgern?«

»Jawohl, um dich zu ärgern!«

»Sooo?« Der Karotter schiebt das letzte Stückchen Käse in den Mund und nickt. »Ist schon gut, Riederer. Das muss ich mir merken.«

»Ja, merk es dir nur recht gut, Karotter.«

Der Karotter sieht ihn lauernd an und fragt sich vergeblich, was in den Mann gefahren sein könne. Sie hatten sich doch immer gut verstanden und seine Barbara sollte doch Riederin von der Salm werden. So war es zwischen ihm und dem Spötter einmal abgesprochen worden.

Hinter vorgehaltener Hand, mit einem gespitzten Zündholz in den Zähnen stochernd, überlegt er, wie er dem anderen endlich eine Antwort hinhauen könnte, die ihn empfindlich träfe.

»Jetzt reut es mich, dass ich dich bei siebzehntausend nicht habe hängen lassen. Dann könntest du mit den Deinen im nächsten Jahr bloß mehr Wassersuppe und Kartoffeln essen.«

Aschfahl wird der Riederer. Das hat gesessen, und zwar ganz empfindlich. »Bürgermeister! Das nimmst du zurück!«

Langsam steht der Karotter auf, zieht seine Weste herunter und misst den anderen mit schmalen Augen.

»Zurücknehmen? Ich, zurücknehmen? Da wirst du alt, Riederer. Was bist denn du schon? Der Riederer von der Salm. Was das schon ist. Mit dem Daumen kann ich dich an die Wand drücken, wenn ich will. Mir scheint, du hast vergessen, dass du mir allerhand schuldig wärst. Unverantwortlich war das, was du dir heute geleistet hast. Einen Stier bis auf siebzehntausend Mark hochsteigern. Wenn du ein richtiger Bauer wärst ...«

»Und wenn du ein richtiger Vater wärst«, unterbricht der Riederer ihn schreiend.

In der Gaststube ist es auf einmal ganz still geworden. Nur von irgendwoher mahnt eine beschwichtigende Stimme: »Riederer, sei doch still ...«

Der Karotter ist hellhörig geworden. Er misst den anderen mit kalten Augen. »Was willst du damit sagen: wenn ich ein richtiger Vater wär?«

»Riederer ...«, mahnt die Stimme aus dem Hintergrund wieder.

Der aber lässt sich jetzt nicht mehr zurückhalten. Groß und hager steht er da, das graue Haar wirr in der Stirn.

»Das kannst du gleich hören«, schreit er. »Wenn du nämlich ein richtiger Vater wärst, dann würdest du es nicht zulassen, dass deine Tochter sich so einem hergelaufenen Lehrer hinwirft.«

Der Karotter zuckt zusammen. Seit er denken kann, ist er noch nie so tief erschrocken wie jetzt. Ihm ist, als habe ihn jemand ins Gesicht geschlagen. Zugleich weiß er auf einmal, dass der Riederer die Wahrheit gesprochen hat. Und das vor allen Leuten. Es ist nur eine hilflose Erwiderung, als er sagt: »Das müsstest du erst beweisen.«

»Kann ich! Und alle wissen es. Bloß du bist blind und duldest das! Ja, das können ruhig alle hören: Mir hat er es einmal versprochen, dass mein Anton seine Tochter heiraten soll. Und jetzt hängt sie sich an so einen hergelaufenen Kerl, von dem man gar nicht einmal weiß, was er auf dem Kerbholz hat, dass man ihn nach Tschamm strafversetzt hat.«

Einer packt den Schreienden jetzt am Arm und zieht ihn auf die Bank nieder. Es ist der Überacker von Tschamm.

»Jetzt halt einmal dein Maul, Riederer.«

Der Karotter aber hat den Kopf tief gesenkt, so betroffen ist er. Ein Geldstück auf den Tisch werfend greift er nach seinem Hut. Bevor er geht, dreht er sich nochmals um. Seine Stimme klingt dunkel und schwer, als ob sie aus einer Gruft käme.

»Wir haben einmal davon gesprochen, von deinem Anton und meiner Barbara. Aber ich habe dir nicht Wort und Handschlag darauf gegeben. Aber selbst wenn ich dir mein Wort dafür verpfändet hätte, jetzt müsste ich es zurückziehen. Was du mir heut angetan hast, Riederer, vergesse ich dir nie. Und die Schande, von der du redest, die werde ich heute noch ausmerzen, vorausgesetzt, dass du nicht gelogen hast. Aber wenn es gelogen ist, dann, Riederer, gnade dir Gott!«

Draußen ist er und er wundert sich, dass die Welt nicht zusammenstürzt über all dem Ungeheuerlichen, das er heute erfahren hat. Und es ist gut, dass es von Epps nach Tschamm doch eine gute Stunde Fußmarsch ist, selbst wenn man die Abkürzung nimmt über den Frauenbuckel, auf dem die dreißig Lärchen stehen, die dem Kloster gehören. So gewinnt er doch etwas Abstand vom ersten Zorn und spielt bereits mit dem Gedanken, wie er es dem Riederer heimzahlen wird, wenn er gelogen hat.

Auf dem Frauenbuckel stehen ein paar rot gestrichene Bänke. Auf eine setzt er sich und überlegt. Herrlich anzusehen stehen die Lärchen mit ihren jungen, hellen Trieben um ihn. Ganz leise harft der Wind in den Zweigen und der Jahrmarkttrubel von Epps ist kaum mehr zu hören.

Natürlich hat der Riederer gelogen. Aus Wut, weil die Barbara seinen Anton hat sitzen lassen. Recht hat sie. Dieser Langweiler hätte sowieso nichts getaugt für seine schöne springlebendige Barbara. Und dass sie es mit dem Lehrer halten soll, das ist ja zum Lachen. Wo sie doch weiß, wie er, der Vater, zu diesem Tischner steht. Ein kleiner Flirt kann es vielleicht sein, bei dem es sich höchstens lohnt, ihn mit einem spöttischen Lächeln abzutun.

Erleichtert setzt er nun seinen Weg fort. Friedvoll plätschert die Latschurn neben ihm zu Tal und dabei fällt ihm ein, dass er dem Riederer das Fischrecht in der oberen Latschurn entziehen werde, das er ihm vor ein paar Jahren überlassen hat. Außerdem ist der Riederer mit der Grundsteuer noch sehr im Rückstand. So wie er es im Kopf hat, macht das einige tausend Mark. Die wird er gleich morgen einfordern lassen. Befriedigt nickt er vor sich hin.

»Schulden haben bei der Gemeinde und einen Stier für siebzehntausend ersteigern wollen. Aber dem geb ich's!«

Da werden schon die ersten Häuser von Tschamm sichtbar. In einer wunderbaren Ruhe liegt das Dorf im Frühlingsglanz. Sein Anblick stimmt den Karotter für einen kurzen Augenblick ganz friedlich.

»Ja, ja, ist schon ein schönes Dörfl, mein Tschamm ...«

Wie ausgestorben liegt das Dorf da. Alles ist draußen auf den Wiesen. Beim Patscheider liegt der schwarze Neufundländer auf dem sonnigen Vorplatz, knurrt ein wenig und legt dann seinen mächtigen Kopf wieder auf die Seite.

Auf einmal kommt durch die offenen Schulfenster ein Geigenton, mit klarem, sauberem Griff, dann folgt eine leise, getragene Melodie. Die Luft ist so still, dass jedes Schwingen der Töne zu hören ist. Der Karotter nimmt den

Hut ab, weil ihm vom Gehen warm geworden ist, und lauscht. Wie schön, denkt er, wenn sich der Ton einer Geige über ein stilles Dorf erhebt und die Kinderstimmen so weich und zaghaft einfallen:

»Seht, wie die Sonne dort sinket,
hinter dem nächtlichen Wald ...«

Die Geige schwebt mit silbernen Tönen darüber. Aber die Hand, die den Bogen führt, ist die Hand des Lehrers Tischner. Eine gute Hand, sagen die Leute von Tschamm. Aber sie soll verdorren, wenn sie gewagt hat sich nach der Barbara Karotter auszustrecken.

Siedend heiß schießen ihm die Worte des Riederers im »Klosterstüberl« wieder ins Gehirn. Und er beschleunigt seine Schritte um schnell Gewissheit zu bekommen.

Es ist vier Uhr Nachmittag, als der Karotter seinen Hof betritt. Aus den Ställen dringt das satte Muhen des wohlgenährten Viehs und die Hühner scharren auf dem großen Misthaufen. Eine Weile kurzen Besinnens – noch steht der Karotter auf dem Ziegelpflaster vor der Haustür und schaut in die Weite der herrlichen Landschaft, bis er seine Gespanne weit drüben auf dem Kartoffelacker erspäht hat. Dann geht er ins Haus, zunächst in die große Stube. Dort schlüpft er aus seiner Jacke und hängt sie über den Stuhl. Dann geht er hinaus und ruft: »Magdalena!«

Die Frau in der Küche horcht auf beim Klang dieser Stimme. Sein Ruf hat herrisch geklungen und darum geht die Frau jetzt mit beklommenem Herzen in die kleine Stube. Sie schaut zwar noch schnell nach Barbara aus, aber sie weiß, die ist auf dem Speicher oben und nimmt die Wäsche ab.

Der Karotter steht am Fenster. Sie sieht beim Eintreten seinen breiten Rücken und seine Hände, die er dahinter verschränkt hat. Langsam dreht er sich um. Sein Gesicht ist hart und streng.

»Hör zu, Magdalena. Ich frag dich jetzt etwas und ich will die reine Wahrheit wissen.«

»Ja«, sagt sie und dies könnte auch schon die Antwort auf seine Frage sein, von der sie ganz plötzlich weiß, wie sie lauten wird.

Er nimmt die Hände hinter seinem Rücken hervor und betrachtet seine Fingernägel. Dann hebt er den Kopf.

»Der Riederer hat mir heut vor allen Leuten vorgeworfen, dass unsere Barbara mit dem Lehrer ein Techtelmechtel hätte. Wenn das wahr ist, kann sie was erleben. Ist es gelogen, schlag ich dem Kerl so lange auf sein verlogenes Maul, bis die Fetzen weghängen. Also, was ist die Wahrheit?«

Die Karotterin sieht ihren Mann an, nicht ängstlich, sondern unschlüssig, wie sie es ihm am besten beibringen solle, was doch mit einem einfachen »Ja« zu beantworten wäre. Sie wischt in ihrer Unsicherheit mit ihrer Schürze über einen Stuhl und stellt ihn zurecht.

»Ja, weißt du, das ist nämlich so ...«

»Wie ist es?«

»Der Anton hat sich die ganze Zeit so benommen, dass man es der Barbara wirklich nicht übel nehmen kann ...«

»Das käme jetzt sowieso nicht mehr in Frage«, unterbricht er sie. »Aber ich will wissen, was das mit dem Lehrer ist.«

»Ja, mein Gott, was kann man machen? Wo die Liebe hinfällt ...«

»Brauchst mir nichts mehr sagen, ich kenn mich schon aus.« Er schnappt nach Luft. »Und du hast es gewusst und mir davon nichts gesagt. Magdalena, in unserer ganzen Ehe war ich nie so wütend auf dich, aber jetzt ...«

Die Frau erschrickt bis in die Tiefe ihres Herzens hinein. Sein stierer Blick macht ihr Angst. Ganz starr sehen ihn ihre Augen eine Weile an, dann sagt sie mit einer unheimlichen Ruhe:

»Da steh ich, Markus. Schlag zu, wenn du dich nicht schämst.«

Betroffen schaut er sie an und senkt den Kopf. Natürlich wird er nie die Hand gegen sie heben.

»Aber Magdalena, verstehst du denn nicht, was das heißt, wenn sich unsere Tochter so weit vergisst? Wer anders hat denn die Schande zu tragen als ich?«

»Ja, du – immer nur du! Wo ist denn da überhaupt eine Schande? Du tust ja grad, als ob der Lehrer ein Verbrecher wäre. Weil er nicht nach deiner Geige tanzt, verfolgst du ihn mit deinem Hass. Meinst du vielleicht, dass es mir eine recht große Freude gemacht hat, als mir die Barbara das gesagt hat? Aber was hätte ich machen sollen? Als Mutter muss man froh sein, wenn ein Kind so viel Vertrauen hat, einem sein Herz auszuschütten. Zu dir traut sich ja keines von unseren Kindern. Immer sind sie zu mir gekommen mit ihren kleinen Ängsten und Nöten.«

»Jetzt wird es Tag. Verlang nur gleich von mir, dass ich Ja und Amen sag, wenn das gnädige Fräulein Tochter sich mit einem einlässt, der nichts hat als ein freches Maul. Bei euch freilich, da wird er Süßholz raspeln und ihr habt euch einwickeln lassen. Brav, sag ich, recht brav. Wo ist denn da dein Stolz? Womöglich bist du noch vernarrter in ihn als das Dirndl. Wundern tät mich bald gar nichts mehr.«

»Red doch keinen Unsinn, Markus.«

»Aber ich weiß schon, wo das herkommt. Zu wenig Arbeit hat unsere Tochter und da kommt sie auf solche Gedanken. Aber das werde ich ändern, verlass dich drauf. Ab morgen nimmst du die Burgl zu dir ins Haus und die Barbara soll aufs Feld rausgehn. Jetzt ruf mir die Barbara.«

Die Karotterin nimmt sich vor die Barbara zu warnen heute dem Vater nicht mehr unter die Augen zu kommen. Bis morgen könnte sich sein Zorn schon wieder gelegt haben.

Da täuscht sie sich aber. Barbara erschrickt wohl, als die Mutter zu ihr auf den Speicher kommt und sagt, was die Stunde geschlagen habe. Aber dann strafft sie die jungen Schultern.

»Warum dem ausweichen, Mutter, was unaufschiebbar ist? Einmal hätte er es doch erfahren. Auf diesen Moment habe ich gewartet, jetzt ist er da.« Sie legt die Schürze mit den Wäscheklammern ab und geht hinunter.

Danach wundert sie sich doch, dass dieser wütende Mann sie nicht zerrissen hat. Sie weiß nicht, dass nur ihre starre Haltung ihn daran gehindert hat, sich an ihr zu vergreifen. An ihrer eisernen Ruhe ist die Maßlosigkeit seines Zornes abgeprallt und es ist alles ganz anders verlaufen, als er es sich gedacht hatte. Der Sturm ist abgeflaut, es rauscht nur ein wenig nach wie mäßiger Regen. Vielleicht denkt der Karotter auch, dass diesem Trotzkopf mit etwas Güte besser beizukommen wäre. O ja, er steigt ziemlich weit herunter von seinem Thron. Er öffnet sogar das Wandschränkchen, nimmt eine Flasche Eppser Klosterlikör heraus und schenkt ein Gläschen für Barbara ein.

»Jetzt trink einmal und lass gescheit mit dir reden«, beginnt er etwas salbungsvoll und seiner sonstigen Art widersprechend. »Ich kann mir nicht vorstellen, dass der« – er verschluckt den Schimpfnamen und sagt: »dass der im Schulhaus drüben sich keine Gedanken gemacht hätte darüber, was ich dazu sagen werde, wenn ich dahinter komme.«

»Doch, wir haben sogar sehr ausgiebig darüber gesprochen. Und Reinhold meinte, umbringen kannst du uns nicht, also werden wir leben.«

Verblüfft schaut er sie eine Weile an. Dann lacht er voll Spott. »Es fragt sich bloß, wie du leben wirst in nächster Zeit. Ich glaube kaum, dass es dir recht passen wird.«

»Mach mit mir, was du willst, Vater. Aber trennen kannst du mich nicht von ihm.«

»So, meinst du? Ja, ist dir denn der Kerl mehr wert als dein Vater?«

Furchtlos sieht sie ihn an. »Ja, Vater.«

»Du widersetzt dich meinem Willen?«

»Ich füge mich deinem Willen in allem, bloß in einem

nicht. Du kannst mir das Glück meines Lebens nicht zerstören. Ich weiß, dass deine Macht weit reicht und dass du es zuwege bringen kannst, dass Reinhold von Tschamm wegkommt. Aber was macht das? Dann gehe ich mit ihm. Dich ärgert, dass du es von anderen hast erfahren müssen. Heute aber wollte Reinhold kommen um mit dir über alles zu sprechen.«

»Sooo? Da hat er sich aber einen schlechten Tag ausgesucht. Der soll mir nur kommen, ich mach es ihm schon recht dann. Am Gartenzaun draußen empfange ich ihn mit dem Zwilling und zeig ihm, wo der Bartl den Most holt.« Wütend schenkt er sich ein Glas Zwetschgenwasser ein und schüttet es in einem Zug hinunter. »Wo nimmt der Kerl überhaupt so viel Frechheit her?«

Das kann er nicht mehr erfahren, denn Barbara hat es vorgezogen, ihn allein zu lassen. Sie bringt es fertig, Reinhold eine Nachricht zukommen zu lassen, dass er heute nicht kommen solle, dass er aber den Glauben an sie nicht verlieren dürfe, weil keine Macht der Erde sie von ihm trennen könne, es sei denn, er wünsche es selber.

»Schwere, dunkle Wolken werden nun kommen«, schreibt sie. »Aber verlier nur nicht die Geduld, lieber Reinhold. Ich weiß nicht, was der Vater mit mir vorhat. Vielleicht sperrt er mich ein. Aber er kann mich nicht ewig einsperren und ich weiß, dass hinter allem Dunkel wieder das Licht kommt und eine leuchtende Stunde mit dir, denn ich liebe dich. Unternimm jetzt nichts, wenigstens nichts Gewalttätiges, es könnte uns im Augenblick nur schaden. Ich halte zu dir, mag kommen, was will. Bitte, vergiss auch du mich nicht und denk daran, dass sich nach dir sehnt deine Barbara.«

Andrea wird mit dem Brieflein auf den Weg geschickt und sie trifft Reinhold gerade an, als er das Schulhaus verlassen will um beim Karotter um die Hand seiner Tochter Barbara anzuhalten.

Am späten Abend dieses Tages hält der Karotter vor all seinen Leuten eine Rede, der nichts engegenzuhalten ist, weil sie ein Befehl ist. Er schaut dabei zum Fenster hinaus, als handle es sich nur darum, dass er seinem Großknecht Adam die Arbeit für den morgigen Tag anzuschaffen habe. Sein Zeigefinger spielt dabei im rechten Westentäschchen, als suche er dort nach einem Geldstück. So entscheidet er in knappen, strengen, ja vollständig gefühllosen Worten über Barbaras zukünftiges Leben.

»Sie wird von jetzt ab mit euch draußen arbeiten auf den Wiesen und Feldern«, sagt er. »Die Burgl bleibt dafür im Haus. Sollte wer unter euch sein, der meint ihr etwas erleichtern oder unter die Arme greifen zu müssen, der kann gehen. Sie wird nichts sein als die Drittmagd mit jeder Arbeit, die einer solchen zukommt.« Er richtet seine schmalen Augen auf Barbara. »Vielleicht lernst du als Magd, was du als Tochter des Hauses nicht gelernt hast: dich unterzuordnen. Und damit du nachts nicht aussteigst, schläfst du ab heute in der Mehlkammer. Ja, verzieh nur den Mund. Dir wird das Lachen schon vergehen. Du wirst so lange wie eine Magd behandelt, bis du einsiehst, dass du bei mir auf Granit beißt. Du kannst erst wieder sein, was du bisher warst, wenn du dich meinem Willen fügst. Also, richte dich danach.«

Der Karotter geht zur Tür, bleibt stehen, als wolle er noch etwas sagen, lässt es aber dann sein und geht hinaus.

Betreten sitzen die Leute beisammen, bis der Adam meint:

»Lass nur das Köpferl nicht hängen. So schlimm wird es nicht und wir helfen dir schon.«

»Ja, wir helfen dir gern«, verspricht auch die Christine, die Großmagd ist und den Stall unter sich hat.

Auch Paul nimmt es nicht so tragisch und nickt der Schwester aufmunternd zu. »Es wird nichts so heiß gegessen, wie es gekocht wird.«

Barbara aber ist in gar keiner Weise bedrückt oder

ängstlich. Sie steht auf und deutet auf das Geschirr auf dem Tisch.

»Dann tritt dein Amt nur gleich an, Burgl, und bring das Geschirr hinaus. Um mich macht euch keine Gedanken. Ich werde ihm beweisen, dass ich seine Tochter bin, auch wenn er mich zur Magd stempeln will.«

Als sie aber dann später die lieblose, kahle Mehlkammer betritt, wird ihr doch weh ums Herz. Die Mehlsäcke sind zwar entfernt worden, aber die Wand ist kahl und grau und das Bedrückendste ist wohl das eng vergitterte Fenster. Wie eine Gefängniszelle sieht es aus, mit dem Bett in der Ecke. Nur dass man ihren Kasten mit den Kleidern und eine Kommode hineingestellt hat, unterscheidet den Raum noch von einer Kerkerzelle. Sie wirft sich auf das Bett, kommt sich grenzenlos verlassen vor und weint die ersten Tränen um ihre Liebe.

Es ist doch viel schwerer, als sie gedacht hat. Um vier Uhr in der Frühe schlägt die harte Faust des Vaters an die Mehlkammertür und reißt Barbara aus ihrem Schlaf. Sie muss sogleich hinaus in den Stall und ausmisten.

»Leg nur einen festen Karren voll auf«, ermuntert Adam sie, »ich fahre ihn dann schon hinaus.«

Als er aber dann auf den Misthaufen fährt, wird das Fenster der Schlafkammer zu ebener Erde aufgerissen und der Karotter streckt den Kopf heraus.

»Was hab ich gestern gesagt? Ich will nicht hoffen, dass jemand gegen meinen Willen handelt. Ist sich das gnädige Fräulein vielleicht zu gut den Mist selber rauszufahren? Sternhagel, dass man sich auf gar niemanden mehr verlassen kann! Ich werde es euch schon zeigen.«

Klirrend schlägt er das Fenster zu. Dann erscheint der Karotter im Stall, krault den Stier zwischen den Hörnern und sagt mit hämischer Freundlichkeit zu Barbara:

»Lass dir's nur schmecken, die Arbeit. Arbeit macht nämlich das Leben recht süß.«

Dann reißt es nicht mehr ab. Gleich nach dem Frühstück

muss sie mit den Mägden und dem Zweitknecht hinaus zum Kartoffelacker. Das dauert zwei Tage, dann geht es zum Distelstechen auf die große Haferbreite, die gegen Epps zu liegt. Ohne Unterbrechung treibt der Karotter sie an und achtet streng darauf, dass ihr genau die Rechte einer Drittmagd zukommen, die letzte in der Reihe der Mägde, die auch beim Vesperumtrunk zu warten hat, bis die Reihe an sie kommt und alle ihren Durst schon gestillt haben.

Schwerer, als sie zeigt, trägt Barbara an allem. Trotzdem hasst sie den Vater nicht. Aber besser wäre gewesen, anstatt sie in die Schule zu schicken, sie diese Arbeit zu lehren. So ist sie darauf angewiesen, jeden Handgriff erst von anderen abzuschauen, und bleibt doch immer eine halbe Ackerlänge zurück. Nur ihr Stolz gibt ihr die Kraft durchzuhalten und nicht in den ersten drei Tagen schon davonzulaufen. Für ihre Liebe erträgt sie alle diese Mühen und Plagen, Hitze und Durst und raue Hände und sie weiß nicht, dass es Menschen gibt, die voller Achtung auf sie schauen und voller Ehrfurcht ihren Namen aussprechen.

O ja, man hat in Tschamm schnell herausbekommen, was da auf dem Karotterhof geschehen ist. Der stolze Karotter will zwei Liebende trennen und meint, dass ihm dies auf solche Weise gelänge. Die Sympathien der Leute sind bei Barbara und nicht beim Karotter. Sie sind aber auch bei dem Mann, der im Schulhaus sitzt und ohnmächtig die Fäuste ballt. Nur von den Salmhöhen schaut einer spöttisch herunter auf die zur Magd gewordene Barbara, obwohl Anton weiß, dass sie für ihn so oder so für immer verloren ist.

Das Schlimmste bei allem ist, dass Barbara seither nicht mehr mit Reinhold sprechen konnte. Er weiß von ihrem Los noch gar nichts, sieht nur, dass sich etwas grundlegend geändert hat, und erfährt erst von der Sternwirtin beim Mittagessen, was das ganze Dorf bereits weiß. So wartet er mit brennender Ungeduld auf den kommenden Sonntag und hofft, dass der Karotter seiner Tochter wenigstens nicht auch noch den kleinen Dienst in der Kirche nehmen und dass sie im Chor erscheinen werde.

Vorher aber kommt noch ein schwüler Tag über die Landschaft. Die Wolken treiben eilig dahin. Aber immer wieder sticht die Sonne durch eine Wolkenlücke und bedrängt die gebückt arbeitenden Menschen mit glühender Schwüle. Die Zeit scheint stillzustehen, und als Barbara von Epps her eine Glocke läuten hört, meint sie, dass es schon auf den Feierabend zugeht, indessen die Glocke erst zu einer Nachmittagsvesper ruft.

Ja, drei Uhr ist es erst. Ausgedörrt, mit rissigen Lippen und wunden Händen, steht Barbara mitten auf dem Acker und schaut zum Mauergebirge hinauf. Bloß einen Mund voll Wasser, denkt sie und atmet auf, als sie die Burgl mit dem Brotzeitkorb den Hang herunterkommen sieht. Gleichzeitig tritt der Karotter aus dem Wald. Sie hatten eine Fuhre Stangen geladen und Pauli fährt weit drüben auf dem Fahrweg auf Tschamm zu.

Der Krug mit Wasser, in das etwas Himbeersaft gemischt ist, fasst drei Liter, also genug um jedem den Durst zu stillen. Der Karotter ist nur hergekommen um nachzusehen, wie weit sie mit dem Acker sind. Aber dann setzt auch er sich unter den Vogelbeerbaum, nimmt den ersten Schluck und reicht den Krug dem Großknecht.

Weil der Vater gekommen ist, arbeitet Barbara ihr Stück noch nach, das durch ihr sehnsüchtiges Schauen nach dem Mauergebirge zurückgeblieben ist. Dann erst geht sie unter den Vogelbeerbaum. Ihre Lippen sehnen sich nach dem kühlen Nass, in ihrem Blick ist das Flimmern einer Dürstenden.

Einen Augenblick will den Karotter das Mitleid überwältigen, als er sie betrachtet. Wie schmal ihr Gesicht ist, wie müde sich ihre Schultern nach vorne neigen und wie schwer ihr Schritt geworden ist. Aber dann begegnet er ihrem trotzigen Blick, sieht das spöttische Aufkräuseln ihrer Lippen, als wolle sie sagen: Du kriegst mich nicht klein.

Und schon ist die Anwandlung zur Milde wieder dahin. Er greift in die Hosentasche um Streichhölzer herauszuholen, streckt dabei den einen Fuß aus und stößt wie aus Versehen den Wasserkrug um, gerade als Barbara sich nach ihm niederbücken will.

Vielleicht hätte Barbara noch ein paar Schlucke von dem Himbeerwasser retten können, aber als sie das hämische Funkeln in den Augen des Vaters sieht, zuckt ihre Hand zurück. Da weiß sie, dass er mit Absicht den Krug umgestoßen hat, dass er ihr das Wasser verweigert.

Wortlos steht Adam auf und nimmt den Krug.

»Wo willst du hin?«, fragt der Karotter.

»Bier hole ich, weil das eine Gemeinheit war, was du gerade getan hast.«

»Vielleicht gar für die da?«

»Jawohl, für die Barbara. Du wirst mich davon nicht abhalten.«

»Nein, ich halt dich so wenig davon ab, wie ich dich abhalten werde, wenn du morgen früh vom Hof spazierst. Leute, die sich mir widersetzen, kann ich nicht gebrauchen.«

In diesem Augenblick hört man vom Hohlweg herauf ein Geschnatter kommen. Es sind die Schulkinder von Tschamm, die gemeinsam mit ihrem Lehrer das alte Kloster Epps besichtigt haben. Reinhold Tischner geht hinterher, hat wegen der Schwüle die Jacke über den Arm gehängt und den Hemdkragen geöffnet.

Auf einmal hört er seinen Namen rufen und mit flatternden Röcken kommt Barbara auf ihn zugerannt. Unbekümmert darum, wer es sehen mag, klammert sie sich an ihn.

»Geht weiter«, wendet sich Reinhold an die Kinder, »und wartet vor dem Schulhaus. Ich komme gleich nach.« Dann erst legt er seine Hände um Barbaras Schultern und schaut sie an.

»Wie mager du geworden bist. Wie kann ich dir denn bloß helfen? Und alles meinetwegen.«

Auf einmal ist alles wieder kinderleicht. Not und Plage sind vergessen. Die Schwüle drückt nicht mehr, die Hand des Geliebten streichelt über ihr Haar, die Wärme seiner Stimme ist da. Alles ist gut.

»Nicht deinetwegen«, sagt sie. »Unseretwegen, Reinhold. Sag mir, dass du mich nie verlassen wirst, dann ertrage ich alles gerne.«

»Barbara, das weißt du doch. Ich kann genauso wenig noch ohne dich leben, wie du ohne mich. Und ich werde dir helfen, Barbara. Ach, könnte ich dir all das Schwere, das man dir jetzt antut, abnehmen.«

»Es ist gar nicht schwer, Reinhold. Nein, kein bisschen schwer und ich nehme alles gerne auf mich, wenn ich nur weiß, dass du mir bleibst.«

Plötzlich ist ein schwerer Schatten neben ihnen. Eine harte Faust greift nach Barbaras Schulter und schleudert sie zurück.

»Hast du gar keine Scham mehr im Leib? Schämst du dich überhaupt nicht mehr?«

Mit zitternden Fäusten steht Reinhold da.

»Schämen müsste sich jemand ganz anderer.«

Mit beiden Händen zieht der Karotter seine Hose am Leib hoch. Seine Augen sind ganz schmal, wie Schießscharten in einem Festungswerk.

»Meinen Sie mich?«

»Darüber dürfte es keinen Zweifel geben.«

Ich muss ihn so reizen, dass er mich anpackt, denkt der Karotter. Dann habe ich den Grund, den ich brauche, damit er von Tschamm wegkommt. Im Geist sieht er schon die Schlagzeilen im Urler Wochenblatt: »Lehrer schlägt Bürgermeister zusammen.«

»Jetzt will ich Ihnen einmal was sagen: Wenn Sie noch einmal wagen meine Tochter anzufassen, schlag ich Sie ungespitzt in den Erdboden.«

Reinhold ist bis auf die Lippen blass geworden. In seinen Augen sprüht eine gefährliche Flamme hoch, aber er sieht gerade noch rechtzeitig Barbaras beschwichtigende Handbewegung im Hintergrund.

»Herr Bürgermeister, Sie können mich gar nicht beleidigen.«

»Weil Sie keinen Charakter haben.«

»Karotter …!«

»Ja, der bin ich. Markus Karotter, der Bürgermeister von Tschamm.«

Nur mühsam kann Reinhold Tischner sich noch zurückhalten.

»Sie haben nur eines vergessen. Auch Barbaras Vater sind Sie. Und nur ihr allein haben Sie es zu verdanken, dass ich mich von Ihnen beleidigen lasse. Einem anderen wäre das Reden längst vergangen.«

»Pah, Sprüche. Nichts als Sprüche. Sie wären viel zu feige sich zu wehren.«

Mit starrem, brennendem Blick starrt Reinhold den Bauern an. Dann fällt es ihm wie Schuppen von den Augen. Plötzlich erkennt er die Absicht, die der Karotter verfolgt.

»Ach so«, sagt er. »Jetzt begreife ich. Nein, Karotter, den Gefallen tue ich Ihnen nicht, Ihnen eine Handhabe zu geben mich von Tschamm wegbringen zu können. Ich bleibe, solange es mir passt. Sie haben mir Kampf angesagt. Gut, Sie sollen ihn haben.«

Jäh wendet sich Reinhold um und stürmt mit langen Schritten den Berg hinauf.

Enttäuscht sieht der Karotter ihm nach. Das ist wieder einmal danebengegangen. Er hat das Gefühl, der Unterlegene zu sein. Missmutig schaut er sich um. Seine Leute sind bereits wieder an der Arbeit. Auch Barbara. Träg ziehen die Wolken über die Landschaft hin und brennend sticht durch die Lücken die Sonne nieder.

Langsam lenkt der Karotter seine Schritte zum Hof hinauf. Immer wieder bleibt er stehen und sinniert vor sich hin. Ist sein Verhalten richtig? Muss er bei allem Zorn auf den Lehrer nicht doch Achtung vor ihm haben? Es wäre mit etwas gutem Willen schon zu verstehen, dass seine Barbara eine tiefe Neigung zu ihm gefasst hat. Im Übrigen – er sieht blendend aus, dieser Lehrer, und seine verbindliche Art gewinnt ihm immer mehr Menschen. Wenn er sich den Riederer-Anton daneben denkt, so ist das wie Licht und Schatten. Ist es ein Wunder, dass seine Barbara nach dem Licht greift, wo selber alles an ihr hell und licht ist?

Aber leider fehlt ihm der gute Wille zur Einsicht. Hier ist er hinters Licht geführt worden, hier hat man seinen Willen nicht respektiert und seine Eitelkeit ist dadurch tief verletzt worden. Wo käme er hin, wenn in seinem eigenen Haus sein Wille schon missachtet wird? Ist es nicht schon bedrückend genug zu merken, wie sein Ansehen im Dorf langsam, aber sicher schwindet? Aber er wird sich wehren, wehren und rächen. Sie sollen merken, dass er noch da ist und dass es leichtfertig ist, sich gegen ihn aufzulehnen. Er muss bloß warten, bis der Zeitpunkt dafür da ist.

Und dieser Zeitpunkt kommt schneller, als er es selber weiß.

Die Karotterin ist im Pflanzgarten beschäftigt, als er sich dem Hof nähert. Er sieht von weitem schon ihr buntes Kopftuch zwischen den Johannisbeerstauden leuchten. Sie hört sein Kommen nicht und sieht nicht, wie er die Hände um die Staketen legt.

»Mit den Gurken, meine ich, bist du noch ein wenig früh dran. Wenn Reif kommt, sind sie alle über Nacht kaputt.«

»Wenn nicht mehr hin ist als ein paar Gurken«, antwortet die Frau, richtet sich auf und schiebt das Kopftuch in den Nacken. »Es wird viel zerstört und es muss nicht immer der Reif dran schuld sein.«

Neugierig blinzelt er sie an. Dann scheint er zu begreifen.

»Meinst du vielleicht, dass es der Mamsell schadet, wenn sie weiß, wie Arbeit schmeckt und wo das Brot herkommt?«

»Von dem ist keine Rede, Markus. Aber ich fürchte, dass

du dir deine eigene Tochter entfremdest, und später wunderst du dich, wie es so weit hat kommen können. Was hättest denn du gesagt, wenn mich mein Vater seinerzeit in die Mehlkammer gesperrt hätte?«

Dieser Gedanke erheitert ihn so sehr, dass er lachen muss. »Der Vergleich hinkt aber stark, meine Liebe. Schließlich war ich doch der Karotter von Tschamm und nicht ein hergelaufener Schulmeister.«

»Hergelaufen ist er nicht von selbst. Er ist nach Tschamm versetzt worden. Und selbst wenn er hergelaufen wäre, wie du sagst, dann könnte man das auch als Schicksal verstehen.«

»Ah, da schau her«, spöttelt er belustigt. »Meine Frau wird philosphisch. Aber er ist ja strafversetzt worden nach Tschamm. Und weißt du auch, warum?«

»Ja, weil er sich einmal nicht so beherrscht hat, als ihn einer beleidigt hat, wie vorher da unten im Hohlweg.«

»Ach so?«, lacht er trocken. »Du hast hinuntergeschaut? Das ist wahr. Nerven hat er wie Eisen. Ich hätte mich nicht so beherrschen können. Aber letzten Endes wird es sich ja zeigen, wer der Stärkere ist.«

»Bis jetzt hast du dir ja immer eingebildet, dass du es bist. Aber es kann auch einmal anders sein. Wenn die zusammengehören, wirst du es auch nicht ändern können. Im Übrigen, dass ich nicht vergesse, es ist schon zweimal für dich angerufen worden. Wenn du heimkommst, sollst du gleich zurückrufen. Du weißt schon, welche Nummer.«

Das Gesicht des Karotters ändert sich schlagartig. »Dass du mir das nicht gleich sagst.«

»Du hast mich nicht dazu kommen lassen. Aber das sag ich dir, Markus. Den Pauli lass diesmal aus dem Spiel.«

Mit weiten Schritten geht er auf das Haus zu. Die Karotterin sieht gerade noch, wie er sich erregt ans Ohrläppchen greift, bevor er die Haustür aufstößt.

Mit einem Schlag ist nun alles anders. Die Nervosität des Karotters ist wie weggeblasen, und als er am andern Morgen seinen Großknecht Adam in Feiertagskleidung in der Stube sitzend auf ihn warten sieht, zieht er verdutzt die Augenbrauen hoch.

»Was ist denn mit dir heut los? Machst du Feiertag?«

Adam ist jetzt dreißig Jahre auf dem Hof, aber so etwas ist noch nicht passiert.

»Mir scheint, der Bauer hat vergessen, dass er mich gestern entlassen hat.«

»Was, ich?« Der Karotter greift sich an den Kopf. Dann sagt er unwirsch: »Sei doch nicht gleich so wehleidig wie ein kleines Kind, wenn es die ersten Zähne kriegt. Wir zwei sind doch schon öfter einmal zusammengerumpelt in den dreißig Jahren, die wir uns kennen.«

»Ja, das stimmt. Aber so eine Gemeinheit wie gestern hast du dir noch nie erlaubt. Ich habe genau gesehen, dass du den Krug absichtlich umgestoßen hast. Wenn du auch deinem eigenen Kind schon einen Schluck Wasser nicht gönnst, wir waren ja auch noch durstig.«

Verlegen wendet der Karotter den Blick zur Seite. Dies zu hören ist ihm unangenehm. Er könnte sich selber die Haare raufen, dass er sich so weit hat treiben lassen in seinem blinden Zorn. Das sieht er ein, und wenn er einen Fehler einsieht, was zwar selten vorkommt, weil er der Meinung ist, ihm unterliefen keine, dann lenkt er auch ein. »Mit Absicht war es nicht, Adam. Du weißt, dass bei mir die Leute immer noch genug zu essen und zu trinken bekommen haben. Es ist mir halt unglücklicherweise passiert und in der Hitze sagt man oft ein Wort, das man sonst verschluckt. Also sei nicht kindisch und bleib da. Du gehörst einmal zum Hof und – was tät ich denn ohne dich?« Er neigt sich ein wenig vor und sagt leiser: »In nächster Zeit bin ich wieder weniger da und da brauch ich doch einen auf dem Hof, der alles weiß und in Ordnung hält.« Er stößt den Alten vertraulich an die Schulter. »Alter Adam, du wirst mich doch jetzt nicht im Stich lassen?«

Eine Weile schaut der Knecht vor sich auf den Boden.

Dann hebt er den ergrauten Schädel. »Ich probiere es halt noch mal. Aber wenn so was noch mal vorkommt, Karotter, dann kannst mich nicht mehr halten.«

Vielleicht hätte ihn der Karotter diesmal schon nicht mehr halten können. Aber Barbara hat ihn innigst gebeten zu bleiben und auch die Bäuerin hat ihm gut zugeredet. Sie allein erkennt vielleicht, welch große Stütze Adam ihr in all den Jahren gewesen ist, wenn der Mann in seine dunklen Wirbel hineingerissen und dem Hof oft tagelang fern gewesen war.

So eine Zeit kommt auch jetzt wieder. Der Karotter ist in dieser Woche viel unterwegs und es ist geradeso, als habe er auf diesen Zeitpunkt schon sehnlichst gewartet. Er ist wieder in seinem Element, ein wunderbarer Aufschwung hat ihn erfasst. Der »Ring« hat ihn gerufen, eine beachtliche Macht ist ihm wieder zugewachsen, die er nützen will. Verstrickt in dieses Neue vergisst er manches andere und denkt nicht mehr daran, dass er die Mehlkammer nachts von außen verschließen müsse. Und so geht die Barbara in diesen warmen Frühlingsnächten ungehindert durch den oberen Flur in die Tenne und ins Freie hinaus und trifft sich heimlich mit Reinhold. Und aus diesen kargen Augenblicken schöpft sie die Kraft ihr Magddasein zu ertragen.

Einmal aber muss sie lange auf dem oberen Treppenabsatz sitzen und kann nicht herunter, weil aus der kleinen Stube Stimmengemurmel zu vernehmen ist. Wenn sie in die Mehlkammer gelangen möchte, muss sie an dieser Tür vorbei. Kann sie nicht in diesem Augenblick geöffnet werden? Dann stände sie da, den Tau der Nacht im Haar und an den Schuhen, und der Vater würde auf den ersten Blick erkennen, dass sie weg war.

Ja, da drinnen hält der Karotter seine Generalstabsbesprechung hinter geschlossenen Fensterläden, mit gedämpfter Stimme. Es sind nur vier Mann mit ihm beisammen, denen er auf Grund seiner Aufzeichnungen alles genau erklärt. Er hat dabei eine Skizze zur Hand, auf der alle Wege und Stege des Mauergebirges eingezeichnet sind. Seine Darstellungen sind so eindeutig, dass eigentlich gar keine Gegenfrage nötig ist. Endlich legt er den Bleistift weg und schaut die drei der Reihe nach an.

»Ist euch das klar?«

Die drei nicken und der Patscheider nimmt das Wort: »Das ist alles ganz klar. Aber jetzt was anderes. Wer geht mit?«

Ein triumphierendes Lächeln spielt um den Mund des Karotters. Jetzt ist seine große Stunde da. Aus dem Wandschränkchen nimmt er eine Liste und verliest etwa fünfzehn Namen. Es fehlen eine ganze Menge, die bisher immer dabei waren. Dass der Riederer fehlt, versteht der Patscheider. Der Karotter lässt sich nicht ungestraft beleidigen.

»Aber was ist's mit dem Fuchsberger? Mit dem Raguser? Dem Luckschneider? Grad der Fuchsberger könnte jetzt die Extraeinkünfte gut brauchen, weil er doch seinen Stadel baut.«

»Ja, das weiß ich«, nickt der Karotter. »Aber der Fuchsberger soll sich vom Lehrer helfen lassen. Mit dem versteht er sich doch so gut. Ich kenne meine Pappenheimer genau und weiß, wer auf meiner Seite steht und wer auf der anderen. Die Aktion ist diesmal sowieso kleiner. Bis wieder was Größeres steigt, werden sie schon einsehen, dass es nicht gut ist, es sich mit mir zu verderben. Sonst noch eine Frage?«

Der Patscheider schüttelt den Kopf. Dann fällt ihm aber ein: »Und wie steht es mit dem Lattner?«

»Der scheidet von vornherein aus. Ich bin froh, dass ich ihn wieder so weit zurechtgebracht habe. Der ist zu weich geworden und sinniert mir zu viel. Also – so wie ich die Einteilung gemacht habe, so bleibt sie.«

Es ist kurz vor Mitternacht, als die Männer das Haus verlassen. Acht Tage später steigt die Aktion.

Mochten die fünfzehn Mann noch so schweigsam gewesen sein, es sickert doch durch, dass sie wieder einmal »gegangen« waren. Die Frauen wussten von diesem nächtlichen Gang, und da zum Beispiel die Rotneigerin schon lange einen heimlichen Zorn auf die Fuchsbergerin hatte wegen der Hühner, die immer durch den Zaun schlüpften, war es ihr eine Wonne, es der Fuchsbergerin unter die Nase zu reiben.

»Es war grad nicht ganz so viel wie sonst«, sagt sie, »aber es ist doch ein ganz schöner Batzen abgefallen. Wir brauchen's auch, denn unsere Martha will demnächst heiraten und kann sich jetzt das Schlafzimmer kaufen beim Huber in Url, das ihr so gut gefällt.«

Dem Fuchsberger gibt es einen Riss, als er davon hört. Mitten im Stadelbau lässt er die Handwerker allein und rennt zum Karotter hinauf.

»Ist das wahr, Markus, dass ihr wieder im Geschäft gewesen seid?«

Der Karotter streift bedächtig die Asche von seiner Zigarre und blättert dann in einem Aktendeckel. Er ist gut gelaunt und hat sich gar nicht geärgert, als er vorhin durchs Fenster gesehen hat, wie Adam für die Barbara einen schweren Schubkarren voll Gras aus dem Obstanger in den Stall geschoben hat. Der Gang hat sich für ihn gelohnt und das Geld für den Stier wieder hereingebracht.

Langsam hebt er jetzt den Kopf und schaut den aufgeregten Nachbarn an: »Ja, wir waren wieder im Geschäft. Warum?«

Der Fuchsberger hält sich vor Erregung mit beiden Fäusten am Schreibtisch fest. »Und warum hat man mich diesmal nicht brauchen können? Hab ich vielleicht schon einmal einen Fehler gemacht? Ist auf mich vielleicht kein Verlass? Du weißt ganz gut, Markus, wie notwendig ich es hätte brauchen können, wo ich jetzt den Stadel baue.«

»Ja, das weiß ich. Darum hab ich dich vergessen.«

»Warum?«

»Denk halt ein wenig nach, vielleicht kommst du dann drauf. Hast nicht du gesagt, dass ich ein sturer Schädel bin und der Lehrer ein ganz anständiger, prima Mensch ist? Und hast nicht du dich darüber aufgeregt, dass meine Barbara jetzt so schwer arbeiten muss?«

»Ach so, daher weht der Wind.«

»Ja, daher weht er. Und wenn dich andere fragen sollten, dann kannst du es ihnen ruhig sagen. Wer auf der Seite des Lehrers steht, auf den kann ich verzichten.« Der Karotter hat ganz listige Augen, als er das sagt. Er lehnt sich weit in seinem Stuhl zurück und bläst den Rauch seiner Zigarre genießerisch gegen die Decke. »Du bist doch sonst so gescheit, Fuchsberger, aber daran hast du nicht gedacht, dass ich euch alle in der Hand habe und dass ich mit euch spielen kann wie mit Puppen. Lass es dir eine Lehre sein, sonst vergesse ich dich das nächste Mal wieder. Behüt dich Gott! Ich muss jetzt arbeiten.«

Befriedigt schaut er dem Fuchsberger nach, wie er mit gesenktem Kopf durch den Obstgarten hinuntergeht.

»Jetzt studiert er«, sagt er lachend vor sich hin. Dann zieht er einen Briefbogen hervor und schreibt an den Riederer von den Salmenhöfen eine geharnischte Mahnung, dass er binnen zehn Tagen die längst fällige Grundsteuer zu bezahlen habe, andernfalls drohe Pfändung.

Auf einmal hat er wieder Oberwasser. Mit übertriebener Freundlichkeit scharwenzeln diejenigen um ihn herum, die er vergessen hatte. Sie schimpfen bei ihm über den Lehrer und den Schulhausneubau, der unaufhaltsam in die Höhe wächst und der daran schuld ist, dass die Gemeinde gezwungen ist alle rückständigen Steuerschulden so unerbittlich einzutreiben.

»Bedankt euch nur beim Herrn Lehrer«, pflegt der Karotter zu antworten. »Das alte Schulhaus hätte es noch lange getan.«

Während er aber voll lächelnden Hochmuts denkt, dass das Schmuggeln schon lange nicht mehr so reibungslos abgelaufen ist wie diesmal, wo er selber wieder die Leitung fest in die Hand genommen hat, vergisst er, dass Grenzschutzhäuser keine Pensionen für Sommergäste sind, sondern dass man sich in solchen Stationen mit allen technischen Hilfsmitteln, wie Radar, Funk und dergleichen, bemüht all das zu kontrollieren, was an der Grenze vor sich geht. Im Gebirge freilich versagen diese Hilfsmittel bis auf den Funk. Und durch Funk war der Grenzposten I auf der Salmenhöhe von der österreichischen Seite aus verständigt worden, dass in der Schafschlucht im östlichen Mauergebirge verdächtige Geräusche zu vernehmen seien. Es war sofort Alarm gegeben worden, aber als die Grenzer in der Schafschlucht ankamen, war alles wie ausgestorben gewesen. Als es dann endlich Tag geworden war, hatten sie eine silberne Taschenuhr mit Sprungdeckel gefunden.

Diese Taschenuhr liegt jetzt auf dem Schreibtisch des Oberregierungsrates Thoma vom Zollfahndungsdienst, als es kurz und energisch an die Tür klopft. Leutnant Hoflechner betritt den Raum und grüßt korrekt.

Mit gewinnender Freundlichkeit bietet Thoma ihm Platz an und reicht ihm sein Zigarettenetui hinüber.

»Bitte bedienen Sie sich, Herr Leutnant.« Er gibt ihm auch Feuer und lehnt sich dann weit in seinen Sessel zurück.

»Ich habe mir Ihr Gesuch eingehend durch den Kopf gehen lassen und möchte Ihnen versichern, dass ich prinzipiell mit Ihrem Vorschlag einverstanden bin, weil auch ich von dem Gedanken nicht loskomme, dass dieses Tschamm nicht das harmlose Nest ist, für das es immer gelten will. Wieder einmal weist die Spur nach Tschamm, aber keinen Schritt weiter. Die letzte Razzia war eine Blamage für uns alle. So etwas können wir uns ein zweites Mal sparen. Nur noch eine kleine Zwischenbemerkung: Haben Sie bestimmte Anhaltspunkte?«

Hoflechner legt das eine Bein über das andere. An den

Schäften seiner blank gewichsten Stiefel spiegelt sich die Sonne, die durchs Fenster scheint.

»Zunächst, Herr Oberregierungsrat, ist es der immer noch ungesühnte Mord an dem Grenzjäger Schuhmacher, der mich nicht zur Ruhe kommen lässt. Dann sagt mir mein Gefühl, dass in diesem Tschamm etwas nicht in Ordnung ist.«

»Vielleicht trügt Ihr Gefühl Sie gar nicht, Herr Leutnant. Auf alle Fälle finde ich Ihren Vorschlag gut. Sie spielen also einmal einen harmlosen Urlauber. Ihre vorgesetzte Dienststelle ist unterrichtet.« Er blickt auf seine Armbanduhr. »Herr Oberst Rankenstein müsste eigentlich schon hier sein.«

Thoma hat noch nicht ganz ausgesprochen, als unten ein Auto vorfährt. Wenige Minuten später betritt Oberst Rankenstein in Zivil das Zimmer. Ein kleiner, drahtiger Mann, dem man trotz des weißen, straff zurückgekämmten Haares die sechzig Jahre nicht ansieht. Aufmerksam hört er sich die Vorschläge an, die ihm bereits schriftlich im Ministerium vorgelegt worden sind. Dann hebt er die buschigen Brauen. Sein Blick ruht eine Weile auf der sportlichen Gestalt des Leutnants.

»Sie sind noch sehr jung, Herr Leutnant?«

»Vierundzwanzig, Herr Oberst.«

»Fühlen Sie sich der immerhin nicht leichten Aufgabe gewachsen?«

»Jawohl, Herr Oberst.«

»Schön. Ich bin mit allem einverstanden. Sie nehmen jetzt vierzehn Tage Urlaub und gehen dann als Sommerfrischler auf einige Zeit in dieses Tschamm. Weiß man schon, wie Sie heißen werden?«

Dienstbeflissen zieht Thoma einen Pass aus der Schublade und liest halblaut vor: »Ludwig Egge, ledig, Kunstmaler, wohnhaft in München, Maximilianstraße.«

Leutnant Hoflechner nickt und steckt den Pass ein.

»Wissen Sie, in welcher Maske Sie auftreten werden?«

»In vierzehn Tagen werde ich mir erlauben mich bei Ihnen abzumelden. Wenn Sie mich dann auf den ersten Blick erkennen, trete ich von meiner Mission zurück.«

»Ihr Selbstvertrauen ehrt Sie«, lächelt der Oberst. »Aber es ist ungemein wichtig, so wichtig wie Mut und Ausdauer. Es ist ganz in meinem sowie der höchsten Stelle Sinn, wenn endlich einmal Licht in dieses geheimnisvolle Dunkel gebracht wird. Dass einmal aufgeräumt wird mit diesen falschen, romantischen Vorstellungen, dass Schmuggeln ein Kavaliersdelikt wäre. Selbstverständlich bleibt Ihre Aufgabe strengstes Geheimnis. Außer Ihrem nächsten Vorgesetzten darf niemand davon erfahren. Und geben Sie Ihre Meldung immer nur verschlüsselt hierher oder am besten gleich in die Zentrale zu uns. So, das wäre eigentlich alles. Haben Sie noch was, Herr Thoma?«

Thoma nimmt die Taschenuhr vom Schreibtisch und lässt den Deckel aufspringen, auf dessen Innenseite die Anfangsbuchstaben eines Namens eingraviert sind.

»Ich habe schon«, sagt Thoma, »im Einwohnerverzeichnis von Tschamm nachsehen lassen. Leider sind diese zwei Buchstaben A. M. nicht darunter. Aber nehmen Sie die Uhr mit, Herr Leutnant. Man kann nie wissen. Und nun noch einen recht schönen Urlaub. Wir sehen uns also in vierzehn Tagen wieder.«

Hoflechner erhebt sich, verabschiedet sich formvollendet, dann schließt sich die Tür hinter ihm.

»Tadelloser Bursche«, sagt der Oberst nach einer Weile. »Ich zweifle nicht, dass er seine Aufgabe löst, sofern er überhaupt auf der richtigen Spur ist. Auf alle Fälle, lassen Sie ihm jede Unterstützung angedeihen, die er verlangt, und leiten Sie jede Meldung gleich in meine Zentrale weiter, natürlich verschlüsselt. Unsererseits wird jetzt auch energisch eingegriffen. Habe bereits engere Zusammenarbeit mit Interpol beantragt. Die Österreicher haben weitgehendste Unterstützung zugesagt. Wir müssen dieser internationalen Bande – um eine solche handelt es sich zweifellos – endlich das Handwerk legen. Vielleicht ist diesem Leutnant ein erster Erfolg beschieden. Er scheint zum Glück zu wissen, wie gefährlich seine Aufgabe werden kann. Möge das Glück ihn begleiten.«

Vom Fenster aus sieht der Oberregierungsrat dem Oberst nach, wie er in den Wagen steigt und davonfährt. Seine Stirn ist jetzt in nachdenkliche Falten gelegt. Jetzt, da er allein ist, wollen ihn wieder Zweifel überkommen. Vielleicht ist dieses friedliche Bergdorf Tschamm an allem ganz unbeteiligt und vielleicht kommt der Leutnant Hoflechner ohne Ergebnis zurück mit der Meldung: »Mein Verdacht war unbegründet. Tschamm scheidet aus.«

Soeben kommt Leutnant Hoflechner mit einem kleinen Koffer durch das Kasernentor. Sein blonder Haarschopf schaut unter dem etwas schief sitzenden Käppi hervor. Sein Gang ist voller Spannkraft. Alles an diesem Menschen federt und schäumt vor Kraft und Jugend. Jetzt schaut er zum Fenster herauf, zeigt lachend seine perlweißen Zähne und verschwindet um die Ecke.

Und so sind die Wochen in den Hochsommer hineingesegelt. Die Tage dehnen sich und tauchen nur mehr wie im Spiel in die lauen Nächte ein um sich nach wenigen Stunden wieder zu erheben, angefüllt mit hellem Vogelgesang.

An den langen Abenden läutet Sensendengeln durch Tschamm, indessen die Fledermäuse hinterm Gebälk aufflattern und in die Dämmerung hineinfliegen. Die Heuernte ist in vollem Gang und Barbara Karotter hat die Verzweiflung über ihre Situation längst überwunden. Seit sie weiß, dass der Mann im Schulhaus an ihr hängt, dass seine Augen von den Fenstern des Schulraumes aus sie oft suchen, ist alles so leicht. Und wenn der Vater sie von der Seite her anschaut, als wolle er sagen: Bist du immer noch nicht mürb?, dann begegnet sie seinem Blick mit Stolz, der ihm zu sagen scheint: Kein Opfer ist groß genug für das, was mich an Glück erwartet.

Im Übrigen ist der Karotter jetzt auch viel auf den Wiesen. Herrlich duftendes Heu kommt herein und die Scheunen füllen sich. Der Karotter schont sich nicht und kann sich nur wundern, wie ein junger Mensch dem Herrgott den Tag stehlen kann, wie jener Narr, der seit einer Woche beim »Sternwirt« wohnt und Bilder malt.

Ein Künstler soll es sein. Nun, der Karotter versteht nichts von der Kunst. Er wertet den Menschen nach dem, was er leistet. Andererseits aber hört man, dass dieser Flaumbart beim »Sternwirt« alles korrekt bezahlt und mit dem Lehrer oft kunstsinnige Gespräche führt, und das gleich stundenlang. Der Lehrer aber scheint dem Fremden nichts zu erzählen von dem Hass, der zwischen ihm und dem Bürgermeister von Tschamm besteht, denn der Fremde grüßt den Karotter stets mit tiefer Ehrerbietung und begegnet seinem am Anfang recht misstrauischen Blick mit offenem, freundlichem Blick. Auch der Patscheider, den der Karotter beauftragt hat, er möge den Fremden ein wenig beobachten, weiß nichts Auffälliges zu berichten.

Dann sieht der Karotter das Fremdenbuch beim »Sternwirt« ein und stellt fest, dass es sich um einen siebenundzwanzigjährigen Kunstmaler aus München handelt, namens Ludwig Egge. Was mag ihn ausgerechnet nach Tschamm geführt haben? Vielleicht sagt er die Wahrheit, wenn er behauptet, dass er gerade hier eine Menge ausgezeichneter Motive finde und dass die Höhenluft ihm so gut bekomme.

Es wäre so weit alles in Ordnung. Die Leute von Tschamm haben begriffen, dass sie es sich mit ihrem Bürgermeister nicht verderben dürfen, und sind jetzt recht folgsam. Der Karotter könnte sich wieder sonnen in seiner Macht, wenn auch seine Tochter Barbara so fügsam wäre. Bei ihr ist er einfach machtlos. Die und der Schulmeister scheinen sich mit jedem Tag nur mehr zu lieben. Er kann es nicht verhindern, dass sie sich zuwinken, wenn sie auf die Wiesen hinausgeht. Und dies lässt ihn nicht zur Ruhe kommen. Stundenlang denkt er darüber nach, wie er dem Lehrer eins auswischen könne, um dann immer wütend festzustellen, dass dieser Tischner eine weiße Weste hat und ihm einfach nichts anzuhängen ist.

So kommt das Fronleichnamsfest heran. Aufrecht und alle Dorfbewohner um fast eine Haupteslänge überragend geht der Karotter mit seinen Gemeinderäten hinter dem Allerheiligsten her.

Alles, was in Tschamm gehen kann, ist an der Prozession beteiligt, bis auf die Kleinkinder und die ganz Alten, die sie hüten. Nur ein einzelner Zuschauer steht unter dem weiten Vordach der Schmiede. Sein junges Gesicht mit dem blonden Vollbart ist ernst und gesammelt. Der Wind spielt mit seinem hellen Haar.

Hier ziehen sie nun an ihm vorüber, die Männer von Tschamm. Schlank und aufrecht gehen sie langsam dahin in der Tracht des Tales. Die schwere Arbeit an den steilen Hängen hat ihre Gestalten nicht krümmen können. Eigentlich schwer zu glauben, dass sie nachts noch über die Grenze gehen könnten.

Und doch bringt der Leutnant Hoflechner seine Zweifel nicht los. Seit er hier als Maler Ludwig Egge seine Tage verbringt, hat sich sein Verdacht nur noch verstärkt. Zwar steht er vor diesen undurchdringlichen, harten Gesichtern wie vor unlösbaren Rätseln. Und doch ist er auf Kleinigkeiten gestoßen. Am letzten Sonntag zum Beispiel, als er so ganz unauffällig die silberne Taschenuhr am Biertisch herausgezogen hat. Ist da nicht ein schreckhaftes Zucken über das Gesicht eines Mannes gegangen, von dem er danach erfahren hat, dass es der Steinlechner war. Und wie misstrauisch sie alle sind. Er kommt mit keinem so recht ins Gespräch. Der Lehrer ist der Einzige, mit dem er sich unterhalten kann. Der Lehrer und die Sternwirtin, von der er aber über das Dorf selber auch nichts erfahren kann, sondern nur wieder über den Lehrer, der in harter Feindschaft mit dem Bürgermeister lebe wegen der Barbara.

Ja, recht kümmerlich ist das Ergebnis seines Aufenthalts noch und er kann nicht wissen, dass gerade an diesem Fronleichnamstag das erste kleine Steinchen ins Rollen kommt.

Nach der Prozession finden sich die Männer von Tschamm beim »Sternwirt« ein. Es ist ein heißer Tag und das fast zweistündige Gehen in der Sonne hat Durst gemacht. Im Garten unter den Kastanienbäumen sind Tische und Bänke aufgestellt worden und der Sternwirt schlägt gerade das zweite Fass an, als der Riederer-Anton mit einem knirschenden Fluch von der Bank aufspringt und seine Jacke zuknöpft.

Oben bei der Latschurnbrücke stehen Barbara Karotter und der Lehrer. Die Barbara lehnt am Geländer und ihr helles Lachen klingt zuweilen bis zum Wirtsgarten herüber. Reinhold Tischner sitzt neben ihr auf dem Geländer und es muss schon etwas recht Lustiges sein, was er ihr erzählt, weil sie immer wieder so hell auflacht.

»Euch wird das Lachen gleich vergehen«, zischt der Anton Riederer. Sein Gesicht glüht ganz dunkel vor Zorn. Die beiden werden jetzt was erleben, denkt er. Die Eifersucht glüht aus seinen brennenden Augen. Schon hat er die schattigen Bäume hinter sich, da legt sich eine Hand auf seine Schulter.

»Mach keine Dummheiten, Anton.«

Anton dreht das verzerrte Gesicht, dann schleudert er die Hand von sich.

»Lass mich in Ruh. Da schau rauf zur Brücke, Karotter. Siehst du das nicht? Wenn du ein richtiger Vater wärst ...«

»Halt dein Maul! Wenn du ein richtiger Kerl wärst, ständen die zwei nicht da drüben. Aber was du jetzt tun willst, wär eine grenzenlose Dummheit. Pass auf, ich weiß was anderes.«

Unauffällig schiebt der Karotter den Burschen hinter die Kegelbahn. Dort redet er leise auf ihn ein. Antons Gesicht entspannt sich langsam und immer aufmerksamer hört er dem Karotter zu. Dann nickt er ein paar Mal und nach einer Weile kehren sie, jeder für sich, in den Wirtsgarten zurück.

Hoflechner streicht sich nachdenklich seinen blonden Kinnbart. Dann setzt er seinen Krug an den Mund und trinkt ihn mit einem Zug leer. Das Bier ist warm geworden und schmeckt bitter. Vom Kirchturm schlägt es elf Uhr. Auf der Latschurnbrücke trennt sich jetzt der Lehrer von dem Mädchen Barbara. Er kommt schnellen Schrittes die Straße herunter, während Barbara zum Hof hinaufgeht. Der Wind wirbelt die seidenen Schürzenbänder hoch. Unter dem schweren Faltenrock leuchten die weißen Strümpfe so hell wie der Kranz, den sie heute, wie alle Mädchen des Dorfes, auf dem schönen Haar trägt.

Ganz unverhofft hat sich eine Woche darauf eine Abordnung der Landesregierung angesagt zu einer Besichtigung des nunmehr im Rohbau fertigen Schulhauses. Man hat gerade den Dachstuhl aufgesetzt und der Neubau steht nun beherrschend auf seinem Hügel. Dass er dort steht, ist zweifellos der Initiative des Lehrers Tischner zuzuschreiben. Aber der Karotter steckt das Lob, das ihm gespendet wird, mit Genugtuung ein und greift sich ans Ohrläppchen. Die Herren von der Regierung kennen ja den Sachverhalt nicht ganz genau und daher nehmen sie an, dass eben der Herr Bürgermeister der Macher des Ganzen gewesen sei.

»Und hier soll die Lehrerwohnung entstehen?«, fragt einer der Herren.

»Ja, bitte schön. Hier das Wohnzimmer«, gibt Reinhold Tischner bereitwillig Auskunft. »Dann Schlafzimmer und Kinderzimmer, Bad und der Balkon.«

»Balkon?«, fragt der Karotter und spreizt die Nasenflügel. Es ist ihm entgangen, dass ein solcher im Plan eingezeichnet war.

»Aber natürlich, Herr Bürgermeister«, klärt Reinhold ihn liebenswürdig auf.

»Sind Sie verheiratet, Herr Lehrer?«, fragt einer der

Herren. Er ist Referent im Kultusministerium und interessiert sich für alles.

»Noch nicht«, antwortet Reinhold. »Aber sobald die Wohnung fertig ist, wird auch geheiratet.«

»Wenn du dich nur nicht brennst«, knurrt der Karotter und greift wütend nach dem Ohrläppchen.

»Schön, schön«, sagt der Herr von vorhin wieder. »Ich habe noch gar nicht gewusst, dass dieses Tschamm so ein entzückendes Plätzchen ist. Das wäre ja direkt empfehlenswert als Luftkurort.«

»Ja, nur ein Schwimmbad fehlt«, meint Reinhold. »Aber wie ich unseren Herrn Bürgermeister kenne, befasst er sich bereits mit dem Gedanken eines zu bauen.«

Der Karotter beherrscht sich nur mühsam und lächelt süßsauer zu dieser frechen Unterschiebung. Es lässt sich aber nicht umgehen, dass sie für Stunden beisammensitzen müssen, denn nach der Besichtigung findet beim »Sternwirt« ein gemeinsames Essen statt. Bescheiden sitzt im Hintergrund der Landschaftsmaler Ludwig Egge, sozusagen der erste Kurgast von Tschamm.

Am Nachmittag fahren die Herren weg. Gemeinsam stehen der Karotter und Reinhold Tischner neben dem Auto. Erst als die aufstiebende Staubwolke verweht ist, richtet der Karotter sich mit einem tiefen Atemzug auf und misst den Lehrer aus schmalen Augen.

»Das war eine Frechheit sondergleichen. Wann hätte ich jemals von einem Schwimmbad gesprochen?«

»Aber daran gedacht haben Sie sicher auch schon?«

»Auch nicht daran gedacht. Ich weiß gar nicht, was das auf einmal für ein Getue ist um Tschamm. Wir brauchen keine Kurgäste hier.«

»Das ist sehr engstirnig, Herr Bürgermeister. So manche Familie hier könnte so eine Nebeneinnahme notwendig brauchen.«

Zornig fährt der Karotter hoch. »Musst jetzt du immer das letzte Wort haben? In Tschamm gibt es keine armen

Leute, merk dir …«, plötzlich verbessert er sich, » … merken Sie sich das.«

Im Aufschauen sieht er, dass im Gasthaus der Maler Egge im Fenster lehnt, und er bricht das Gespräch abrupt ab, geht mit weiten Schritten davon und lässt den Rest seines Zornes an Barbara aus, die ihm im Obstgarten begegnet.

Barbara gesteht dem Lehrer Reinhold Tischner, dass sie es nun nicht mehr länger daheim aushalten könne. Der Vater sei heute wieder unausstehlich gewesen und sie wolle nun zur Tante nach Rechling gehen. Als Magd könnte sie überall arbeiten und brauchte dann nicht auch noch diese endlosen Quälereien über sich ergehen zu lassen.

Ach, sie ist arg verzagt und Reinhold muss seine ganze Überredungskunst aufbieten um sie ruhiger zu stimmen. Er begreift selber, dass ihre Lage viel schlimmer ist als die seine, und ist unglücklich, dass er nicht helfen kann.

Sie stehen unter dem vorspringenden Dach des Querstadels. Die Nacht hat nur wenig Sterne. Man hört das Plätschern der Latschurn und manchmal knarrt das nur angelehnte Stadeltor im Wind.

»Gedulde dich noch ein paar Tage«, sagt Reinhold plötzlich. »Es muss auch einen anderen Weg geben, Barbara. Ich habe zwar keine Eltern mehr – sonst wäre es ja ein Leichtes –, aber meine Großmutter lebt noch. Ich glaube, dass sie nicht Nein sagen wird, wenn ich sie bitte, dass du zu ihr kommen kannst, bis wir heiraten können.«

»Ach, Reinhold, manchmal verliere ich allen Mut und kann nicht mehr glauben, dass wir zusammenkommen.«

»Wer wird denn so verzagt sein, Barbara! Wir haben uns doch lieb, in ein paar Monaten bist du volljährig, dann heiraten wir auch ohne den Segen deines Vaters. Bloß darfst du nicht von mir verlangen, dass ich demütig um deine Hand bettle. Ich kann das einfach nicht, Barbara.«

»Das weiß ich, Reinhold. Und ich liebe dich doch deswegen auch so sehr, weil du so bist. Du bist der Einzige, der nicht vor ihm katzbuckelt.« Sie schlingt die Arme um ihn. »Ach, jetzt ist alles wieder viel leichter. Ich müsste dich nur täglich – wenn auch nur für ein paar Minuten – bei mir haben können. Aber, ich glaube, du musst nun gehn, Reinhold. Hat es nicht schon Mitternacht geschlagen?«

Ja, es hat schon Mitternacht geschlagen. Aber wie immer, wenn sie sich heimlich treffen, rinnen ihnen die Viertelstunden nur so davon. Beim Patscheider krähen schon die jungen Hähne, als Reinhold über die Latschurnbrücke geht. Aber es ist noch Nacht. Zwei Uhr vielleicht. Der Wind hat sich gedreht. Sicher wird es im Laufe des Tages zu regnen beginnen.

Täuscht sich Reinhold oder hat er wirklich einen Schatten vom Schulhaus weghuschen sehen?

Die Haustür ist unversperrt. Er kann sich aber nicht erinnern, ob er sie abgesperrt hat. Eine Weile steht er und horcht in die Nacht. Huschende Schritte? Oder ist es der Wind, der im Dachstuhl des neuen Schulhauses knarrt?

Natürlich, er weiß es jetzt ganz genau, dass er beim Weggehen abgesperrt hat. Kopfschüttelnd betritt er sein Zimmer und geht auf den Balkon hinaus. Der Wind geht jetzt lauter als vorher. Das eiserne Friedhofstor knarrt leise und einmal ist es, als huste jemand. Aber das ist weiter weg und kommt vom Hang herunter.

An all diese Dinge erinnert sich Reinhold wieder mit aller Deutlichkeit, als er acht Tage später ins Zollamt nach Url vorgeladen wird. Zuerst lächelt er ungläubig, aber dann vergeht ihm das Lachen, als man ihm vorhält, dass in einem Geheimfach seines Küchenofens ein Säckchen Rauschgift gefunden worden sei.

»Aber Sie glauben doch nicht im Ernst, dass ich …«

»Wir wollen nicht darüber feilschen, was zu glauben ist und was nicht«, unterbricht ihn der vernehmende Beamte. »Wir wissen aber, dass Sie öfter um die Nachtzeit das Schulhaus verlassen. Zum Beispiel –«, der Beamte schaut in sein Notizbuch, »– am Donnerstag vergangener Woche. Können Sie uns sagen, wo Sie da waren?«

Reinhold erschrickt. »Darüber muss ich die Auskunft verweigern.«

»Damit erschweren Sie Ihren Fall nur. Sie sind doch ein intelligenter Mensch und sollten wissen, dass Sie mit Leugnen nur von einer Schwierigkeit in die andere kommen. Also wollen wir doch lieber bei der Wahrheit bleiben. Wie erklären Sie sich, dass dieses Säckchen in Ihren Küchenofen kommt?«

»Das weiß ich nicht.«

»Wer hat dieses Geheimfach aus Asbestplatten in Ihren Küchenofen eingebaut?«

»Das weiß ich nicht. Ich bin erst seit September vorigen Jahres in Tschamm.«

»Möglicherweise behaupten Sie sogar, dass sich dieses Geheimfach vor Ihrem Amtsantritt im dortigen Küchenofen befunden hat.«

»Daran kann es überhaupt keinen Zweifel geben.«

»Ihr Vorgänger war dreißig Jahre in Tschamm. Er befindet sich zur Zeit im Altersheim Kathrinenruh und wurde daraufhin bereits befragt. Ihm ist nichts davon bekannt, dass während seiner ganzen Zeit am Ofen etwas repariert worden wäre. Benutzen Sie den Ofen überhaupt?«

»Nein.«

»Und warum nicht?«

»Weil er schlecht zieht. Ich habe in meinem Wohnzimmer einen Ofen, der heizt den Küchenraum mit. Ich koche nicht und für Kleinigkeiten genügt mir eine Elektroplatte.«

Das alles klingt einleuchtend und wird von Reinhold mit aller Ruhe vorgetragen. Aber die Tatsache ist nun einmal so, dass das Zollamt durch ein anonymes Schreiben auf diesen Lehrer und den Küchenofen im Schulhaus hingewiesen worden ist und dass man dort dann tatsächlich ein Säckchen mit Kokain gefunden hat. Es steht auf dem Tisch vor ihnen, ein kleines Säckchen aus ungebleichtem Leinen, mit einer dünnen Schnur zusammengebunden.

Die Stimme des Vernehmenden, es ist Inspektor Gareis, ein hoch aufgeschossener Vierziger mit einer Narbe über der Stirn, schreckt Reinhold aus seinen Gedanken. Die Stimme ist jetzt weniger scharf als vorher.

»Herr Tischner, nun wollen wir einmal ganz ehrlich miteinander sprechen. Sie sind zu kurze Zeit in Tschamm, als dass wir glauben könnten, Sie selbst hätten das Kokain über die Grenze gebracht. Sie sind strafweise dorthin versetzt worden und hatten am Anfang einen sehr schweren Stand dort. Haben Sie Feinde in Tschamm?«

Reinhold blickt etwas unsicher auf. Er denkt an den Karotter. Dann schüttelt er den Kopf. »Nicht, dass ich wüsste.«

»Halten Sie es für möglich, dass jemand während Ihrer Abwesenheit dieses Säckchen in Ihrem Küchenofen versteckt hat.«

»Das kann sein.«

»Aber Sie verschließen doch das Haus, wenn Sie weggehen?«

»Selbstverständlich.«

»Verschließen Sie es immer?«

Reinhold stockt. Soll er sagen, dass er gerade am Donnerstag der letzten Woche die Haustür unverschlossen vorgefunden hat?

»Ich schließe immer ab.«

»Herr Tischner, haben Sie zu irgendeiner Zeit einmal bemerkt, dass in Tschamm geschmuggelt wird? Sie wissen, dass da oben im Vorjahr ein Grenzjäger erschossen worden ist. Haben Sie irgendwelche Beobachtungen gemacht? Bitte, besinnen Sie sich. Für uns ist der kleinste Anhaltspunkt wichtig.«

Reinhold greift nach der angebotenen Zigarette. In seinem Kopf schwirrt alles durcheinander. Er erlebt die erste Zeit in Tschamm wieder und erinnert sich an alle Einzelheiten. Er weiß, dass dort geschmuggelt worden ist, aber er weiß im selben Augenblick, dass er nichts sagen wird. Auf einmal kommt er sich vor, als wolle er aus einem Kreis ausbrechen und zum Verräter werden. Er ist Lehrer dort und kein Grenzbeamter. Und wenn die Tschammer ihn anfangs auch abgelehnt haben, jetzt gehört er doch auf irgendeine Weise zu ihnen und kann nicht gegen sie aussagen, zumal er auch nur verdächtigen könnte ohne irgendetwas zu beweisen. Gedankenvoll hebt er den Kopf und sieht sein Gegenüber ruhig an.

»Ich fand, als ich nach Tschamm kam, die dortigen Schulverhältnisse sehr heruntergekommen und verwahrlost. Meine erste und vordringlichste Aufgabe war es, hier Ordnung zu schaffen. In dieser Aufgabe bin ich aufgegangen. Was um mich herum geschah, interessierte mich wenig. Ich habe mir nie viel Gedanken darüber gemacht, wie die Leute in Tschamm leben und wovon. Ob dort geschmuggelt wird? Ich weiß es nicht, könnte es höchstens vermuten. In einem Grenzdorf – nehme ich an – wird das immer der Fall sein.«

»Sicher, sicher. Und solange es nur ein paar Sensen sind, geht das an. Aber hier steht ein Säckchen mit Kokain und es wurde in Ihrer Wohnung gefunden, Herr Lehrer Tischner. Nehmen wir an, Sie selbst scheiden aus. Wer, nach Ihrer Ansicht, hat ein Interesse daran, dass Sie in diesen Verdacht kommen? Wer hat ein Interesse daran, dass Sie auf solche Weise belastet werden und von Tschamm versetzt werden müssten?«

Wieder denkt Reinhold an den Karotter und zugleich zum ersten Mal auch an den Anton Riederer. Und wieder schluckt er seinen Verdacht hinunter, behält ihn für sich, richtet sich aber entschlossen auf.

»Ich weiß es nicht. Aber ich werde in Zukunft meine Augen offen halten, das verspreche ich Ihnen.«

»Gerade das wollte ich von Ihnen verlangen«, lächelt Gareis. »Sie könnten uns wertvolle Hinweise geben, könnten, wenn ich so sagen darf, einer unserer wertvollsten Mitarbeiter werden.«

»Nein, ich werde Lehrer bleiben wie bisher und mich nur um das kümmern, was mich betrifft.«

Inspektor Gareis wirkt wieder zugeknöpft. »Dann bringen Sie uns nur recht bald den Beweis, wer das Säckchen da in Ihren Ofen gezaubert hat.«

Als Reinhold wieder draußen steht, meint er alles nur geträumt zu haben. Auf diese Tour also versucht man mich aus Tschamm fortzubringen, denkt er bitter. Er zweifelt keinen Augenblick, dass der Karotter dahinter steckt. Aber hätte er seinen Verdacht aussprechen können und sollen?

Das tut ein anderer für ihn in dieser Minute. Kaum hatte er das Zimmer verlassen, da hat der Maler Ludwig Egge, alias Leutnant Hoflechner, es durch eine andere Tür betreten. Er hat in einem Nebenraum alles mit angehört, was der Lehrer ausgesagt hat, und sitzt nun lächelnd auf der Kante des Schreibtisches.

»Was sagen Sie nun zu der Geschichte?«, fragt Gareis ihn.

»Zunächst hat der gute Lehrer ein bisschen gemogelt«, antwortet Hoflechner. »Er hat nämlich doch Feinde in Tschamm, und zwar in erster Linie den Bürgermeister. Ich will Ihnen auch gleich erzählen, warum.«

Aufmerksam hört ihm Gareis zu und nickt ein paar Mal.

»Das ist interessant. Aber Sie wissen ja, welche Stücke man überall auf diesen Karotter hält. Sie sind also davon überzeugt, dass Tischner mit der Sache gar nichts zu tun hat?«

»So wenig wie ich und Sie.«

»Er geht aber doch abends oft fort. Ach ja, ich verstehe. Er trifft diese Dingsda, meinen Sie.«

»Die Barbara Karotter, jawohl.«

Gareis nimmt jetzt den Brief aus dem Schreibtisch. »Ist Ihnen diese Schrift schon irgendwann einmal untergekommen?«

Es ist eine klare, wie gestochene Schrift. Ein Buchstabe so gleichmäßig wie der andere.

»Ich tippe auf die Handschrift einer Frau. Aber gesehen habe ich sie noch nirgends. Wo ist der Brief abgestempelt?«

»In Epps.« Ärgerlich wirft Gareis den Brief wieder in das Fach zurück. »Da hat man nun endlich eine Spur und steht doch wieder wie der Ochs vor dem Scheunentor. Natürlich glaube ich nicht, dass der Lehrer geschmuggelt hat. Aber wer hat ihm dieses Corpus Delicti untergeschoben? Der Bürgermeister Karotter scheidet von vornherein aus. Wer kann es sonst gewesen sein?«

Hoflechner sieht plötzlich wieder die Szene deutlich vor sich, als am Fronleichnamstag der Karotter den Anton Riederer hinter die Kegelbahn gezogen und dort auf ihn eingeredet hat. Mit gespreizten Fingern fährt er sich durch das dichte, blonde Haar.

»Ich habe nicht gesagt, dass der Karotter grundsätzlich ausscheidet. Und ich bin auch nicht der Absicht, dass wir wie der Ochs vor dem Tor stehen. Für mich ist der ganze Vorfall sehr, sehr wichtig.« Er nimmt einen Bleistift aus der Tasche und zeichnet ein paar Konturen auf ein Blatt Papier. »Hier auf dieser Bergkuppe, nehmen wir an, steht ein leichtes Leiterwägelchen. Es braucht nur ein starker Windstoß zu kommen, dann setzt es sich in Bewegung und rast den Berg hinunter. Niemand kann es mehr aufhalten. Auf diesen Windstoß warte ich noch.«

»Und wenn er ausbleibt?«

Hoflechner schnellt vom Schreibtisch auf und lächelt leicht überlegen.

»Ich glaube nicht, dass er ausbleibt. Ich weiß nur nicht, wann er kommt. Aber kommen wird er.«

»Sie wissen mehr, als Sie sagen wollen.«

»Vielleicht. Aber wie gesagt, ich muss auf den Windstoß warten.«

Hoflechner streckt Inspektor Gareis die Hand hin.

»Nur nicht ungeduldig werden. Ich glaube, wir werden schon bald mehr wissen. Wiedersehen, Gareis.«

»Auf Wiedersehen, Hoflechner.«

Den weiten Schlapphut auf das Blondhaar gedrückt, den Rucksack nur lose mit einem Riemen über die Achsel gehängt schlendert Hoflechner – nun wieder ganz der Maler Ludwig Egge – durch die gepflegten Grünanlagen beim Landratsamt und will sich gerade nach einer kleinen Steinnelke bücken, wie sie dort in einem Rondell zu hunderten blühen, als ihm von einem Mädchen mit Hornbrille und einem lächerlichen Haarknoten im Nacken in einem sehr schnippischen Ton bedeutet wird, dass dies streng verboten sei.

Gaby Osterkamp spricht diese Warnung aus einem Fenster zu ebener Erde und es ist anzunehmen, dass hinter ihr in der Tiefe des Raumes irgendwo der Landrat sitzt, weil sie so einen schnippischen, herrischen Ton anschlägt. Das Licht einer wässrig-fahlen Sonne umschmeichelt ihr schmales Gesicht und huscht über die Brillengläser. Diese dicken Brillengläser dürften eigentlich das Licht der Sonne jetzt nicht zurückspiegeln, denkt Hoflechner blitzschnell. Aber die Gläser spiegeln, gerade als ob sie gewöhnliches Fensterglas wären. Er zieht seinen Hut und bittet vielmals um Entschuldigung, geht schmunzelnd davon und denkt wieder: Schau nur die Gabriele an. Trägt eine Brille aus Fensterglas, gerade als ob sie sich mit Gewalt hässlich machen wollte.

Es bereitet ihm immer Vergnügen, wenn er auf Bekannte trifft, die ihn in seiner Maske nicht kennen. Gaby Osterkamp müsste ihn kennen, denn er hatte manchmal dienstlich im Landratsamt zu tun gehabt und war dann von Gabriele gebeten worden entweder noch etwas zu warten oder durch die zweite Tür links zum Herrn Landrat einzutreten. Nie ist sie dem Leutnant Hoflechner mit so schnippischer Stimme begegnet wie jetzt dem Maler Ludwig Egge, der, das sei zugegeben, in seiner etwas saloppen Kleidung und mit dem Bart aussieht wie einer, der gerade aus dem Amtsgerichtsgefängnis entlassen worden ist und schon wieder die erste Straftat begeht, indem er aus dem Landratsgarten Nelken stiehlt.

Niemand in Tschamm ist bis jetzt auf den Gedanken gekommen, dass der Maler etwa ein Mann wäre, an den man mehr als nur einen flüchtigen Blick verschwendet, oder dass er gar ein schöner Mann sei.

Dies bleibt erst der stark erblondeten Dame vorbehalten, die eines Tages um die Mittagszeit in einem weißen Cadillac vor dem »Gasthaus zum Stern« aufkreuzt und fragt, ob sie ein Zimmer haben könne.

Das Zimmer kann sie haben, weil der Sternwirt auf Anraten des Lehrers im Frühjahr drei Fremdenzimmer eingerichtet hat. Sie bekommt das Zimmer umso freundlicher zugewiesen, weil sie hier nicht unbekannt ist, sie war schon öfter in Tschamm, hat aber bisher immer beim Bürgermeister gewohnt.

Olga Martini findet den Maler mit dem blonden Kinnbart schön und interessant zugleich. Die bubenhafte Neugier, mit der er die Szene ihres Ankommens beobachtet, bereitet ihr heimliches Vergnügen. Er sitzt gerade vor dem Haus beim Mittagessen, als sie ankommt, und sie verschenkt gleich ihr bezauberndes Grübchenlächeln und vielleicht hätte sich in dieser ersten Minute schon ein Gespräch angebahnt, wenn nicht der Lehrer Tischner um die Ecke gebogen wäre. Der Lehrer aber scheint die Dame mit dem Grübchenlächeln zu kennen, macht eine übertriebene Verbeugung und sagt mit steifer Höflichkeit:

»Auch wieder einmal im Land?«

Die Dame zieht die Augenbrauen etwas hoch und sagt: »Sie werden doch nichts dagegen haben?«

»Zum Essen heute nur ein kleines Bier«, ruft Reinhold zum Fenster hinein und sieht dann Olga Martini nach, wie sie auf hohen Absätzen mit schwebenden Schritten hinter dem Angestellten des Sternwirts hergeht, der ihre Koffer hinaufträgt.

»Sie kennen die Dame?«, fragt Ludwig Egge.

»Laura? Nur flüchtig«, weicht Reinhold aus.

»Eine blendende Erscheinung. Die muss sich wohl nach Tschamm verirrt haben. Und sehen Sie sich diesen Wagen an. Geld muss die haben wie Heu.«

»Ja, bloß nicht so lang.«

Mehr sagt Reinhold nicht. Aber er hat seine Gedanken. Warum kommt sie wieder nach Tschamm? Und warum wohnt sie diesmal nicht beim Karotter? Wie kommt sie zu diesem sündhaft teuren Wagen? Und ob sie sich diesmal wieder einen anderen Namen zugelegt hat?

Wie war er einmal in diese Frau vernarrt gewesen. Ihretwegen sitzt er eigentlich in Tschamm. Aber er ist ihr nicht mehr böse. Nicht mehr böse und auch nicht gut. Sie ist ihm grenzenlos gleichgültig. Er müsste ihr eigentlich danken, dass sie ihn so behandelt hat, denn sonst hätte er Barbara nie kennen gelernt. Barbara nicht und auch die Liebe nicht.

Nach einer Weile erscheint Olga frisch umgekleidet. Sie sieht schön aus. Ihr Charme ist unübertrefflich. Mitten im Gehen hält sie inne, schaut zu den langsam ziehenden Schäfchenwölkchen auf, geht auf die Latschurnbrücke zu und dann zum Karotter hinauf.

»Ist diese Frau schön«, schwärmt Hoflechner.

Reinhold gibt es zu. »Ja, schöner denn je. Aber gefährlich.«

»Wieso?«

»Eine Abenteurerin. Oder – Sie verstehen doch etwas von Kunst, Herr Egge. Sie sind doch Maler. Ich weiß von ihr, dass sie Kunstgewerblerin ist. Verdient man da so viel, dass man sich so einen Wagen leisten kann?«

»Das kommt drauf an. Unter Umständen ja.«

Damit ist zunächst das Thema Olga Martini zwischen den beiden beendet. Um die gleiche Zeit aber stellt Olga nach herzlicher Begrüßung an den Karotter die Frage:

»Wer ist der Mann beim ›Sternwirt‹?«

»Aha, du meinst den mit dem Apostelbart. Das ist ein Maler.«

Olga schminkt ihre Lippen ein wenig nach. »Interessant. Ein Künstler. Ganz ungefährlich also für uns.«

»Ein harmloser Faulenzer, der keiner Fliege etwas zuleide tut. Ich habe ihn schon überprüft.«

»Dann ist es gut. Wir können jetzt nichts Störendes brauchen, Karotter, und wir müssen das letzte große Geschäft mit größter Sorgfalt vorbereiten. Deswegen bin ich gekommen. Ich dachte, es ist ratsamer, wenn ich diesmal nicht bei Ihnen wohne.«

Der Karotter nickt. »Das ist gut so, ja. Aber – das letzte Geschäft, sagst du?«

»Ich sagte, das letzte große Geschäft. Man will die Linie umbauen. Mehr weiß ich auch nicht. Aber es wird dabei für Tschamm so viel abfallen, dass es zufrieden sein kann.«

»Und wann soll es steigen?«

»Das weiß ich noch nicht genau. Ich erwarte nähere Instruktionen hierher. Bin deshalb ein wenig früher gekommen. Und der Lehrer? Immer noch Ihr Feind?«

»Was heißt immer noch? Jetzt erst recht. Stell dir doch bloß vor, meine Barbara will er heiraten.«

Überrascht zieht Olga die schönen Brauen hoch. »Das ist interessant.«

»Eine bodenlose Frechheit ist es.«

Olga will abschwächen, aber sie tut es auf eine ungeschickte Weise, indem sie meint, sie halte den Lehrer für viel zu intelligent, als dass er sich an ein Bauernmädchen binden würde.

Da kommt sie aber bei dem Karotter schön an. Ohne dass sie sich etwas dabei gedacht hat, hat sie ihn ganz empfindlich in seinem Stolz getroffen.

»Was weißt denn du? Du kennst ja meine Barbara gar nicht. Mag sein, dass sie nicht so mit allen Wassern gewaschen ist wie du, aber was die Schönheit anbelangt, kann sie leicht neben dir bestehen, ohne dass sie sich anmalt.«

Das war grob, aber Olga ist keineswegs beleidigt. Sie lächelt bloß und weiß nur zu gut, welch eine Faszination sie auf Männer auszuüben vermag, sofern einer in seinen Gefühlen nicht ein ausgesprochener Holzklotz ist wie dieser Karotter.

Als sie aber nach einer Weile die Barbara zu sehen bekommt, als sie draußen am Fenster mit einem Rechen vorbeigeht, muss sie ihre Meinung doch ändern. Vor Jahren hat sie das Mädchen einmal flüchtig gesehen, kurz bevor sie auswärts in die Schule gekommen ist. Ein unbeholfenes, recht schüchternes Bauernmädchen. Kein Vergleich zu diesem herrlich gewachsenen Geschöpf da draußen.

Unwillkürlich entschlüpft es ihr: »Donnerwetter, das Mädchen ist schön. Und diese Figur ...«

Der Karotter lacht versöhnt und meint: »Kunststück, bei so einem Vater.«

»Jetzt kann ich den Lehrer verstehn«, meint Olga. »An so viel Schönheit geht kein Mann blind vorüber.«

Mit diesen Worten begräbt sie eine stille Hoffnung, die sie nach Tschamm mitgebracht hat. Reinhold Tischner hat sie beim letzten Mal gedemütigt wie nie vorher ein Mann. Das hat sie ihm heimzahlen wollen, indem sie noch einmal ihre ganzen Reize ausspielt um ihn wieder in ihren Bann zu ziehen. Wie herrlich hat sie sich das ausgemalt, wenn er ihren Verführungskünsten unterlegen wäre und sie ihn dann Hohn lachend von sich gewiesen hätte.

Seit sie nun die Barbara gesehen hat, weiß sie, dass ihre Rechnung nicht aufgeht. Es macht aber nichts. Ihr Aufenthalt in Tschamm ist nicht darauf berechnet, einen verlorenen Geliebten zu demütigen, sondern ist auf ein anderes Ziel gerichtet. Außerdem – für eine kleine Ablenkung wäre ja auch dieser Maler noch da, der sie so neugierig betrachtete.

Noch ist sie mit ihm über allgemeines Geplauder nicht hinausgekommen. Sie ist ja auch erst zwei Tage hier. Aber am dritten Morgen, der so schön ist, als hätte der Herrgott ihn in einer besonders guten Laune aus seiner Hand fallen lassen, ergibt es sich so, dass sie ihn trifft.

Ludwig Egge sitzt im Schatten einer Haselnussstaude, hat seinen Zeichenblock auf den Knien und schaut auf Tschamm hinunter, das im tiefsten Morgenfrieden vor ihm liegt. Seine Hand hält wohl den Bleistift, aber er ist über das flüchtige Skizzieren des Kirchturms und einiger Häusergiebel noch nicht hinausgekommen. Seine Gedanken sind viel zu sehr mit dem beschäftigt, was er in den letzten vierundzwanzig Stunden wahrgenommen hat. Und das ist viel.

Zunächst hat er im Fremdenbuch festgestellt, dass die Dame mit dem weißen Cadillac Olga Martini heißt. Der Lehrer aber kennt sie als Laura. Er scheint sie besser zu kennen, als er zugibt. Zweitens ist die Dame viel zu mondän, als dass dieses abgelegene Tschamm ihr etwas bieten könnte außer den landschaftlichen Reizen. Drittens ist es verdächtig, warum sie gerade mit dem Karotter auf so vertraulichem Fuße steht. Alles an dieser Frau ist geheimnisumwittert, die Freundlichkeit nur Berechnung. Ludwig Egge hat sich geschworen hinter dieses Geheimnis zu kommen, weil er fühlt, dass hinter ihr der Schlüssel für alles stecken könnte, um dessentwillen er hier in Tschamm sitzt und einen Maler spielt, dem jeder Kunstkenner auf den ersten Blick sagen würde, dass seine Zeichnungen nur Dilettantismus seien.

Olga Martini sagt ihm, dass es Kunst sei, und damit verrät sie sich abermals, denn als Kunstgewerblerin müsste sie ein anderes Urteil haben. Für eine Schmeichelei aber klingt es zu betont, als dass er es nicht erkennen müsste.

»So fleißig schon?«, sagt sie und fragt im gleichen Atemzug, ob es gestattet sei, sich ein wenig zu ihm zu setzen. »Vorausgesetzt, dass ich den Künstler nicht störe«, fügt sie hinzu.

»Aber ganz im Gegenteil«, sagt er und rückt zur Seite. Sein Blick ruht voller Bewunderung auf ihr. Sie trägt nur ein einfaches, geblümtes Sommerkleid. Was diese Frau auch anhaben mag, sie wirkt in allem schön, muss er denken. Den Wert des Armbandes, das sie trägt, schätzt er auf ein paar Tausend Mark. Ein bisschen zu kostbar für einen Morgenspaziergang über die bäuerlichen Fluren.

»Darf man einmal sehen?«, fragt sie. »Ich vermute, dass es Tschamm werden soll. Natürlich, der Kirchturm – wie leicht Sie das hinwerfen. Sie sollten so etwas einmal in Öl machen.«

»Ja?«, fragt er mit einer Miene, als traue er sich so etwas nicht zu. Im Grunde genommen weiß er jetzt noch nicht genau, wie er sich ihr gegenüber verhalten soll. Ihre Erscheinung ist wirklich nicht alltäglich, ja es ist so, dass er fast ein wenig unsicher ist vor ihr.

Olga erkennt diese Unsicherheit sofort und ahnt, dass Frauen in seinem Leben noch keine bedeutende Rolle gespielt haben. Schon überfällt sie wieder das Unruhige ihrer Natur, die gewohnt ist Verlockungen nachzugehen. Sie blickt ihm jetzt in die Augen. Der Maler bleibt nicht ganz ungerührt von dem Feuer ihres Blickes und wird über die Stirn hin rot. Ja, er bringt es fertig, den Verwirrten zu spielen, senkt seine Augen und zwingt seinem Mund ein hilfloses Lächeln auf. Das wirkt auf Olga in einer ungeahnten Weise. Ihr Mund bekommt eine ganz zärtliche Linie. Das Armband klimpert, als sie die Hand hebt um ein paar Härchen aus der Stirn zu streichen.

So ein Knabe, denkt sie. So ein kleiner, unschuldiger Knabe. Dann legt sie sich zurück und verschränkt die Arme lässig hinter dem Kopf.

»Stört es Sie, wenn ich zusehe? Ich verspreche Ihnen mich ganz mäuschenstill zu verhalten. Oder noch besser – erzählen Sie mir etwas.«

Er dreht ihr sein Gesicht zu. »Was könnte Sie von mir schon interessieren.«

»Oh, sagen Sie das nicht. Erzählen Sie mir etwas aus Ihrem Leben. Ich beobachte Sie schon seit ein paar Tagen. Sie sind immer so still, ein wenig traurig, als ob Sie etwas bedrücke. Wenn es Sie erleichtert, zu mir dürfen Sie ruhig sprechen. Denken Sie einfach, dass ich eine gute Freundin bin.« Sie lacht. »Das könnte doch auch sehr gut sein. Ich bin nur zwei Jahre älter als Sie.«

Er spielt den Überraschten. »Sie wissen ja schon eine ganze Menge über mich?«

»Kunststück, Ludwig Egge. Ich habe das Fremdenbuch beim ›Sternwirt‹ eingesehen und es würde mich sehr wundern, wenn Sie es nicht auch getan hätten.«

Er empfindet eine kindliche Freude, dass ihm das verschämte Niederschlagen des Blickes und das hilflose Lächeln so vortrefflich gelingen. »Ja, ich habe es getan. Bitte, seien Sie mir nicht böse.«

Sie schüttelt den Kopf. »Warum sollte ich Ihnen denn böse sein? Ich würde es nicht verstehen, wenn Sie es nicht getan hätten. Ich habe es ja auch getan. Freilich aus einem anderen Grund.«

»Aus welchem?«

»Können Sie sich das gar nicht denken? Ich habe mich vom ersten Moment an für Sie interessiert.«

»Ja? Das ist – sehr schön …«

Mit einem Mal hat Hoflechner sich wieder gefangen. Das verträumte Phantasieren darüber, dass es schön wäre, der Geliebte dieser Frau zu sein, ist verflogen. Er ist wieder der eiskalte Rechner und Planer, der ihr an Intelligenz ebenbürtig ist und ihr nun die rührende Geschichte eines Waisenknaben erzählt, der eine sehr einsame Kindheit und Jugend hatte, der sich durch das Studium buchstäblich durchhungern musste und nun in recht bescheidenen Verhältnissen mit der Sehnsucht aller Künstler lebt, dass einmal die Sternstunde komme und ihn mit einem Schlag aus aller Misere heraushebe.

»Ich weiß nicht«, schließt er seine Erzählung, »warum

ich gerade Ihnen das alles erzähle, warum ich gerade zu Ihnen ein so grenzenloses Vertrauen habe, gnädige Frau – immerhin ...«

»Immerhin freut es die gnädige Frau«, unterbricht Olga ihn und ist von herzlicher Teilnahme erfüllt. »Aber ich möchte es nicht mehr hören, dieses ›gnädige Frau‹.« Sie zieht seinen Kopf zu sich nieder und küsst ihn auf die Stirn. »Sie haben doch ins Fremdenbuch hineingeschaut und wissen, wie ich heiße.«

»Olga ...«, flüstert er gehorsam und lässt willenlos sein Gesicht von ihren Händen umschließen. Ihre Augen ruhen voll und tief in den seinen.

Ja, für ihn ist es das große Spiel seines Lebens und er begreift, dass es für Olga kein Spiel mehr ist, sondern eine heftig aufflammende Leidenschaft.

Die scheue, zurückhaltende Art des jungen Flaumbarts, ihres Knaben, wie sie ihn nennt, entflammt ihre Sinne und ruft ihre Leidenschaft wach.

Er kommt aus dem Staunen nicht heraus, was für Worte eine verliebte Frau findet, wenn sie ihr Herz nicht mehr im Zaum halten kann. Olga lässt durchblicken, dass sie ihm die Welt zeigen will, alle Schönheiten dieser Erde, und dass sie ihn glücklich machen will, wie ihn nie mehr eine Frau glücklich machen könnte.

Ludwig Egge hat keinen Zweifel, dass ihr Gefühl echt ist. So kann keine Frau spielen, und wenn sie die beste Schauspielerin der Welt wäre. Manchmal tut es ihm fast Leid, wenn er daran denkt, dass er der Leutnant Hoflechner ist, der sie unerbittlich zur Strecke bringen wird.

Olga zählt es zu den ganz wenigen Unbegreiflichkeiten ihres Lebens, dass ihre Liebe zu diesem Mann aus Tiefen herkommt, die sie sich selbst nicht zugetraut hätte. Manchmal ist sie sogar nahe daran, ihm von sich zu erzählen.

In solchen Stimmungen denkt sie ernsthaft daran, ihr Leben zu ändern. Aber dann wird sie wieder hineingerissen in die Unerbittlichkeit ihres Auftrags und ihrer Pflicht, aus der es, wenigstens diesmal noch, kein Entrinnen gibt. Die Vorbereitungen für das große Geschäft sind im Gange, es gibt kein Zurück mehr.

Es gibt aber auch für den Maler kein Zurück mehr und eines Abends erhält er die letzten Beweise.

Olga hat ihm erzählt, dass sie schrecklich müde sei von der langen Wanderung mit ihm am Nachmittag und dass sie sich nach dem Abendessen sofort hinlegen will. Unter anderen Umständen hätte Ludwig Egge dies vielleicht geglaubt. Aber er ist voller Spannung, er spürt, dass Entscheidendes naht, und wartet wie ein Spürhund auf den kleinsten Fehler, der Olga unterlaufen könnte. Sie macht den Fehler, dass sie zu oft gähnt, und ihre schläfrige Stimme ist nicht echt. Auf dem Treppenabsatz macht sie den zweiten Fehler, weil sie ihn dort schon zur guten Nacht küsst. Sonst hat er sie immer bis vor die Zimmertür begleitet.

»Bis morgen«, sagt sie. »Weck mich um sieben Uhr.«

Sein Zimmer ist neben dem ihren. Sonst geben sie sich vor dem Einschlafen immer noch Klopfzeichen durch die Wand. Heute bleibt alles ruhig. Die Balkontür seines Zimmers steht offen. Fledermäuse huschen in der Dämmerung vorüber. Einmal flattert eine ins Zimmer, erschrickt vor dem glühenden Funken der Zigarette des Mannes und taumelt wieder hinaus.

Von der Gaststube dringt noch das übliche Stimmengewirr herauf. Dann wird es ruhiger. Der letzte Gast verlässt die Wirtschaft. Schritte hallen auf der Latschurnbrücke, verlieren sich dann in Richtung Karotterhof. Der Karotter kann das nicht sein. Hoflechner weiß das ganz genau. Der Bürgermeister war nicht in der Gaststube. Vom Kirchturm schlägt es halb zehn. Wieder Schritte auf der rauen Straße, dann über die Brücke. Eine Haustür knarrt in den Angeln, dann wieder eine und abermals Schritte.

Plötzlich fährt Hoflechner wie elektrisiert zusammen. Nebenan im Zimmer hat sich etwas gerührt. Es war nicht das Geräusch der Bettstatt, das ein müder Schläfer im Umdrehen verursacht, sondern es sind huschende Schritte. Vorsichtig schleichende Schritte. Die Dielen knarren. Dann das Quietschen einer Tür und vorsichtiges Schließen. Der Schlüssel wird abgezogen und dann knarren ein paar Treppenstufen. Hoflechner tritt auf den Balkon. Die Nacht ist von den Sternen ein wenig erhellt. Vorsichtig wird die Haustür geöffnet. Dann tritt eine Gestalt hinaus, sieht sich vorsichtig um, schaut auch zum Balkon herauf und geht dann eilig davon.

Olga Martini.

Ihre Schritte trippeln über die Brücke. Tief atmend wie einer, den die Arbeit ruft, richtet Hoflechner sich auf. Ob sie das Fenster geschlossen hat? Es ist nur angelehnt und das ist Olga Martinis entscheidender Fehler.

Ins Zimmer zu gelangen ist jetzt wirklich nicht schwer. Der Grenzjägerleutnant weiß jetzt, dass er in kurzer Zeit seine Malermaske wird ablegen können. Im Dunkeln sucht er nach irgendetwas, womit er das Fenster verhängen könnte. Dann erst knipst er die Nachttischlampe an, die er zur Sicherheit mit einem Pullover verhängt.

Olgas Reisekoffer liegen auf dem Schrank, neben dem Waschtisch aber steht ihre große braune Handtasche. Was er in dieser Handtasche findet, übertrifft all seine Erwartungen und wirft ihn in bodenloses Erstauenen. Zunächst findet er einen Brief, dessen Schrift ihm sofort bekannt vorkommt. Aber er muss ihn dreimal lesen, weil er es einfach nicht begreifen kann. Es ist die gleiche Schrift wie in jenem anonymen Brief, den ihm Inspektor Gareis vorgelegt und der den Lehrer so schwer belastet hat. Er ist mit »Deine Gaby« unterzeichnet und es gibt keinen Zweifel mehr, dass es sich um Gabriele Osterkamp vom Landratsamt in Url handelt, weil ein paar Mal die Telefonzentrale des Landratsamtes erwähnt ist – und auch der Karotter wird genannt.

»... der Karotter war vorige Woche bei mir. Ich möchte

dir raten, liebe Olga, dass du, wenn du nächste Woche kommst, diesmal nicht bei ihm wohnst, sondern im Gasthaus. Ich glaube, das fällt weniger auf. Wie du es machen willst, den Dickschädeln da oben in Tschamm die Prozente zu kürzen, weiß ich nicht. Beim Karotter wird es dir auf keinen Fall gelingen. Das weißt du ja und ich glaube, ihm unterbreitest du diesen Vorschlag erst gar nicht. Wir brauchen diesen Mann, du weißt, ohne ihn geht es nicht ...«

Ein paar Minuten starrt Hoflechner vor sich hin. Also doch der Karotter, der unten in den Ämtern überall so eine gute Nummer hat. Und diese bebrillte Spitzmaus. Sieh mal einer an. Die Gaby vom Landratsamt.

Dann sucht er weiter in der Tasche. Einige Fotos findet er. Eines davon stellt einen etwas beleibten Herrn mit einem Spitzbart dar. »Otto Silbernagel« steht auf der Rückseite. Dann von Olga selber ein paar Fotos. Ein Pass auf den Namen Laura Steffens. Zweimal muss Hoflechner hinsehen um auf diesem Passbild Olga zu erkennen. Ein völlig anderes Gesicht, als er es kennt, eine andere Frisur, die Haare schwarz. Aber es ist Olga, gar kein Zweifel, das sind ihre Augen, ihr geschwungener Mund.

Hat nicht der Lehrer gesagt, dass sie Laura heiße?

Nun will er den Reißverschluss an der Tasche schon wieder zuziehen, als ihm noch ein Seitenfach auffällt, in das er hineingreift. Und hier erst findet er das Wertvollste vielleicht von allem, nämlich eine sauber ausgearbeitete Skizze vom Mauergebirge mit einer punktierten Linie und darüber die Zahlen 8.7. Die punktierte Linie muss der Weg sein, den die Schmuggler wahrscheinlich in der Nacht zum achten Juli gehen würden, kombiniert Hoflechner. Sie führt über den Kamm hinunter zu einer schraffierten Fläche, in deren Mitte ein schwarzes Viereck eingezeichnet ist. Ein Einödgehöft oder ein Heustadel.

Atemlos sitzt Hoflechner eine Weile da. Er kann es gar nicht recht fassen, dass er nun, nach wochenlangem Warten, mit einem Schlag auf die richtige Spur gekommen ist.

Dann schließt er die Handtasche und stellt sie wieder an ihren Platz. Die Skizze nimmt er mit. Er ist auf einmal wieder ganz in seinem Element und bis in die Fingerspitzen hinein mit Energie geladen.

Er benutzt nicht die Stiege durch das Haus, sondern lässt sich am Balkon hinunter. Auf dem Kirchturm schlägt es gerade elf Uhr, als er auf den Karotterhof zuschleicht. Er weiß nicht, welchem Glücksumstand er es zu verdanken hat, dass ihn der scharfe Hund dort nicht anspringt. Barbara hat ihn nämlich in den Stall gesperrt und steht mit Reinhold Tischner hinter dem Stadel in der warmen Sommernacht.

Nirgends dringt ein Lichtschein heraus. Und doch ist Hoflechner der festen Überzeugung, dass gerade auf dem Karotterhof in dieser Nacht Entscheidendes vor sich geht.

Da – ist dort nicht ein winziger Lichtstrahl gewesen? Gerade dort, wo die Fensterläden geschlossen sind, dringt er heraus. Lautlos schleicht sich Hoflechner näher und vernimmt jetzt deutlich erregte Stimmen von drinnen.

»Ich sehe nicht ein, warum wir diesmal um fünf Prozent weniger haben sollen«, sagt eine sonore Stimme und Hoflechner erkennt sie als die des Bürgermeisters.

»Das liegt nicht an mir«, antwortet jetzt Olga. Wie scharf und kalt ihre Stimme hier klingt. »Warum streiten wir überhaupt? So ist es diesmal von der Zentrale festgelegt worden und aus. Es fehlt gerade noch, dass ihr undankbar werdet. Wem habt ihr denn alles zu verdanken, den ganzen Wohlstand, den Frieden des Dorfes?«

»Dir«, sagt ein anderer mit schwerer Stimme. »Dir haben wir das Ganze zu verdanken. Besonders der Lattner hat seinen Frieden dir zu verdanken.«

»Das ist nicht unsere Schuld, sondern eure Gefühlsduselei. Wir hätten das auf einfachere Weise erledigen können. Aber Sie, Herr Karotter, waren ja dagegen.«

»Ja, ich war dagegen, das stimmt, weil ich kein Blut an meinen Händen haben wollte. Aber streiten wir uns jetzt nicht um Kleinigkeiten. Die fünf Prozent müssen her, sonst gehen wir nicht.«

»Also gut, ich werde mit dem Chef noch mal reden. Sonst ist ja alles klar?«, fragt Olga.

Papier raschelt. Eine Weile ist es ganz still.

Dann wieder die Stimme des Karotters: »Was für ein Hornochs hat denn die punktierte Linie eingezeichnet? Die Schartenwand können wir ja gar nicht ohne Seil gehen. Größere Gefahren, aber weniger Geld. Das mag ich.«

Olgas klirrendes Lachen. Wahrscheinlich lacht sie darüber, weil dieser Bauer den höchsten Chef der Zentrale einen Hornochsen zu nennen beliebt. Dann ihre Stimme.

»Also gut, ich werde mich dafür einsetzen, dass ihr die fünf Prozent wieder bekommt. Sonst aber muss alles so bleiben, wie es hier im Plan eingezeichnet ist. Es ist alles auf die Minute berechnet, Anmarsch, Übernahme und Rückmarsch. Ausstieg aus der Scharte um elf Uhr, Rückweg um zwei Uhr. Das ist wegen der Patrouillengänge der Grenzpolizei. Unsere Gewährsleute haben errechnet, dass die jeweilige Patrouille zu den angegebenen Zeitpunkten eine halbe Stunde vom Einstieg in die Schartenwand entfernt ist. Sonst noch was?«

Eine dritte Stimme fragt, wie es eingeteilt werden soll.

Der Karotter antwortet: »Alle wie sonst, bis auf den Lattner. Die besten zwanzig gehen durch die Wand, die anderen zur Sicherung einteilen. Mit den Kindern dürfen wir uns nicht mehr trauen. Ich werde morgen die genaue Einteilung vornehmen. Wart einmal, was haben wir denn am achten für einen Mond? Halbmond. Das ist gut. Nicht zu hell und nicht zu dunkel. Immer noch gutes Büchsenlicht, wenn es darauf ankommt, was ich zwar nicht hoffe.«

Ein paar Stimmen fragen noch durcheinander, etwas leiser, sodass Hoflechner nichts mehr verstehen kann. Aber was er gehört hat, genügt vollkommen. Nur mehr drei Tage, dann wird die Aktion starten.

Stühle werden gerückt. Dann verlässt der Erste das

Haus. Hoflechner drückt sich eng in den Mauerschatten. Sechs Gestalten zählt er. Die letzte musste Olga sein, die jetzt noch mal kurz beim Karotter zurückbleibt.

»Das mit den fünf Prozent Kürzung wäre für Sie doch nicht in Frage gekommen. Sie erhalten Ihre fünfundzwanzig sowieso. Nur der Trägerlohn für die andern scheint der Zentrale zu hoch gegriffen.«

»Es ist ein jedes Leben gleich viel wert«, antwortet der Karotter. »Mir wenigstens. Bei euch, das weiß ich, zählt ein Menschenleben nicht viel. Was ich noch fragen wollte. Die Gaby ist instruiert?«

»Ich werde sie morgen nochmals aufsuchen.«

»Vorausgesetzt, dass du Zeit dazu hast?«

»Wie meinen Sie das?«

»Ich meine, vor lauter Verliebtheit. Wenn der Maler nicht so ein Narr wäre, würde ich sagen: Vorsicht, weil ein verliebtes Frauenzimmer manchmal die Zunge nicht im Zaum halten kann.«

»Da kennen Sie mich aber schlecht, Karotter. Privatleben und Geschäft sind bei mir streng getrennt. Außerdem bin ich ausnahmsweise einmal nicht verliebt, sondern ich liebe den Mann wirklich. Und wer weiß, ob ich nicht ausscheide, wenn es diesmal vorbei ist.«

»Das sagt sich so leichthin. Geld ist eine Macht, die einen nicht so leicht auslässt.«

»Die Liebe auch«, antwortet Olga mit einem leichten Seufzer hinterher. Dann geht sie.

Der Karotter bleibt noch eine Weile auf dem Vorplatz stehen und schaut zu den Sternen hinauf. Dann geht er ins Haus zurück und schiebt den Riegel vor.

In dieser Nacht aber klingelt Hoflechner den Zollinspektor Gareis noch aus dem Schlaf und erstattet ihm Bericht.

Er kommt gerade rechtzeitig nach Tschamm zurück, als es im Osten zu grauen beginnt.

Ludwig Egge sitzt bereits beim Frühstück, als Olga erscheint. Es ist immer ein Genuss, sie am Morgen so hereinkommen zu sehen, jeden Tag in einem anderen Kleid, frisch und blühend wie eine Rose in ihrer schönsten Entfaltung. Heute aber bemerkt man sofort einen etwas abgespannten Ausdruck in ihrem Gesicht. Der Mund ist von einer seltsamen Strenge und lockert sich erst zu einem Lächeln, als Ludwig vom Kaffeetisch aufsteht und ihr galant die Hand küsst.

»Hast du mich nicht klopfen hören, Olga?«

»Doch, aber ich war so müde.«

»Schlecht geträumt?«

»Schlecht? Eigentlich nicht. Es war sogar ein sehr schöner Traum. Ein Traum von dir und mir.«

Er schenkt ihr Kaffee aus der großen Kanne ein und gibt viel Milch dazu.

»Von dir und mir. Darf ich wissen ...?«

Sie schaut ihn lange mit leuchtenden Augen an und streichelt dann über seine Hand.

»Wir werden von hier weggehen, Ludwig. Nein, bitte, unterbrich mich nicht, ich habe alles schon ganz genau festgelegt. Am neunten Juli, das wäre also am nächsten Donnerstag, reisen wir ab.«

»Ja, aber ...«

»Kein Aber, bitte. Dich hält doch auch nichts, Ludwig. Wir werden reisen, eine ganz neue Welt wird sich dir eröffnen, du wirst malen können und ich werde bei dir sein. Ich werde dich nie mehr allein lassen, es sei denn, du möchtest es so haben.«

Es wird ihm auf einmal ganz weh ums Herz, denn er fühlt die Ehrlichkeit ihrer Absichten, weiß, dass sie ihn mit der ganzen Kraft ihres Wesens liebt. Und er, er trachtet nur danach, wie er sie überführen und vernichten kann. Der Gedanke, diese Frau hinter vergitterten Fenstern zu wissen, verursacht ihm fast körperliche Schmerzen.

Aber so unvermittelt diese weiche Stimmung über ihn

gekommen ist, verschwindet sie auch wieder. Seine Welt ist nicht ihre Welt und der brennende Ehrgeiz, der ihn in der Maske eines Malers nach Tschamm getrieben hat, findet nun bald seine Erfüllung.

»Aber, ich bitte dich, Olga«, sagt er. »Du weißt doch, dass meine Mittel sehr bescheiden sind.«

»Habe ich dich danach gefragt?«

»Nein, ich weiß, du bist sehr großzügig, aber es wird doch ein großes Opfer sein.«

Wieder sieht sie ihn lange und ganz eigentümlich an. »Wenn man liebt, Ludwig, spricht man von keinem Opfer. Und ...«, sie nimmt sein Gesicht in ihre Hände, » ... glaubst du denn nicht mehr an deine Sternstunde?«

»Doch, doch. Sie ist vielleicht näher, als du ahnst«, antwortet er doppelsinnig. »Übrigens, ich muss heute einmal nach Url, Farben kaufen.«

Schnell, fast zu schnell antwortet sie: »Ich fahre dich mit dem Wagen hin. Aber kann es nicht erst gegen Abend sein? Ich habe ein paar Besorgungen zu machen.«

So fährt Olga Martini ihren Geliebten, der ihr Verräter sein wird, gegen vier Uhr nach Url. Sie parken den weißen Cadillac auf dem freien Platz vor der Kirche und vereinbaren sich in zwei Stunden in dem kleinen Café unter den Bögen wieder zu treffen.

Ludwig Egge kauft tatsächlich ein paar Farben ein, aber dann begibt er sich ins Grenzkommissariat, wo er schon erwartet wird.

»Ist alles vorbereitet?«

Es ist alles vorbereitet. Die Kollegen haben im Wohnzimmer von Gabriele Osterkamp ein Abhörgerät eingebaut und nun sitzt Inspektor Gareis selber in einem Raum darüber und wartet der Dinge, die nun kommen sollen.

Noch ist alles ruhig und es ist ein Glück, dass der Kaufmann Molders die Wohnung im oberen Stockwerk noch nicht bewohnt. Sie soll demnächst sein Ruhesitz werden, wenn er seinem Sohn das Geschäft übergibt.

Dieser Hoflechner ist doch ein Teufelskerl. Seine Ermittlungen haben im Grenzschutz und beim Zollfahndungsamt wie eine Bombe eingeschlagen. An all den Wirrwarr, der seit den frühen Morgenstunden dort herrscht, denkt Inspektor Gareis, als ihn plötzlich Schritte im Garten aufschrecken. Hinter dem Vorhang stehend beobachtet er die elegante Frau, die auf das Haus zugeht, wie selbstverständlich einen Schlüssel aus ihrer Handtasche nimmt, aufsperrt und das Haus betritt.

Das also ist das schöne Opfer des Leutnants Hoflechner.

Gareis prüft den Apparat nochmals und setzt die Kopfhörer auf. Deutlich hört er jetzt die Geräusche von unten, kurze, abgehackte Schritte, das Öffnen einer Schranktür und das Klirren eines Glases. Die Dame scheint da unten wie daheim zu sein, obwohl es die Wohnung Gaby Osterkamps ist. Gareis blickt auf die Uhr. Es ist gleich fünf und Frau Osterkamp müsste jeden Augenblick kommen. Es dauert aber noch fast zehn Minuten, bis er ihre Stimme vernimmt.

»Ach, Olga, armes Mädchen, da bist du ja. Du hast dir Gin eingeschenkt? Recht so. Ich kann dir nachfühlen, wie dir dieses langweilige Nest da oben auf die Nerven gehen muss. Aber tröste dich, es dauert nur mehr drei Tage.«

»Und drei Nächte«, antwortet Olga und lacht hinterher. »So langweilig ist es gar nicht, wie du meinst.«

»Ach ja, erzähl. Du machtest am Telefon nur Andeutungen. Ein Maler sagtest du? Bist du richtig verliebt?«

»Ja, richtig. Das wundert dich wohl. Ich wundere mich auch über mich, weil ich nie geglaubt hätte, dass ich mich einmal so rettungslos verlieben könnte.«

»Und Kapojan?«

»Ach, was ist Kapojan schon gegen ihn!«

»Wie stellst du dir denn deine Zukunft vor?«

Eine Weile schweigt Olga. Dann sagt sie mit völlig veränderter Stimme: »Ich bin nicht gekommen um mit dir über meine Zukunft zu sprechen. Viel eher über deine, denn du weißt, dass Tschamm als Stützpunkt aufgegeben wird und dass es diesmal das letzte Mal sein wird. Wo und wie ein neuer Stützpunkt aufgebaut wird, steht noch nicht endgültig fest. Aber man wird dich wieder brauchen, Gaby. Bei deiner Klugheit wird es dir nicht schwer fallen, anderswo wieder eine Stelle zu finden, die für die Linie nützlich ist.«

»Sicher«, gibt Gaby zu. »Aber nicht mehr in einer Maske wie hier, das sage ich dir. Ich habe es satt, das Mauerblümchen zu spielen. Außerdem habe ich Anspruch auf Urlaub in der Pension in Messina. Das ist mir vertraglich zugesichert.«

Die Villa, in der du deinen Urlaub verbringen wirst, wird ganz anders aussehen, denkt Inspektor Gareis grimmig und rückt die Kopfhörer besser zurecht.

»Hast du das Gefühl«, fragt jetzt Gaby, »dass wir hier nicht mehr ganz sicher sind?«

»Das nicht. Aber dass man den Lehrer so plump hat belasten wollen, war nicht klug. Wer ist auf diese Idee gekommen?«

»Der Karotter natürlich.«

»Ich weiß«, lacht Olga. »Er ist sein Feind, jetzt noch mehr als früher. Es hängt mit seiner Tochter zusammen. Ein hübsches Ding übrigens. Aber zur Sache. Ich bin startbereit und werde, wenn die Aktion abgelaufen ist, sofort nach Messina abfahren. Mit ihm natürlich. Du kannst deine Abreise in aller Ruhe vorbereiten.«

Was nun noch folgt, ist für den Lauschenden nicht mehr so interessant. Aber in dem versammelten Kreis, vor dem später das Tonband abläuft, macht man doch recht verdutzte Gesichter, denn es sind doch einige Herren dabei, die für den Karotter blindlings die Hand ins Feuer gelegt hätten. Und nun stellt sich heraus, dass er der Leiter des Schmugglerstützpunktes Tschamm ist.

In dieser Stunde aber beginnen bereits die Vorbereitungen für den großen Schlag gegen die Schmuggler. Der Draht spielt über die Grenze, die österreichischen Grenzer werden alarmiert. Faden um Faden wird gesponnen und die Maschen werden immer enger.

Markus Karotter hat in der Dämmerung auf der hoch gelegenen Bergwiese, auf der ein alter Heustadel steht, seine Männer versammelt. Mit der Dämmerung kommen noch weitere hinzu. Am unteren Rand der Wiese stehen zwei Posten mit entsichertem Gewehr.

Zur festgesetzten Zeit sind alle beisammen, verwegene Gestalten mit rußgeschwärzten Gesichtern, aber zuversichtlich und ohne Furcht, denn heute hat wieder einmal der Karotter selber die Führung des Unternehmens übernommen. Den kurzen Stutzen umgehängt steht er da wie ein Feldherr und teilt die Leute für ihre Posten ein.

»Du, Raguser, übernimmst die Sicherung am rechten Flügel gegen die Zollhäuser zu. Geschossen wird nur im höchsten Notfall. Die linke Seite oberhalb der Schartenwand beim Steg nimmt der Rotneiger. Habt ihr eure Taschenlampen? Rotes Licht nur dann, wenn Gefahr ist. Und noch mal: Geschossen wird nur im höchsten Notfall und dann auch bloß auf die Füße. Noch eine Frage?«

Niemand antwortet.

»Also dann, auf geht's.«

Lautlos steigt der Karotter als erster in die Wand ein.

Und immer höher kommen sie. Ohne Zurufe werden immer wieder die Seile nachgezogen. Schon nähern sie sich dem Kamm und damit dem Ende der steilen Wand. Friedlich blinken ein paar Sterne am Himmel. Der Karotter schwingt sich hinauf und setzt seinen Fuß über die Kante. Langsam folgen die andern und stehen dann um ihn herum.

Noch rührt sich nichts. Und doch zuckt der Karotter plötzlich zusammen. Sein scharfes Ohr hat irgendein Geräusch vernommen, einen dünnen, metallenen Schlag.

»Patscheider ...«, flüstert er. »Hast du nichts gehört?«

»Nichts ist. Was hast du denn auf einmal?«

»Ich weiß nicht, ich hab so ein ungutes Gefühl.«

Im selben Augenblick aber sieht man die Trägergruppe von drüben auftauchen. Dunkle Schatten bewegen sich lautlos gleitend auf den Stadel zu. Gleichzeitig setzt sich auch der Karotter mit allen seinen Leuten in Bewegung, tritt nach ein paar Minuten dem Anführer der anderen Gruppe entgegen und reicht ihm die Hand.

»Gibt es was Neues?«

Der andere, ein Riese von Gestalt, schüttelt den Kopf.

»Die Papiere?«, fragt der Karotter.

Sie werden ihm ausgehändigt. Die Männer des Riesen werfen die schweren Lasten ab, die von den Tschammern aufgenommen werden.

Der Karotter fragt den Riesen gerade noch, ob er wisse, dass es heute das letzte Mal sei, als plötzlich vom Stadeldach herunter zwei grelle Scheinwerfer die Gruppe erfassen. Ringsum schnellen Grenzsoldaten vom Boden auf und ein Offizier, die Maschinenpistole im Anschlag, ruft mit gellender Stimme:

»Ergebt euch, jeder Widerstand ist zwecklos. Es ist alles umriegelt und umstellt.«

Blitzschnell reißt der Karotter seinen Stutzen hoch und zerschmettert mit einem Schuss einen der Scheinwerfer auf dem Dach. Weiter kommt er nicht mehr, denn man hat ihn schon zu Boden gerissen.

Ringsum entsteht ein stummes, verbissenes Ringen. Der Patscheider schlägt mit seinem Gewehr wie wild um sich. Aber gegen diese vielfache Übermacht ist alles zwecklos. Nach wenigen Minuten stehen sie stumm und verbissen wie eine zusammengepferchte Schafherde auf der Wiese und unbarmherzig leuchtet der Scheinwerfer auf die Gruppe herab.

Der Offizier der Grenzjäger tritt vor. »Wer ist der Karotter?«

Der Karotter tritt einen Schritt vor. »Ich bin's. Ach so?«, sagt er dann mit bissigem Auflachen, als er sieht, dass sie ihm Handschellen anlegen. »Keine Angst, ich lauf nicht davon. Mir scheint, ihr habt da gleich ein ganzes Regiment aufgeboten für uns paar Leute.« Dann wendet er den Kopf zum Patscheider. »Da muss eine Verräterei im Spiel sein. Anders kann ich mir das nicht erklären.« Dann verstummt er plötzlich und horcht angestrengt in westlicher Richtung, wo er den Sicherungstrupp des Ragusers weiß. Dort fallen Schüsse. Kurz und hart springt das Echo durch die nächtliche Bergwelt. Dann wird alles wieder still.

Keiner der Männer weiß, was nun eigentlich passieren wird. Es werden keine Anstalten getroffen für einen Abtransport. Ganz eng scharen sich die Männer von Tschamm um ihren Bürgermeister, wie aufgescheuchte Tiere um ihren Hirten. Hoch aufgerichtet und gelassen steht der Karotter da. Es scheint, als sei das Licht des Schweinwerfers nur auf ihn gerichtet. Erst als es zögernd hell zu werden beginnt, sieht er, wie groß das Aufgebot ist, das man in die Berge geschickt hat um ihn einzufangen. In einem weiten Umkreis stehen dicht die jungen Grenzjäger und ständig umkreisen ein halbes Dutzend von ihnen mit auf den Mann dressierten Schäferhunden die Gruppe der Bauern. An ein Entkommen ist nicht mehr zu denken.

Als die Sonne mit feurigem Leuchten über die Berge hochsteigt und der ranghöchste Offizier schon ein paar Mal auf seine Uhr am Handgelenk geschaut hat, hört man aus dem tiefer liegenden Wald Motorengeräusche. Drei geländegängige Wagen tauchen auf und verladen die Beute. Dann werden die Gefangenen abtransportiert.

Die Tschammer werden am Grat entlang in die Zollhäuser auf der Salm geführt. Dort sehen sie, dass man auch die Gruppe des Ragusers schon hergebracht hat. Der Karotter hat fast damit gerechnet, aber als er als Erster über die Schwelle in den Vernehmungsraum geführt wird, fährt er doch zusammen und wechselt die Farbe.

Auf einem Feldbett liegt eine magere, eingefallene Gestalt und müht sich ab dem Karotter ein armseliges Lächeln zu schenken.

»Lattner, wie kommst du hierher?«

Der Lattner versucht die Hand zu heben. Aber seine Kraft reicht dazu nicht mehr aus. Müde fällt sie auf die blau gewürfelte Bettdecke nieder.

»Du hast mich nicht mitgehen lassen wollen, Markus – jetzt bin ich halt heimlich mitgegangen, mit dem Raguser.« Ein schmerzhaftes Stöhnen und dann ein Hustenanfall. Ein Arzt beugt sich über ihn.

»Was ist mit dem Mann?«, fragt der Karotter in scharfem Ton.

Am Tisch erhebt sich ein kleiner, drahtiger Offizier mit schneeweißen Haaren. Oberst Rankenstein. Er tritt auf den Karotter zu und sieht ihm fest in die Augen.

»Schade, dass ein Mann wie Sie nicht auf unserer Seite gestanden ist«, sagt er. Dann wendet er den Kopf zum Bett hin. »Dieser Mann dort hat bei dem Feuergefecht was abbekommen.«

»Schlimm?«

»Ich fürchte, ja.«

In diesem Augenblick regt sich der Lattner wieder.

»Trag mir nichts nach, Markus, dass ich ohne dein Wissen mitgegangen bin. Mit mir ist es aus – ich spür's. Jetzt brauch ich keinen Gips mehr und du hast Ruh vor mir. – Bloß – Markus, kümmere dich um meine Frau und meine Kinder und vergönnt mir meinen Frieden. Gebeichtet hab ich es längst und – jetzt sind wir quitt. Ich habe den Grenzer im vorigen Jahr erschossen, jetzt hat es mich erwischt – es findet alles im Leben seine ausgleichende Gerech …«

Sein Kopf fällt zur Seite, er atmet noch ein paar Mal hastig, jetzt noch ein tiefer Atemzug. Dann erlischt er. Ganz still, wie eine Kerze, wenn sie bis auf den Stumpf niedergebrannt ist.

In diesem Augenblick betritt ein junger Offizier den Raum und meldet dem Oberst in leisem Ton etwas. Der Offizier, dem die Uniform wie angegossen sitzt, trägt einen blonden Kinnbart und langes Blondhaar, das sich im Nakken ringelt. Jetzt dreht er sich um und sieht den Karotter an.

»Kennen Sie mich, Karotter?«

Der wird bleich, seine Augen schließen sich für einen Moment, um seinen Mund zuckt es und er will sich mit einer fahrigen Bewegung ans Ohrläppchen greifen. Aber seine Hände sind immer noch zusammengebunden.

»Jetzt ist mir alles klar«, sagt er und lässt den Kopf tief sinken.

»Leutnant Hoflechner, nehmen Sie dem Mann die Handschellen ab«, befiehlt der Oberst.

Das Erste, was der Karotter tut, als er die Hände frei hat, ist, dass er sich ans Ohrläppchen greift. Dann nickt er dem Leutnant zu.

»Respekt, Herr Leutnant. Der Maler ist Ihnen gut gelungen. Recht geschieht mir, warum hab ich mich täuschen lassen. Bloß eine Frage hätte ich noch an Sie.«

Hoflechner ahnt die Frage bereits und nickt.

»Sie können beruhigt sein, Karotter. Auch Olga Martini ist in unserer Hand, genauso wie die Gaby vom Landratsamt. Stünden Sie nicht im anderen Lager, dann müsste ich Ihnen meine höchste Anerkennung aussprechen, so gut hatten Sie alles organisiert.«

Es soll wohl ein Lob sein. Aber der Karotter ist für nichts mehr zugänglich. Er schweigt von nun an.

Leutnant Hoflechner hätte beinahe zu viel gesagt, als er dem Karotter versichert, dass Olga Martini festgenommen sei.

Olga Martini hatte am Fenster ihres Zimmers gesessen und aufgeregt eine Zigarette nach der andern geraucht und in die Nacht hinausgestarrt. Wahrscheinlich sah nur sie allein das rote Warnlicht auf den Salmenhöhen, das dem Karotter und seinen Leuten entgangen war, weil sie noch mitten in der Wand waren. Olga aber erkannte die Gefahr sofort und wusste, was sie zu tun hatte. Sie hörte Motorengedröhn und verschwommenen Lärm und wusste, dass es schief gegangen ist.

Aber sie hat vorgesorgt. Die Koffer sind bereits im Wagen, der Tank ist voll. Sie weiß, dass sie schnellstens fort muss. Aber nur eines will und kann sie nicht mehr. Sie kann den Geliebten nicht zurücklassen. Es bleibt keine Zeit mehr zu langen Erklärungen. Später wird sie ihm alles erzählen, später, wenn dieses Dunkle weit zurückliegt und nur mehr das Glück den Stundenschlag der Zeit regiert.

Sie stürzt hinüber in sein Zimmer und dreht das Licht an. Dann stutzt sie. Das Bett ist leer. In jähem Schreck will ihr etwas dämmern, aber sie ist ihrem Erlebnis mit Ludwig Egge so stark verflochten, dass sie den schrecklichen Gedanken nicht gelten lassen will.

Auch auf dem Balkon findet sie ihn nicht.

»Ludwig …«, ruft sie in die Nacht hinein. Es kommt keine Antwort. Dafür aber fallen auf der Höhe oben Schüsse. Da weiß sie, dass sie keine Minute mehr länger bleiben darf.

Sie rafft nur noch ihren Mantel an sich, dann stürzt sie hinunter, reißt das Tor der Scheune auf, in der der Wagen steht, und sieht zu ihrem Schrecken, dass aus sämtlichen Reifen die Luft ausgelassen worden ist.

In diesem Augenblick trifft der volle Strahl einer Taschenlampe grell ihr Gesicht.

»Olga Martini, geben Sie es auf«, sagt eine Stimme.

Blitzschnell greift sie in die Tasche ihres Kleides. Da langt schon eine Hand von hinten her nach ihrem Handgelenk.

»Lassen Sie die Dummheiten. Es hat keinen Sinn mehr.«

Klirrend schlägt die kleine Pistole auf das Betonpflaster der Scheune. Dann wird sie von zwei Grenzsoldaten abgeführt.

Es wäre unsinnig, ein ganzes Dorf mitten in der Heuernte der Männer zu berauben. Das sehen die Behörden wohl ein, zumal diese Männer verstockt schweigen. Fluchtgefahr besteht bei den meisten sowieso nicht und so werden sie während der folgenden Tage nacheinander entlassen. Nur den Karotter, den Patscheider und den Riederer-Anton behält man in Untersuchungshaft.

In dem anderen Flügel des Amtsgerichtsgefängnisses zu Url aber sitzen in ihren Einzelzellen Olga Martini und Gaby Osterkamp. Aber während Gaby Osterkamp recht geständig ist, ist aus Olga kein Wort herauszubringen. In einer starren Gleichgültigkeit sitzt sie vor dem Untersuchungsrichter, lässt seine Fragen über sich ergehen und schaut zum Fenster hinaus. Manchmal zuckt es um ihren schönen Mund, wenn der Untersuchungsrichter Vermutungen ausspricht oder wenn er ungeduldig über ihr halsstarriges Schweigen mit der Hand auf den Schreibtisch schlägt.

»Man nimmt an, dass Sie – wenn Sie nicht gerade das Haupt des Schmugglerringes sind – so aber doch eine führende Stellung eingenommen haben.«

»So? Nimmt man das an?«

»Ihre Komplizin auf Zelle sieben ist immerhin redseliger als Sie.«

Olga bemerkt die Falle, denn in Wirklichkeit kennt nicht einmal Gaby ihre Stellung im Ring. Sie schweigt wieder. In ihrem Gehirn bohrt unablässig ein Gedanke: Wie komme ich hier heraus? Ihr zweiter Gedanke gilt mit der gleichen Beständigkeit dem Maler Ludwig Egge. Wo ist er in jener Nacht gewesen? Was wird er jetzt denken? Wird sie ihn jemals wieder finden?

Drei Tage vergehen so. Am vierten Tag, vormittags gegen neun Uhr, rasseln die Schlüssel an ihrer Zellentür. Seufzend erhebt sie sich von ihrem schmalen Bett. Wenn sie es nur endlich aufgeben wollten, denkt sie. Sie müssten doch längst gemerkt haben, dass aus mir nichts herauszubringen ist.

Aber statt vor den Untersuchungsrichter geführt zu werden öffnet die Wärterin die Tür zum Besuchsraum. Helles Sonnenlicht flutet durch die Fenster und Olga muss einen Augenblick geblendet die Augen schließen. Als sie sie wieder öffnet, erschrickt sie bis ins Herz hinein. Der Mann am Fenster dort hat sich umgedreht. Olga erkennt ihn auf den ersten Blick und starrt ihn entsetzt an. Sie sieht die knapp sitzende Uniform, das braune Koppelzeug mit der Pistolentasche an der Seite und begreift auf einmal alles.

»Wie konnte mir das bloß passieren«, flüstert sie mehr zu sich selbst. Dann blickt sie ihn voll an. »Du bildest dir wohl recht viel darauf ein?«

»Halte von mir, was du willst«, antwortet Leutnant Hoflechner. »Aber ich bilde mir nichts ein.«

»Immerhin bist du der Sieger. Ja, ja, Ludwig Egge ...«

»Leutnant Florian Hoflechner«, berichtigt er.

»Immerhin, du hast gesiegt.«

»Nein, Olga Martini. Nicht ich habe gesiegt, sondern das Gesetz. Zigarette?«

»Danke!«

Hoflechner zündet sich die seine an. »Ich verstehe. Du nähmst von mir auch kein Stück Brot mehr, selbst wenn du am Verhungern wärst.«

»In diese Lage müsste ich erst kommen. Im Übrigen, du täuschst dich. Nicht das Gesetz hat gesiegt, sondern ich selber trage die Schuld an deinem Sieg, weil ich ein einziges Mal ehrlich meinen Gefühlen nachgegeben habe. Ja, ich habe die Kontrolle über mich verloren – aber wie du mich auch einschätzen magst – in einem sage ich dir die Wahrheit. Mit dir habe ich nicht gespielt ...«, ihre Stimme gerät ins Schwanken, » ... denn dich habe ich geliebt.«

Hoflechner betrachtet die brennende Zigarette in seiner Hand. Dann zerdrückt er sie im Aschenbecher.

»Ich weiß es, Olga. Aber zwischen uns stand schon von Anfang an das Gesetz oder die Linie, der du verschworen warst. Meine Pflicht als Grenzschutzoffizier war es, nicht dich persönlich zu vernichten, sondern die Linie. Ich bin gekommen, Olga, um dir begreiflich zu machen, dass es besser ist für dich, die Wahrheit zu sagen. Das fällt beim Strafausmaß stark ins Gewicht.«

»Danke, du brauchst nicht mehr weiterzureden. Ich weiß, woran ich bin. Jetzt weiß ich, dass ich verspielt habe.«

Mit einem Ruck dreht sie sich um und geht in ihre Zelle zurück. Dort erst verliert sie ihre feste Haltung, sinkt auf das dürftige Lager und weint, wie sie vielleicht seit ihrer Kinderzeit nicht mehr geweint hat.

Drei Tage später ist Olga verschwunden. Sie hat sich für den Küchendienst gemeldet. Es war ein einziger, unbewachter Augenblick, den Olga geistesgegenwärtig genutzt hat, und schon steht sie im Freien. Dabei kommt ihr ein unverschämter Glücksfall zu Hilfe. Vor dem Eingang des Gefängnisses steht ein Damenfahrrad. Dieses Fahrrad findet man einige Stunden später in einer abgelegenen Kiesgrube. Von Olga aber nirgends eine Spur.

Von ihrer Flucht wird im Kreisblatt berichtet und darum weiß es Barbara Karotter, als sie ihren Vater im Untersuchungsgefängnis besucht. Die Besuchserlaubnis ist nur widerwillig erteilt worden und sie können kein Wort sprechen, was den Fall selber betrifft. So erfährt also der Karotter nur, dass die Arbeit auf dem Hof planmäßig weitergeht, dass das Heu Ende der Woche eingebracht sein wird. Hier fügt sie noch zaghaft hinzu, dass auch der Lehrer mitgeholfen habe beim Heuen.

Der Karotter reagiert gar nicht darauf. Er spricht sowieso kaum etwas. Ungebrochen und hoch aufgerichtet steht er vor der Tochter, die ihm so viel sagen möchte und es nicht kann, auch das nicht, dass der Mutter Haare in diesen Tagen und Nächten weiß geworden sind. Unbeweglich sitzt der Aufsichtsbeamte im Raum und passt auf, dass nur das geredet wird, was erlaubt ist.

»Viele Leute waren bei der Beerdigung vom Lattner«, sagt sie nach einer Weile des Schweigens. Hier erst hat der Karotter etwas zu sagen.

»Sag der Mutter, sie soll der Lattnerin ein wenig unter die Arme greifen.«

»Der Pauli hat ihr gestern mit der Maschine das letzte Heu gemäht. Und Reinhold hat auch mitgeholfen.«

»So? Der?«, sagt der Karotter nur.

Er wird erst weich, als Barbara plötzlich ihre Tonlage völlig verändert und bittet: »Vater – ach, Vater. Sei mir bitte nicht bös, dass ich dir wehgetan hab, aber schau, ich kann ja auch nichts dafür. Ich hab ihn halt lieb.«

Da tastet seine Hand leicht über ihr Haar.

»Ja, ja, Mädel, lass nur gut sein. Wie hast du doch einmal zu mir gesagt? Umbringen kann er uns nicht, also werden wir glücklich sein. Genauso sag ich jetzt auch: Umbringen können sie mich nicht, also werde ich leben. Geh jetzt – und grüß mir die Mutter recht schön und alle im Haus.«

»Ja, Vater. Nur das eine noch – Olga ist aus dem Gefängnis ent ...«

»Ruhe«, schreit der Beamte und macht sich wichtig, indem er hinzufügt: »Ich unterbreche hiermit sofort die Besuchsstunde.«

Aber es ist schon zu spät, der Karotter hat verstanden.

So ein Luder, denkt er. Wie die Olga das nur wieder fertig gebracht haben mag. Aber es ist ganz gut, dass sie geflohen ist, denn man weiß nicht, wie sie sich vor Gericht verhalten hätte.

Die Verhandlung findet erst nach den großen Gerichtsferien statt, und zwar am fünften Oktober. Man vermutet, dass der Prozess mehrere Wochen dauern wird. Die Presse schreibt ausführlich darüber, es ist eine Sensation, weil es ja nicht alle Tage passiert, dass ein ganzes Dorf samt seinem Bürgermeister angeklagt ist.

Schon lange vor Beginn ist der Saal des Landgerichts in der Hauptstadt des Landes überfüllt und viele finden keinen Einlass. Für die Pressefotografen ist es ein gefundenes Fressen, als die nahezu fünfzig Angeklagten, an der Spitze

Bürgermeister Karotter, von Polzisten flankiert, in den Saal geführt werden.

Von ziviler Seite sind fast keine Belastungszeugen da, dafür aber umso mehr Grenz- und Zollbeamte. Stumm wie eine Mauer, mit unbewegten Gesichtern, stehen die Angeklagten da und mit unschuldsvollen Mienen gestehen sie, dass sie das erste Mal »gegangen« seien und überhaupt nicht gewusst hätten, was sie schmuggelten. Kaffee vielleicht oder amerikanische Zigaretten. Aber Kokain?

»Was ist das überhaupt?«, fragt der Rotneiger. Das Gericht hätte einen schweren Stand gehabt, wenn nicht Gaby ein geradezu brennendes Bedürfnis gehabt hätte alle Schuld von sich zu wälzen.

»Diese Gans«, unterbricht der Karotter einmal ihren Redeschwall und wird vom Vorsitzenden scharf gerügt.

Dann wird der Karotter selber aufgerufen und geht mit federnden Schritten zum Richtertisch.

»Sie sind also der Bürgermeister von Tschamm?«

»Jawohl! Seit fünfundzwanzig Jahren.«

»Natürlich werden Sie auch von nichts wissen.«

Hoch reckt sich da der Karotter: »Doch, ich habe alles gewusst, aber die da hinten ...«, er deutet mit dem Daumen über die Achsel nach den Tschammern, » ... die haben nichts gewusst. Der größte Teil wenigstens nicht. Ich ganz allein trage die Verantwortung. Was die blö ..., was Frau Osterkamp vorhin dahergequasselt hat, ist zur Hälfte bloß Vermutung. Sie war ja auch gar nicht so wichtig, wie sie tut.«

»Immerhin sind Sie von der Angeklagten regelmäßig rechtzeitig gewarnt oder sonstwie instruiert worden. Angeklagter, das Gericht weiß genau, dass auch Sie nur Handlanger einer gut organisierten Schmugglerbande gewesen sind. Wissen Sie, wer der Chef dieser Bande gewesen ist?«

»Nein!«

»Aber Sie kennen doch eine gewisse Olga Martini?«

»Die kenne ich. Aber ich hab schon gesagt, dass für alles,

was in Tschamm geschehen ist, ich ganz allein die Verantwortung trage.«

»Das Gericht weiß aber«, fährt der Vorsitzende fort, »dass Sie in den Angeklagten Patscheider und Anton Riederer zwei tüchtige Helfershelfer hatten.«

»So?«, fragt der Karotter und hebt den Kopf.

»Um es etwas deutlicher auszudrücken und weil Sie sich allein verantwortlich fühlen, könnte man es in der militärischen Terminologie so bezeichnen, dass Sie der Hauptmann, der Patscheider vielleicht der Stabsfeldwebel und der Riederer-Anton der Adjutant gewesen sind.«

»Gut, dann bin ich halt der Hauptmann. Aber die andern zwei haben bloß das getan, was ich ihnen angeschafft habe.«

»Demnach tragen Sie also auch die Verantwortung für den Tod des Grenzsoldaten Schuhmacher?«

Der Karotter senkt zum ersten Mal den Kopf, schweigt eine Weile, bis er sagen kann: »Das hat mir sehr Leid getan. Aber ich habe immer befohlen, dass nur im höchsten Notfall von der Waffe Gebrauch gemacht und immer bloß auf die Füße gehalten werden soll.«

Diesem Karotter ist einfach nicht beizukommen. Was er nicht mehr leugnen kann, gibt er zu. Und immer wieder, wenn er zu einer Rede ansetzt, dreht er es stets so, dass er seine Männer heraushält und reinwäscht. Dieses Verhalten trägt ihm die Sympathie des Gerichts ein und man ist nur noch begierig auf den jetzt kommenden wichtigen Zeugen, den Lehrer von Tschamm.

Hier wird sich das Blatt wenden. Dieser Lehrer wird den Bürgermeister als das hinstellen, was er ist. Man hat dem Lehrer von Tschamm übel mitgespielt, jetzt wird er sich rächen.

Reinhold Tischner tritt in einem hellgrauen Anzug vor den Richtertisch. Die üblichen Formalitäten:

»Also sagen Sie nur das, was Sie mit Ihrem Gewissen vereinbaren können. Auf wissentlich falsche Aussagen stehen Gefängnisstrafen. Sie kamen also im vorigen Jahr als Lehrer nach Tschamm?«

»Ja!«

»Nun erzählen Sie einmal dem Gericht, was Sie als Lehrer dort in Tschamm alles erlebt haben. Man hat es Ihnen ja am Anfang recht schwer gemacht und der Bürgermeister soll Ihr persönlicher Feind sein?«

»Es ist richtig, dass ich es am Anfang recht schwer hatte in Tschamm. Aber das lag einzig und allein an mir selbst. Ja, nur an mir. Als Städter war mir die Mentalität der Bergbauern fremd und ich habe manchen Fehler gemacht. Ich darf hinzufügen, dass mein Vorgänger die Zügel hatte schleifen lassen und ich zunächst einmal eine straffere Ordnung in der Schule einführen musste. Ich stieß damit zunächst auf Widerstand, man verstand mich nicht, aber ich erkannte, dass hinter den rauen Schalen ein guter Kern war, und so fand ich zu den Tschammern und die Tschammer fanden zu mir. Wenn das Gericht mir vorhält, dass der Bürgermeister mein persönlicher Feind sei, so muss ich entschieden widersprechen. Ich achte den Mann zu sehr, als dass er mein Feind sein könnte. Gewiss, wir hatten manchmal Meinungsverschiedenheiten, ich wollte mit meinem jugendlichen Feuergeist manchmal übers Ziel schießen – ich nenne zum Beispiel den Schulhausneubau – und er hat in seiner bedächtigen Weise manchmal abgebremst. Abbremsen müssen. Das war seine Pflicht als Bürgermeister.«

Hier schaltet sich zum ersten Mal der Staatsanwalt ein, indem er meint: »Wenn Sie weiter in dem Ton von dem Angeklagten sprechen, hätte er sich auch noch seinen Verteidiger sparen können. Ich gehe wohl nicht fehl in der Annahme, dass Sie den Angeklagten nur in dieses helle Licht rücken, weil Sie mit seiner Tochter ein Verhältnis haben.«

Reinhold Tischner entgegnet scharf: »Das gehört doch wohl nicht hierher.«

»Vielleicht nicht direkt. Immerhin soll es zwischen Ihnen und dem Angeklagten einige Male zu scharfen Auseinandersetzungen gekommen sein.«

»Ich habe ja schon gesagt, dass dies einzig und allein an mir lag. Zumindest hatten diese Auseinandersetzungen nichts mit dem zu tun, weshalb ich hier stehe.«

»Das ist richtig«, nimmt jetzt der Vorsitzende die Verhandlung wieder in die Hand. »Wissen Sie überhaupt, dass Sie es dem Angeklagten, den Sie so warm in Schutz nehmen, zu verdanken haben, dass Sie selber einmal im Verdacht des Rauschgiftschmuggels standen, als man in Ihrem Küchenofen das Säckchen mit Kokain fand. Er war die treibende Kraft.«

»Das glaube ich nicht.«

»Das Gericht hat Beweise dafür. Angeklagte Osterkamp! Sie sagten doch vor Gericht aus, dass Sie im Auftrag des Angeklagten Karotter jenen anonymen Brief an das Zollfahndungsamt schreiben mussten.«

»Sehr richtig, hohes Gericht«, sagt Gaby eifrig.

»Und das Säckchen hat doch der Angeklagte Anton Riederer in den Ofen des Lehrers schmuggeln müssen. Ist es so?«

»Genau so war es.«

»Na also, Herr Zeuge, was sagen Sie jetzt?«, fragt der Vorsitzende mit leichtem Triumph in der Stimme.

»Vom rein menschlichen Standpunkt aus verstehe ich es. Aber ich trage niemandem etwas nach und bin auch fest davon überzeugt, dass es den beiden Angeklagten heute Leid tut.«

Der Karotter nickt mit hochrotem Kopf. Vielleicht ist dies für ihn die peinlichste Situation der ganzen Verhandlung. Selbst der Riederer-Anton sitzt ein wenig bedrückt da und hat das linke Augenlid gesenkt. Der Patscheider aber putzt sich umständlich die Nase und es sieht fast so aus, als wische er dabei auch schnell über die Augen.

Was man den Lehrer auch fragen mag, es kommt nichts Belastendes aus seinem Mund. Immer wieder setzt er zu neuen Ausführungen an und in ihnen liegt eine ungeheuere Schwungkraft. In die Herzen der Tschammer Bauern fallen seine Worte wie ein warmer Regen auf ausgedörrte Erde.

Als man sich in Tschamm von diesem Schlag erholt hat, läuft das Leben bald wieder in geordneten Bahnen.

Die meisten Bauern sind, soweit sie nicht überhaupt freigesprochen wurden, mit verhältnismäßig geringen Strafen, meist mit Bewährungsfrist, davongekommen. Dank der Haltung des Bürgermeisters Karotter, der alle Schuld auf sich genommen hatte. Ihn selber freilich hat es ganz empfindlich getroffen. Vier Jahre Gefängnis ohne Bewährung und 120000 Mark Geldstrafe. Die Geldstrafe trifft ihn besonders empfindlich, weil er die letzte Provision für den missglückten Schmuggelgang ja nicht mehr einnimmt. Der Patscheider kommt mit zwei Jahren davon und der Riederer-Anton mit eineinhalb Jahren.

Tschamm hat also derzeit keinen Bürgermeister. Zweiter Bürgermeister ist zwar der Bruckner, aber es hat sich herausgestellt, dass der Bruckner außer seinem Namen nicht recht viel schreiben kann. Aber gerade jetzt fällt sehr viel Schreiberei an. Der Schulhausneubau steht vor der Einweihung und so manches andere wird fällig. Die Tschammer tun sich leicht, sie schieben einfach alles dem Lehrer zu. So gleitet Reinhold ungewollt in das Amt eines Bürgermeisters hinein. Mit all ihren Anliegen kommen die Dorfbewohner zu ihm. Des Bruckners geflügeltes Wort ist:

»Geht nur zum Lehrer. Der schaukelt es schon.«

Ein Gutes aber hat der Prozess dennoch gehabt. Das Bergdorf Tschamm ist weit über die Grenzen des Landes hinaus bekannt geworden. Der Name Tschamm ist durch alle Zeitungen gegangen. Zündende Schlagzeilen wie »Die Schmuggler von Tschamm« oder »Der Schmugglerkönig vom Mauergebirge« lenkten das Interesse der Leser auf dieses Bergdorf.

Wo aber liegt dieses Tschamm? Warum sollte man dieses Interesse nicht nutzen? Werbung kostet zwar Geld, aber bald ist in dieser oder jener Zeitung ein Inserat zu lesen:

»Besucht das herrlich gelegene Tschamm am Fuße des Mauergebirges. 1200 Meter über dem Meer. Mildes Klima. Schöne Fremdenzimmer. Gutbürgerliche Küche im Gasthaus ›Zum Stern‹. Günstige Preise.«

Ja, ja, auch der niedrige Pensionspreis stimmt. Bloß die schönen Fremdenzimmer fehlen noch. Aber Reinhold macht den Leuten begreiflich, was mit Zimmervermietung zu verdienen ist, ohne dass viel Aufwand dazu nötig wäre.

So kommt der Sonntag der Schuleinweihung heran. Es ist ein großer, bedeutungsvoller Tag im Leben des Bergdorfes Tschamm. Der Abt vom Kloster Epps will persönlich kommen und die Schule einweihen. Von der Regierung und vom Kultusministerium sind ein paar Herren angesagt.

Der Bruckner schwitzt und kann nachts kaum mehr Schlaf finden, seit ihm der Lehrer erklärt hat, dass er die Begrüßungsansprache unbedingt selber halten müsse. Die Festansprache, ja, die werde er, der Lehrer, gerne halten, aber begrüßen müsse die Gäste schon der Bürgermeister selber.

Am Abend vor der Einweihung kommt der Bruckner nochmals in das alte Schulhaus, bringt einen riesigen geräucherten Schinken, Eier und Butter mit. Das alles soll der Lehrer haben, wenn er die Todesangst von ihm nimmt, morgen öffentlich reden zu müssen. Diesmal aber bleibt Reinhold hart.

»Das geht nicht, Bruckner, verstehen Sie mich doch. Morgen bin ich Schulleiter und sonst gar nichts. Irgendjemand muss doch die Gemeinde vertreten. Und Sie sind nun einmal Bürgermeister.«

»Mein Gott, mein Gott«, jammert jetzt der Bruckner. »Lieber tät ich doch den ganzen Tag Hafer mähen. Was soll ich denn da sagen?«

»Gar nicht viel. Zuerst begrüßen Sie die Geistlichkeit, den Abt als Ersten, dann die Herren der Regierung, den Landrat und wer halt noch so da sein wird. Man dankt für ihr Erscheinen und gibt seiner Freude Ausdruck, dass Tschamm jetzt ein neues Schulhaus hat. Dann bittet man den Abt die Weihe vorzunehmen. Vielleicht können Sie auch noch einflechten, dass Sie in Vertretung des Herrn Bürgermeisters sprechen. Das ist aber nicht unbedingt notwendig. Also, Bruckner, das ist doch wirklich nicht so schlimm.«

»Haben Sie eine Ahnung! Aber ich will es probieren, es wird schon schief gehen.«

Und es geht schief. Der Tag bricht herrlich über dem Mauergebirge an. Die Wälder stehen in der flammenden Pracht ihres herbstlichen Laubes. Frühmorgens wird das Dorf schon durch Böllerschüsse geweckt und auf dem Kirchplatz spielt die Musikkapelle fröhliche Melodien. In seiner Stube aber geht der Bruckner schwitzend und mit fuchtelnden Armen auf und ab und deklamiert seine Begrüßungsrede. Daheim geht es noch einigermaßen, bloß seine Frau meint: »So plärren darfst du nicht, sonst zerreißt es den Leuten das Trommelfell.«

Also etwas sanfter, etwas getragener, etwas weihevoller. Das nimmt sich der Bruckner fest vor, aber als er aufs Podium muss, hat er vor lauter Aufregung alles wieder vergessen. Er starrt den Herrn Abt in seinem Ornat an, als wolle er ihn verantwortlich dafür machen, dass er reden muss. Dann beginnt er:

»Also dann, grüß Gott alle miteinander, Herr Abt und so weiter. Indem dass sie unseren Bürgermeister eingesperrt haben, wegen nichts und wieder nichts, muss halt in Gottes Namen ich euch begrüßen. Ich sag dank schön fürs Kommen und drücke meine Freude aus, dass wir jetzt ein neues Schulhaus haben. Wenn der hochwürdige Herr Abt jetzt so gut sein möchte und tät es einweihen. Also, auf geht's beim Spund!«

Herr Landrat Sperber tritt von einem Fuß auf den anderen und hat einen hochroten Kopf.

»Das ist ja entsetzlich«, flüstert er dem Oberregierungsrat Thoma zu. »Das wäre dem Karotter nie passiert.«

»Aber es war von ganzem Herzen gemeint«, antwortet Dr. Thoma und wischt sich dabei Tränen heimlichen Lachens aus den Augen.

Von da an aber läuft alles programmgemäß. Beim Festmahl hält Reinhold Tischner eine Rede, die allen ans Herz greift. Die Tschammer Bauern sitzen mit offenem Mund da und viele Leute haben Tränen in den Augen. Von sich selbst spricht Reinhold Tischner gar nicht, alles schiebt er der Tatkraft und Initiative des Herrn Bürgermeisters Karotter zu.

Der aber, von dem an diesem Tag so viel geredet wird, sitzt um diese Zeit auf einer Bank unter der hohen Mauer der Gefangenenanstalt Bernau und zählt die Blätter, die ein leiser Wind zu Boden wirbelt. Es sind viele hundert Blättert, eins legt sich neben das andere. Sie wegzubringen wird morgen die Arbeit eines Trupps Gefangener sein. Heute aber ruht die Arbeit und über den weiten Gebäudekomplexen liegt eine friedliche Stille, die anheimelnd sein könnte, zöge sich diese graue Mauer nicht um den ganzen Komplex herum und säße nicht dort vorn beim hohen Gittertor ein Wächter, der alles und jeden kontrolliert, der da aus und ein will.

Der Karotter ist ein mustergültiger Gefangener, dessen schweigsamer Hochmut ihn bei den Mitgefangenen nicht gerade beliebt macht. Er rechnet sich nicht zu den gewöhnlichen Kriminellen und sühnt mit würdiger Haltung für das, was er getan hat, sühnt auch für die anderen mit, die er gedeckt hat und die heute dabei sein können, wenn das neue Schulhaus von Tschamm eingeweiht wird.

Die Glocke auf dem Giebelturm des Gefängnisgebäudes schlägt vier Uhr am Nachmittag. Um diese Zeit haben sich Reinhold Tischner und Barbara Karotter vom Festtrubel abgesondert. Hand in Hand wandern sie über die herbstlichen Wiesen zum Wald hinauf.

»Ist dir das Herz immer noch so schwer?«, fragt Reinhold, als sie auf dem bunten Blätterteppich am Waldrand Platz genommen haben.

»Nein, Lieber. Es war nur in dem Augenblick so schwer, als du bei der Festrede so schön vom Vater gesprochen hast.«

Er legt seine Wange an die ihre und streichelt ihre Hand.

»Reinhold«, sagt Barbara nach einer Weile. »Willst du mir eine Bitte erfüllen?«

»Natürlich, Barbara. Jede, wenn es möglich ist.«

»Ich möchte mit dir zum Vater fahren. Vielleicht verstehst du mich nicht, Reinhold. Aber ohne sein Einverständnis – ich glaube, dann müsste ich bei der Trauung immerzu weinen.

»Wer sagt dir denn, dass ich dich nicht verstehe? Wir werden zu ihm fahren. Vor Weihnachten noch.«

Zuerst zieht der Karotter unwillig die Brauen hoch, als man ihn in den Besuchsraum führt und er den Lehrer an Barbaras Seite stehen sieht. Aber das ist nur für ein paar Sekunden, dann greift er sich ans Ohrläppchen und besinnt sich darauf, was man ihm Gutes von diesem »Kerl« berichtet hat. Ja, ja, er weiß genau Bescheid, denn es ist noch nicht lange her, dass seine Bäuerin, die Magdalena, und sein Sohn Pauli ihn besucht haben. Sie haben ihm auch erzählt, wie der Bruckner seine Rede gehalten hat, und er hat darüber so herzhaft lachen müssen, wie man es in diesem Raum bisher selten, am allerwenigsten aber von ihm gehört hat.

Da stehen sie also und halten sich an den Händen. Wie schön sie beide sind, denkt er. Und wie ihre Augen leuchten. Gegen die Liebe der beiden ist er von Anfang an machtlos gewesen. Und sosehr ihn dies einmal in rasende Wut versetzt hat, heute ringt es ihm Achtung ab. Er will es nur nicht zeigen und nimmt seine Zuflucht zum Spott:

»Na, wie geht's, Herr Bürgermeister?«

Prompt antwortet Reinhold: »Danke, gut, Herr Altbürgermeister.«

Der Karotter zuckt zusammen. Dann geht ein bitteres Lächeln um seine Mundwinkel.

»Ja, ich verstehe. Einer, der einmal gesessen hat, der kann nie mehr Bürgermeister sein.«

»So sollten Sie nicht reden, Karotter. Die Zeit geht vorüber und es wird Gras über die Sache wachsen.«

Kopfschüttelnd meint der Karotter, dass er das wohl besser wisse. Wer einmal im Gefängnis gesessen habe, tauge nicht mehr für einen Ehrenposten. Er selber sei lange der Meinung gewesen, es sei kein Unrecht, den Staat mit ein wenig Schmuggelei an der Grenze zu betrügen. Seit der Verhandlung aber wisse er, dass dies vielleicht noch bei Sensen oder Feuersteinen zutreffe. Er aber habe Drogen herübergebracht, und zwar so viel, dass man eine große Stadt damit berauschen und krank machen könne. Er habe jetzt genug Zeit darüber nachzudenken, wie viele Menschen wohl dadurch schon auf sein Gewissen kämen, außer dem Grenzsoldaten Schuhmacher und dem Kleinhäusler Lattner. Jäh das Thema wechselnd fragt er: »Wie macht sich denn der Pauli als junger Bauer?«

Er mache sich gut, wird ihm bestätigt. Er fasse seine Arbeit mit tiefem Ernst auf und frage sich bei allem, was er tue, zuerst, wie es der Vater machen würde.

Ein stilles, versonnenes Leuchten geht über die Züge des Karotters.

»Vater ...«, sagt Barbara nach einer Weile. »Ich wollte dich eigentlich um etwas bitten.«

Ohne sich umzudrehen fragt der Karotter:

»Worum denn?«

»Dass du uns dein Einverständnis gibst, Vater.«

Langsam wendet sich der Karotter nun zu ihnen um. Das Sonnenlicht fällt jetzt durchs Fenster von der Seite her auf sein Haar und Barbara sieht, wie grau es in diesen wenigen Monaten geworden ist.

»Seid ihr deswegen gekommen? Liegt euch so viel daran?«

»Ja, Herr Karotter, es liegt uns viel daran«, antwortet Reinhold Tischner.

Lange, sehr lange schaut er die beiden an, zuerst die Tochter, dann den Lehrer. Dann hebt er langsam seine Hände und legt jedem eine auf die Schulter.

»Es muss erst was Außergewöhnliches kommen«, sagt er feierlich, als spreche er einen Bibelspruch nach, »dass man das Beste in einem Menschen erkennt. Du, Reinhold Tischner, hast dein Bestes gezeigt. Ich habe dich nie verkannt, ich habe es bloß nicht einsehen wollen, dass du größer und besser bist als ich selber.« Er legt ihre Hände ineinander. »Werdet glücklich, aber teilt mir den Tag der Hochzeit nicht mit, kommt erst wieder, wenn ihr Mann und Frau geworden seid. Nein, Barbara, du sollst jetzt nicht weinen. Du sollst dich freuen, so wie ich mich freue, dass ihr zu mir gekommen seid.«

Im Frühling findet die Hochzeit des Lehrers Reinhold Tischner mit der Barbara Karotter statt. Es ist keine Hochzeit mit festlichem Gepränge, weil es dem Brautpaar nicht passend erscheint, einen Tag des Glanzes zu erleben, während der Vater hinter Gefängnismauern junge Obstbäume schneidet.

Ja, er hat geschrieben, dass man ihn mit dieser Arbeit betraut hat, und hat für Pauli hinzugefügt, dass er es daheim auch so halten solle. Er möge dabei den Großknecht Adam zu Rate ziehen, weil nichts so leicht verschnitten wird wie junge Bäume und junge Menschen.

Obwohl es keine Hochzeit ist nach ländlichem Brauch, mit Hochzeitsmahl und Tanz im »Sternwirt«-Saal, ist ganz Tschamm auf den Beinen. Die Kirche hat noch nie so viele Menschen auf einmal gesehen wie an diesem Morgen. Es ist ja kein Geringerer als ihr Lehrer, der heute Hochzeit feiert um danach die Wohnung im neuen Schulhaus zu beziehen.

Ihr Lehrer, den sie einmal so hartnäckig ihre Ablehnung fühlen ließen und der sich dann mühsam Herz um Herz erobern musste, bis diese ihm in Freundschaft wie von selber zuflogen.

Die Monate und Jahre gehen dahin. Im Schulhaus schreit schon ein Stammhalter, der den Namen des Großvaters trägt. Im Laufe dieser Zeit hat Tschamm sich so entwickelt, wie Reinhold Tischner es sich von Anfang an vorgestellt hat: zu einem Luftkurort, der weit über die Grenzen des Landes hinaus bekannt ist. Was die Tschammer früher in dunklen Nächten unter Gefahren mit Schmuggeln verdient haben, nehmen sie jetzt dreifach durch den Tourismus ein.

So kommt wieder ein Frühling voller Blüten ins Land. Um diese Zeit steht Barbara, die junge Lehrersfrau, oft mit dem kleinen Markus auf dem Arm auf der Türschwelle und schaut hinaus ins Tal, aus dem der Großvater kommen muss. Man hat Markus Karotter einen Teil der Strafe erlassen, er kann jeden Moment kommen, am Mittag vielleicht, oder erst am Abend. Und sie erzählt dem Kind, auf wen sie warten. Auf den Großvater, der lange fort gewesen sei, in einem fremden Land, in dem seine Haare silbern geworden sind. Er habe ein schweres Leben gehabt in der Ferne und man müsse ihm das Heimkommen mit viel Liebe leicht machen.

»Ja, ja«, jauchzt das Kind und hascht nach einem Zitronenfalter, der sich auf das Haar der Mutter gesetzt hat und dann wieder weiterfliegt, in die sinkende Dämmerung hinein.